LIEBLINGSPULLIS UND LIEBESTRÄNKE

DER STRICKCLUB DER VAMPIRE, BAND 5

NANCY WARREN

ISBN: Ebook 978-1-990210-42-6

ISBN: Gedruckt 978-1-990210-43-3

Cover-Gestaltung von Lou Harper von Cover Affair.

Übersetzung: Marion Carels – Language + Literary Translations, LLC.

Ambleside Publishing

VORWORT

Band 5 – Lieblingspullis und Liebestränke: Ein paranormaler Cosy-Krimi

Lucys erster Liebestrank geht fürchterlich schief
Liebesaffären werden verheddert
Aber schlimmer noch: Jemand stirbt!

Romantik liegt in der Luft von Oxfords Harrington Street. Detective Inspector Ian Chisholm zeigt endlich Interesse an Lucy, wenn auch die Strickrunde der Vampire nicht gerade begeistert ist, die Polizei so nah bei Cardinal Woolsey's Wollgeschäft herumhängen zu haben. Die Straße rauf bei Frogg Books ist Verkäuferin Alice in ihren lesewütigen Boss Charlie verliebt, der das nicht zu bemerken scheint.

Lucy versucht gerade, als Hexe sachkundiger zu werden und als ihre Cousine Violet sie zum Brauen eines Liebestranks überredet, um Alice und Charlie zusammenzubringen, sieht das nach einer harmlosen Möglichkeit aus, ihre Künste aufzubessern.

Bis jemand stirbt.

Ist Lucys Liebestrank tödlicher als Amors Pfeil? Oder läuft da ein Mörder frei herum?

Lieblingspullis und Liebestränke ist Band 5 der Bestseller-Reihe *Die Strickrunde der Vampire*.

Es gibt darin weder Sex noch Gewalt, nur jede Menge Humor und skurrile Charaktere – einschließlich Lucys schwarzer Katze Nyx, ihre Vertraute und Begleittier als Hexe. Es endet auch nicht mit einem Cliffhanger: Jeder Band dieser Serie kann für sich allein genossen werden.

Fang an, Dein Exemplar zu lesen – noch heute!

Erhalten Sie Rafes Geschichte kostenlos, indem Sie sich zu Nancys Newsletter ohne Spam auf NancyWarrenAuthor.com anmelden.

Treten Sie Nancys privater Gruppe auf Facebook bei, in der über Bücher, Stricken, Haustiere und das Leben geredet wird. facebook.com/groups/NancyWarrenKnitwits

LIEBLINGSPULLIS UND LIEBESTRÄNKE

KAPITEL 1

Frogg's Books auf der Harrington Street war genau so, wie ein Buchladen sein sollte. Die Wände waren von deckenhohen Regalen gesäumt, auf denen Romane ausgestellt waren, populäre wie literarische, Sachliteratur passend für Oxfordstudenten wie für den zwanglosen Leser, und eine bunte Auswahl von Kinderbüchern. Gemütliche Sessel, in ruhige Ecken geschoben, luden Kunden ein, sich zum Schmökern hineinzusetzen.

Er war auf der anderen Straßenseite und einen Block entfernt von Cardinal Woolsey's, dem Strickgeschäft, das mir in Oxford gehörte. Meine Großcousine und Teilzeitverkäuferin Violet und ich gingen an jenem Februarmorgen mit einer konkreten Absicht dort hin.

Wir wollten Alice Robinson, die Verkäuferin des Buchladens, dafür rekrutieren, in meinem Laden Strickkurse zu geben. Ich hätte sie eigentlich selbst geben sollen, nur war ich vermutlich die schlechteste Strickerin, die je ein Strickgeschäft besessen hat. Vi konnte stricken, aber sie behauptete, sie könne es niemandem beibringen.

Alice schien als Stricklehrerin eine exzellente Wahl zu sein. Sie hatte eine sanfte Stimme, war freundlich und brachte wunderschöne Strickarbeiten hervor. Ich war in dieser Beziehung verwöhnt, da ich so oft die hinreißenden Pullover, Schultertücher, Mäntel und Schals geschenkt bekam, die meine Freunde in der Vampirstrickrunde anfertigten, die sich im Hinterzimmer meines Ladens traf. Dennoch, für eine lebende Frau, die nicht hunderte von Jahren dafür gehabt hatte, ihr Handwerk zu perfektionieren, konnte Alice verflucht gut mit den Nadeln umgehen.

Außerdem war sie nett. Ich hatte schon so einige zwielichtige Gestalten in meinen Laden kommen sehen, und was ich an Alice mochte, war, dass sie kein seelenfressender Dämon zu sein schien, und auch kein Mörder oder Dieb. Das war eine ausgezeichnete Qualifikation für jemanden, der in einem Beruf mit Publikumsverkehr arbeitet.

Ich wollte nun schon seit einiger Zeit Strickkurse für Stammkunden mit Puls anbieten, aber ich hatte erst die richtige Lehrerin finden müssen. Seit ich entdeckt hatte, dass Alice in ihrer letzten Stelle in einem Strickgeschäft in Somerset auch Kurse gegeben hatte, hatte ich sie im Auge behalten. Natürlich wollte ich dem Eigentümer von Frogg's Books, Charlie Wright, nicht seine Verkäuferin vor der Nase wegschnappen, aber ehrlich gesagt sah Charlie so selten, was sich direkt vor seiner Nase abspielte, dass ich zweifelte, ob er es überhaupt bemerken würde, wenn sie nicht mehr zur Arbeit käme.

Violet und ich waren dabei, undercover ein bisschen herumzuschnüffeln, um zu ergründen, ob Alice dafür empfänglich wäre, an einem Abend pro Woche und an Sonntagnachmittagen Kurse zu leiten. Wenn es mit ihr gut lief, würde sie einiges Geld extra verdienen und einen großzügigen Nachlass auf alles bekommen, was sie bei Cardinal Woolsey's kaufte.

Wir gingen in den Buchladen und ich nahm mir einen Moment, mich umzusehen. Ich liebte die farbenprächtige Präsentation von Wolle im Cardinal Woolsey's, ein Flickwerk von Regenbogenfarben, das in jeder echten Strickerin die Sehnsucht weckte, Strickmuster und Wolle zu kaufen und anzufangen.

Ich fühlte die gleiche Sehnsucht, wenn ich hier hereinkam. Die Bücher riefen allesamt nach mir, bettelten darum, gelesen zu werden. Hätte ich Zeit gehabt, hätte ich mich in dem leeren Sessel in der Ecke mit einem brandneuen Roman zusammengekringelt und ein paar Seiten gelesen, bevor ich ihn mit nach Hause nahm.

Es waren einige Leute da, die schmökerten. Charlie Wright war am Tresen nahe der Rückseite des Ladens. Es war der Kassentisch und sein Arbeitsbereich. Dort saß er und las ein Buch. Ich vermutete, dass er jeden einzelnen Band gelesen hatte, der in seinem Laden gelandet war, ohne sich der Kunden, der Geräusche oder der Kartons, die ausgepackt werden mussten, überhaupt bewusst zu werden.

Ich wusste, dass er vierunddreißig war, weil er es mir erzählt hatte, als wir uns bei der letzten Sitzung des Gewerbevereins unterhalten hatten. Soweit ich wusste, war er nie verheiratet gewesen. Wie ich lebte er in der Wohnung über seinem Laden, allerdings nahm ich an, dass seine ruhiger war als meine, da ich über einem Nest von Vampiren wohnte, inklusive meiner Großmutter, die abends oft zu Besuch kam.

Er schien ein Mann zu sein, dessen Freunde seine Bücher waren. Er hatte dickes dunkles Haar, das ihm in die Stirn fiel, während er sich über sein Buch beugte. Er blätterte eine Seite um und schob seine Lesebrille mit dem Zeigefinger auf die Nasenwurzel hoch.

Er trug ein rosafarbenes Hemd, allerdings war es der Rosaton, den man bekommt, wenn man geistesabwesend etwas Weißes mit etwas Rotem in die Waschmaschine gibt.

Alice packte gerade Romane aus einem Karton auf den Präsentationstisch vorn im Laden. Thema war der Valentinstag, daher waren es alles Liebesromane, klassische wie moderne. Sie trug ihr dunkles Haar in einem französischen Zopf und dann hinten zusammengerollt, nur einige feine Löckchen hatten es geschafft zu entkommen und ringelten sich um ihr herzförmiges Gesicht. Sie hatte klare graue Augen hinter großen Brillengläsern, eine gerade Nase und volle Lippen. Ich hatte sie nie Make-up tragen sehen.

Sie strickte ihre Jacken und Pullover selbst und obwohl ihre Strickarbeiten exquisit waren, hatte ich immer das Gefühl, dass sie das Modell ein oder zwei Nummern größer als nötig gestrickt hatte. Das hieß, dass alle ihre Pullover sackartig waren, anscheinend gefiel ihr das so. Unter ihren Pullovern trug sie bis zum Hals zugeknöpfte spröde Blusen und ziemlich lange Wollröcke zu vernünftigen Schuhen mit niedrigen Absätzen. Sie sah wie eine Kombination zwischen einem Schulmädchen und einer Matrone mittleren Alters aus.

Ich schätzte sie auf ungefähr fünf Jahre älter als mich selbst mit meinen siebenundzwanzig Jahren. Anders als der Ladeninhaber hatte sie aufgeblickt, als die Glocke neue Kunden ankündigte. Sie setzte die Bücher, die sie gerade auspackte, in einem ordentlichen Stapel auf dem Tisch ab und kam uns mit einem Lächeln entgegen. „Lucy, Violet. Wie schön, euch zu sehen. Sucht ihr nach etwas Bestimmtem oder schaut ihr euch nur um?"

Sie besaß eine klare, freundliche Stimme und hatte etwas Wohltuendes an sich. Ich wusste, sie wäre perfekt für meinen Anfängerkurs. Ich war scharf darauf, eine gute Lehrerin zu bekommen, denn ich plante den Kurs selbst mitzumachen.

„Ich möchte mit dir reden", sagte ich. „Wann immer du eine Minute Zeit hast."

Sie schaute sich um. „Wir sind gerade nicht sonderlich beschäftigt. Wie kann ich euch helfen?"

Ihr Gesicht wurde weicher, als ihr Blick auf Charlie Wright fiel. Zweifellos glaubte sie, ihre Gefühle seien nur ihr selbst bekannt, aber jeder in der Nachbarschaft wusste, dass sie Charlie liebte. Jeder außer Charlie selbst.

Als Hexe war ich ohnehin besonders sensibel für die Gefühle anderer Menschen, aber ihr Verlangen war so stark, dass ich es hören konnte, wie einen seelenvollen Seufzer.

Ich erklärte ihr, ich sei dabei, Kurse einzurichten und wolle, dass sie die leitete. Sie schien verblüfft von der Idee und richtete ihren Blick von Charlie auf mich. „Oh, ich weiß nicht. Ich habe hier sehr viel zu tun."

Ich betonte den happigen Preisnachlass und dass wir uns auf Frogg's Zeitrahmen einstellen konnten.

„Ich weiß nicht. Ich bin gern verfügbar, falls Charlie mich braucht."

Ich hätte ihr gern gesagt, sie müsse damit aufhören, den Fußabtreter zu spielen und sich von Charlie behandeln zu lassen, als wäre sie ein altes und bequemes Paar Schlappen. Aber ich verstand ein kleines bisschen was von unerwiderter Liebe und so hielt ich den Mund. „Besprich es mit Charlie und lass es mich dann wissen", sagte ich.

„Ja. Ja, das werde ich. Und danke, dass du mich gefragt hast." Da wir schon einmal hier waren, entschied ich mich, einen der Romane zu kaufen, die Alice gerade auspackte. Er sah nach einer sehr befriedigenden Liebesgeschichte aus. Vi umwanderte währenddessen die Sachbuchregale und tauchte mit einem Buch über einheimische Kräuter wieder auf.

Inzwischen half Alice gerade einer Kundin, Bücher für den Geburtstag ihres Enkels auszusuchen. Wir brachten unsere Einkäufe nach hinten. Als ich mein Buch auf dem Tresen platzierte, sah Charlie auf. Er blinzelte ein paarmal. Charlie hatte tolle blaue Augen und ein charmantes Lächeln, wenn er sich mal die Mühe machte, es zu benutzen. Wäre er Raumdekor gewesen, dann Shabby Chic.

„Ah, Lucy, sehr schön, dich zu sehen."

„Danke, Charlie. Ich freu mich auch, dich zu sehen."

Das war schon das gesamte Ausmaß unserer brillianten Konversation. Er wurde lebhafter, als er Vi's Einkauf in die Kasse eintippte, erzählte ihr, wie viel Freude sie an ihrem Kräuterbuch haben würde und dass sie, wenn sie diesen Führer in die botanischen Gärten mitnahm, eine ganze Reihe der im Buch erwähnten Pflanzen sehen konnte. Er wusste offensichtlich eine Menge mehr über einheimische Unkräuter und Kräuter als über Liebesgeschichten.

Während sie sich gegenseitig ihre Erlebnisse vom Pilzesuchen in den Chilterns erzählten, bemerkte ich ein Plakat an der Wand, das den bevorstehenden Besuch eines berühmten Autors ankündigte, Martin Hodgins. Es interessierte mich sehr, dass er einen Vortrag bei Frogg's Books hielt, weil ich ihm kürzlich dabei geholfen hatte, die Autorenschaft für ein Werk zuerkannt zu bekommen, das ihm vor mehr als vierzig

Jahren gestohlen worden war. Im Verlauf war ich fast umgebracht worden, hatte aber auch eine gute Freundin in seiner Tochter Gemma gefunden.

Daneben hing ein Plakat mit der Frage, ob irgendjemand eine vermisste Cardinal-College-Studentin gesehen hatte. Da sich das Cardinal College nur einen Block von hier entfernt in der Harrington Street befand, nahm ich mir einen Moment Zeit, das Foto eingehender zu betrachten. Der Name der Studentin war Sofia Bazzano. Sie war ein sehr hübsches Mädchen mit langem, lockigem braunen Haar. Es war ein zwangloses Foto, das sie mit einem Drink in der Hand und einem Lachen auf dem Gesicht zeigte. Dem Plakat zufolge war sie einundzwanzig Jahre alt und zuletzt vor zwei Tagen gesehen worden. Ihre Zimmergenossin hatte sie als vermisst gemeldet, als sie nicht nach Hause zurückgekommen war. Sie war eine Fremde für mich, aber ich prägte mir ihr Gesicht ein, damit ich nach ihr Ausschau halten konnte.

Die Pilzkonversation schien gerade abzuflauen, und so sagte ich: „Ich bin sehr gespannt auf den Vortrag von Martin Hodgins."

Charlie warf einen flüchtigen Blick auf das Plakat und dann auf mich. „Dann solltest du besser früh herkommen. Es wird nur Stehplätze geben, denke ich. Aber hast du schon das Neuste gehört?"

„Was denn?"

„Seine Verleger haben angekündigt, dass Martin Hodgins einen neuen Roman in Arbeit hat."

Ich war so entzückt, dass ich in die Hände klatschte. „Ich wusste es. Ich war sicher, dass er weiterhin geschrieben hat in all den Jahren, und sei es nur zu seinem eigenen Vergnügen."

„Scheint so, als hättest du recht gehabt."

Ich war drauf und dran, auf Wiedersehen zu sagen, als ich auf Charlies Tisch ein anderes Plakat bemerkte, das wahrscheinlich darauf wartete, aufgehängt zu werden. Es war für ein bevorstehendes Theaterstück. Am Cardinal College sollte 'Ein Sommernachtstraum' aufgeführt werden.

Er folgte meinem Blick. „Würdest du vielleicht eines in deinem Laden aushängen? Das Cardinal ist mein altes College, weißt du. Ich unterstütze es jedes Jahr bei seiner großen Aufführung, meine Art, etwas zurückzugeben." Er zuckte mit den Schultern. „Der Sommernachtstraum ist vielleicht nicht das gehaltvollste von Shakespeares Stücken, aber gut gespielt kann es sehr amüsant sein. Ellen Barrymore wird Regie führen."

Meine Augen öffneten sich weit. „*Die* Ellen Barrymore?"

„Ja. Sie lehrt darstellende Kunst am College. Wir hatten großes Glück, sie zu bekommen, allerdings ist dies traurigerweise ihr letztes Jahr. Sie wird Intendantin des Neptune Theaters im Londoner West End."

Ellen Barrymore hatte sich einen Namen auf der Londoner Bühne gemacht, als ich noch ein kleines Mädchen gewesen war. Granny hatte mich mitgenommen, um sie die Nora in Ibsens 'Ein Puppenhaus' spielen zu sehen, als wir das Stück dann in der Highschool durchnahmen. Sie erreichte natürlich einen weit größeren Bekanntheitsgrad, als sie in den späten 1990er Jahren als Alien-Jägerin für das amerikanische Fernsehen gecastet wurde.

Danach hatte sie anscheinend die falschen Rollen gewählt, oder vielleicht waren keine besseren verfügbar gewesen, jedenfalls schien ihre Karriere zu versanden. Ich sah sie meistens als Gaststar im Fernsehen und in kleinen Nebenrollen in Indie-Filmen.

„Sie ist hier? Und sie arbeitet nur eine Straße weiter?",
quietschte ich, so aufgeregt wie ein Fan. Was ich ja auch war.

„Ja. Sie war Studentin hier, vor jetzt fünfundzwanzig
Jahren. Ich werde ihr Assistent sein."

„Du wirst Regieassistent?" Ich wusste nicht, warum mich
das so sehr überraschte.

Er schien genauso überrascht zu sein wie ich. Er zeigte
sein zurückhaltendes Grinsen. „Ich werde nicht den Schauspielern sagen, was sie machen sollen, oder so. Mein Job wird
es sein, sie rechtzeitig auf den richtigen Fleck auf der Bühne
zu kriegen und sicherzustellen, dass jeder seinen Text kann.
Solche Sachen."

Alice kam in dem Moment zu uns und bongte das Buch
der Großmutter ein. Als die ältere Frau ging, sagte Alice: „Ich
helfe auch."

Natürlich tat sie das. Alles, um Charlie nah zu sein. Sie
warf einen Blick auf ihre Armbanduhr. „Es ist fast elf. Ich
werde den Kaffee aufsetzen."

Er setzte sich wieder hin und vergrub sich in seinem
Buch. „Schön."

Sie betrachtete ihn liebevoll. Ich konnte fühlen, wie gern
sie seinen Kopf gestreichelt hätte. „Und ich habe Karottenku-
chen gebacken. Deinen Lieblingskuchen."

„Ja. Ausgezeichnet", sagte er, ohne aufzusehen.

Sobald wir draußen waren, sagte Violet: „Es ist eine
epische Tragödie, die Art, wie dieses Mädchen sich nach
Charlie verzehrt."

„Ich weiß. Und er ist so ahnungslos. Ist ihm überhaupt
bewusst, dass sie jeden Tag frischen Kuchen für ihn backt?"

„Ehrlich, ich glaube, du könntest sie durch einen
Roboter mit braunem Haar ersetzen und er würde den

Unterschied nicht merken, solange er pünktlich seinen Kaffee kriegt."

„Arme Alice."

Vi hielt an und legte eine Hand auf meinen Arm. „Lucy, ich habe die phantastischste aller Ideen." Sie klang so enthusiastisch, dass ich nervös wurde. „Erinnerst du dich, wie wir darüber gesprochen haben, dass du an deinen Zaubertränken arbeitest?"

Violet war eine sehr viel erfahrenere Hexe als ich und sie drängte mich immer, tiefer in unser Handwerk einzusteigen. Mein Problem war, dass meine Magie stark war, ich sie aber nicht immer unter Kontrolle hatte. Ich zog es daher vor, bei kleinen Zaubersprüchen innerhalb meiner Komfortzone zu bleiben.

Es gab einen Aufräumspruch, den ich wirklich liebte.

Tatsächlich war es so, dass sie darüber redete und ich nickte und Interesse heuchelte. Ja, sie hatte mir einen Trank gebraut, der meine Schmerzen und Wehwehchen geheilt hatte, aber ich zog die Sicherheit von etwas vor, das ich in einem Drugstore erstehen konnte – den ich, seit ich im Vereinigten Königreich lebte, als Apotheke zu bezeichnen gelernt hatte.

Die Vorstellung, selbst etwas zusammenzubrauen, das eine andere Person trinken sollte, verursachte bei mir schon Schüttelfrost, wenn ich nur an alles dachte, was dabei schiefgehen konnte.

Ich hatte mir einige der Tränke in meinem Zauberbuch angeschaut. Sie eigneten sich gut für Dinge wie das Heilen von Verbrennungen und um eine Geburt zu erleichtern. Es war nicht, als würde man das Rezept in einem Kochbuch befolgen und dann eine Mahlzeit vom Wert eines Cordon

Bleus bekommen. Die Zutaten in einem der Tränke beinhalteten Blutwurz, Beifuß und Nesseln. Ich wusste, das daraus resultierende Gebräu würde wie Abwasser aussehen und wahrscheinlich noch schlechter schmecken.

Vi wirkte insgesamt zu aufgeregt für meinen Geschmack. Sie sagte: „Wir werden einen Liebestrank zusammenbrauen, der bewirkt, dass sich Charlie in Alice verliebt." Sie stieß einen Seufzer der Glückseligkeit aus. „Es wird dir gefallen. Das ist wie Partnervermittlung mit Kräutern. Ein 'Und sie lebten glücklich bis ans Ende ihrer Tage' zusammenbrauen."

Bei meinem Glück würde ich Alice und Charlie statt immerwährender Glückseligkeit einen Anfall von Ruhr bescheren.

KAPITEL 2

*W*ir gingen zurück ins Cardinal Woolsey's und da stand Detective Inspector Ian Chisholm und versuchte sich zwischen waldgrüner Angora- und brauner Merinowolle zu entscheiden.

Meritamun, die dreitausend Jahre alte ägyptische Hexe, die meine andere Verkäuferin war, stimmte im Bemühen, ihm bei der Entscheidung zu helfen, diplomatisch allem zu, was er sagte. Es funktionierte nicht. Seine Augen leuchteten auf, als er mich sah.

„Ah, da ist Lucy ja." Ich hatte so das Gefühl, dass er seine Entscheidung aufgeschoben hatte, bis ich kam, weil er mich sehen wollte.

Ich wurde ein bisschen flatterig, als ich ihn so unerwartet sah. Er hatte mich direkt vor Weihnachten geküsst und seitdem waren wir ein paarmal miteinander ausgegangen. Wir hatten immer Spaß, aber ich denke, wir waren beide auf der Hut davor, uns zu schnell aufeinander einzulassen. Ich hatte selbstverständlich eine Menge Geheimnisse, die ich nicht mit einem scharfäugigen Detective teilen konnte. Zum einen war ich eine Hexe, und zum andern waren die Nachbarn unter mir ein Nest von Vampiren.

Ian hatte seine eigenen Probleme. Hauptsächlich seinen Job. Er konnte zu jeder Zeit rausgerufen werden und wenn er einen Fall bearbeitete, tat er das mit einem Eifer und einer Entschlossenheit, die ich bewunderte, obwohl es bedeutete, dass er manchmal unsere Dates in letzter Minute absagte.

Wie auch immer, da war eine Wärme in seinen Augen, wenn er mich anschaute, die für sich selbst sprach. Ich hatte möglicherweise einen ähnlichen Ausdruck, wenn ich seinen Blick erwiderte.

Er hielt mir die zwei Stränge Wolle hin, um die es ihm ging. „Mein Tantchen besteht darauf, mir noch einen Pullover zu stricken. Ich habe ihr gesagt, dass ich keinen brauche, aber sie sagt, es gibt ihr was zu tun."

Ich verstand vollkommen, wie er sich fühlte. Der Strickclub der Vampire belieferte mich nahezu jeden Tag mit neuen Sachen zum Anziehen. Ich mochte nicht ihre Geschenke ablehnen und ihre Gefühle verletzen. Ich stellte aus und verkaufte, was ich konnte, und trug so viele Pullover, Schals, Mützen, Socken und Kleider wie ich konnte. Mir ging der Platz im Kleiderschrank aus.

Er musste sich nur gegen eine einsame Tante behaupten. Er wusste gar nicht, was für ein Glück er hatte. Ich nahm beide Stränge, die er hielt, und legte sie in die Körbe zurück, aus denen sie gekommen waren.

Stattdessen brachte ich ihn zu dem Tisch mit Zeitschriften und zog die neueste Ausgabe von Teddy Lamonts vierteljährlichem Magazin heraus, 'Designerstricken mit

Teddy'. Teddy war ein zeitgenössischer Künstler und Strickwaren-Designer mit Häusern in London und LA. Er hatte geholfen, das Stricken wieder in Mode zu bringen. Ich hatte die letzte Ausgabe durchgeblättert und einen Pullover gesehen, von dem ich sofort gewusst hatte, dass er an Ian großartig aussehen würde.

Das Model wurde vor dem Hintergrund eines Hochlands gezeigt, mit einem gestiefelten Fuß auf einem Felsen. Der Pullover war aus Melangewollgarn in Tönen von Navyblau bis Maulbeere gefertigt. Er war männlich und sexy. Genau wie Ian.

Er betrachtete zweifelnd das Zeitschriftenfoto. „Findest du ihn nicht zu schottisch?"

Sein Name war Ian Chisholm. „Bist du denn kein Schotte?"

„Na gut, meine Vorfahren waren welche."

„Du musst ihn ja nicht mit einem Kilt tragen."

„In Ordnung." Er kaufte die Zeitschrift, die das Muster enthielt, und dazu die Wolle. „Tantchen wird sich freuen, ein neues Projekt zu haben. Danke."

Da ich das Gefühl hatte, dass er vielleicht gern ein paar private Worte mit mir gesprochen hätte, was unmöglich war, während meine beiden Verkäuferinnen direkt neben uns standen und jedem Wort folgten, sagte ich, ich würde ihn bis zu seinem Auto begleiten.

Als wir draußen waren, sagte er: „Ich bin froh, dich für ein paar Minuten für mich zu haben."

Bei unserem letzten Treffen hatte er vorgeschlagen, am Freitag wieder zusammenzukommen, was meinem Kalender zufolge morgen war. Wir gingen zum Ende der Straße, wo ich seinen Wagen geparkt sehen konnte. Es war ein Mini Cooper. Nicht einer der aalglatten neuen, die in der Nähe von Oxford gebaut werden, sondern ein Originalmodell. Ich war sicher, ohne fragen zu müssen, dass er das Design der neueren Modelle unter seiner Würde fand.

„Ich hatte gehofft, dass wir uns morgen Abend sehen könnten, aber ich werde lange arbeiten müssen. Bist du Samstag frei?"

„Du musst schon wieder Überstunden machen?" Die Worte kamen heraus, bevor ich sie stoppen konnte. Ich hatte ein paar Probleme mit der Überstundenausrede. Mein vorheriger Freund Todd hatte immer gesagt, dass er Überstunden machen musste, wenn er gerade daran arbeitete, sich zusammen mit einer Kollegin nackt auszuziehen. Ich hatte sie *in flagranti* auf seinem Küchentisch erwischt, daher war ich nicht mehr dieselbe vertrauensvolle Seele wie früher.

Ian war überhaupt nicht wie Todd der Flop und ich wusste, dass er die Wahrheit sagte, aber dennoch durchfuhr mich wie eine heiße Flutwelle das Gefühl, betrogen zu werden, bevor ich mich wieder abregen konnte.

Ian verstand die Ursache meiner Irritation falsch. „Ich weiß, dass ich dich im Stich lasse, und es tut mir leid. Es ist dieser Fall." Er legte seinen Einkauf in sein Auto und drehte sich dann wieder zu mir um. „Eine Studentin vom Cardinal College wird vermisst. Sie ist erst einundzwanzig."

Ich nickte. „Ich habe das Plakat gesehen."

„Gut. Je mehr Leute nach ihr Ausschau halten, umso besser. Ihre Eltern kommen morgen mit dem Flugzeug aus Dubai. Ich werde mich mit ihnen treffen, sehe zu, was ich herausfinden kann, und stelle alles auf die Beine, damit wir unsere Ermittlung vorantreiben können. Bei Vermissten ist Zeit der essenzielle Faktor."

„Ich verstehe das. Natürlich musst du deine Arbeit machen."

„Ich werde es bei dir wiedergutmachen. Ich werde dich Samstagabend zu einem schönen Essen einladen. Wie klingt das?"

Ich fand, es höre sich gut an, und sagte ihm das.

„Ich freue mich darauf." Und dann lehnte er sich vor und küsste mich. Es war so beiläufig, die Art von Kuss, die sich Leute geben, die ein echtes Paar sind. Sah er uns so? Vielleicht glaubte er, dass es darauf hinauslaufen würde. Ich hatte keine Ahnung und war noch nicht bereit, zu fragen. Ians Arbeit würde, glaubte ich, immer an erster Stelle stehen.

Und ich hatte meine eigenen Probleme, von denen eins mir sogar jetzt einen kalten Schauer prickelnd über den Nacken jagte.

Ich wartete, bis Ian weggefahren war, bevor ich laut sagte: „Was bist du? Ein Voyeur?"

„Wohl kaum", sagte Rafe verächtlich, als er aus der Rook Lane auftauchte, um an meiner Seite zu gehen. „Du hast es ja vor der gesamten Straße zur Schau gestellt. Man konnte es gar nicht übersehen, selbst wenn man gewollt hätte."

„Na ja, wenn du aufhören würdest, hinter mir herzuschleichen, würdest du nicht sehen, was ich treibe."

„Ich wollte in den Laden kommen, um dich zu sehen", sagte er mit Würde. Ich verstand vollkommen, dass Rafe eifersüchtig auf Ian war. Ich wünschte, die Dinge hätten anders sein können. Wir waren in ziemlich seltsamer Weise verbunden, er und ich, deshalb war jeder von uns sich der Anwesenheit des anderen immer bewusst. Und ich fühlte mich zu ihm hingezogen, aber mehr wie eine Motte zur Flamme anstatt wie in einer Beziehung mit Zukunft.

Abgesehen von der Kluft zwischen sterblich und unsterblich würden Essensverabredungen mit Rafe immer heikel sein. Er gab der Rohkostbewegung eine ganz neue Bedeutung. Außerdem schlief ich gern nachts, wenn er am energiegeladensten war, und ich wollte nicht wirklich alt und faltig werden, während mein Partner auf ewig umwerfend und wie fünfunddreißig aussah, mit der Erfahrung, Weisheit und dem Reichtum von jemandem, der seit sechs Jahrhunderten existierte.

Nichts davon konnte unserer gegenseitigen Anziehung oder seiner Eifersucht etwas anhaben. Manchmal dachte ich sehnsüchtig an mein altes Leben in Boston, in dem ich nicht gewusst hatte, dass ich eine Hexe war, während ich in einer der Nischen eines Großraumbüros arbeitete und Dates mit Sterblichen hatte. Okay, es war langweilig und unbefriedigend gewesen und der Sterbliche, mit dem ich mich getroffen hatte, hatte sich als fremdgehender Dreckskerl entpuppt, aber damals in jenen einfacheren Tagen hatte ich nicht mit Fragen gerungen wie 'Könnte ich mit jemandem zusammen sein, der niemals altern oder sterben kann?'

Es war hoffnungslos.

Und trotzdem geriet ich in Panik, wenn Rafe davon sprach, Oxford zu verlassen. Rafe war, mehr als alles andere, mein Freund und jemand, der mich beschützte und mir half, auch wenn er hochfahrend und kontrollsüchtig war.

„Wohin führt er dich morgen Abend?"

Ich wusste nicht, wie er von meiner Freitagabendverabredung mit Ian gehört hatte, aber Rafe tendierte halt dazu, viel zu viel über meine Angelegenheiten zu wissen. Ich wandte mich ihm zu und schüttelte den Kopf. „Du müsstest wirklich mal deine Einstellung aus Tudorzeiten updaten. Niemand führt mich irgendwohin. Ich bin eine moderne Frau und Feministin."

Er öffnete die Tür zum Cardinal Woolsey's und hielt sie mir auf. Als wir beide drinnen waren, ließ er das Thema aber nicht, wie ich es gehofft hatte, fallen. „Wo wirst du dich also unabhängigerweise mit deinem Freier treffen?"

Violet kicherte. „Er ist kein Freier."

Rafe zeigte sich verblüfft. „Wie lautet denn der korrekte Ausdruck?"

Violet seufzte und schaute verträumt drein. „Der korrekte Ausdruck lautet heißer Typ, kurz: Hottie."

Rafe rollte die Augen. „Ich glaube, weibliche Wesen hatten zu Tudorzeiten mehr Verstand."

Jetzt, glaubte ich, würde man das Thema fallen lassen, aber Violet hatte andere Pläne. „Wohin gehen du und Detective Hottie denn morgen Abend?"

„Tatsache ist, dass er Überstunden machen muss. Wir gehen Samstag. Zum Dinner."

Rafe sah aus, als hätte er Probleme damit, seine Ansichten für sich zu behalten. Violet versuchte es nicht mal. „Er macht schon wieder Überstunden? Und dabei schien er von dir so angetan zu sein."

Meri beobachtete uns alle. Sie versuchte zu lernen, wie Leute sich heutzutage benahmen und ich hatte das Gefühl, dass wir ihr nicht die besten Vorbilder waren.

„Er ist ja von mir angetan. Aber er ist in einen schwierigen Fall involviert. Zeitkritisch."

„Das nervt." Vi wurde wieder heiterer. „Aber wir können an unserem geheimen Projekt arbeiten."

Nicht ganz so geheim, sobald Violet dabei war.

Rafe fragte nicht mal. Er wartete einfach. Und nicht lange.

Violet wandte sich ihm zu. „Lucy muss an ihren Zaubertränken arbeiten, deshalb helfe ich ihr dabei, einen Liebestrank zu machen."

Er zog seine Augenbrauen hoch. „Um Detective Inspector Chisholm in seinem Streben zu ermutigen?"

„Nein", rief ich. „Ehrlich, Violet. Ich bin wirklich nicht sicher, ob ich mich in anderer Leute Liebesleben einmischen will."

„Ich kann mir nicht vorstellen, warum nicht", sagte Rafe, halb zu sich selbst. „Wo du doch in deinem eigenen so erfolgreich bist."

Ich ignorierte ihn.

Violet sagte: „Ich habe bereits mit Margaret Twig gesprochen und sie hat eingewilligt, uns zu helfen."

Ich war entsetzt. „Wann? Wir haben doch erst vor ein paar Minuten über einen Liebestrank gesprochen."

Sie sah mich an, als entginge mir etwas Offensichtliches. „Als du mit Ian draußen warst. Wir haben keine Zeit zu verlieren. Februar ist ein sehr kraftvoller Monat für Liebe. Valentinstag und all das. Und Margaret ist die beste Lehrerin. Ihre Liebestränke sind berühmt. Außerdem hat sie all die Zutaten und sie sind frisch, nicht wie die staubigen alten Kräuter, die du hier oben hast."

„Ich weiß nicht recht."

„Warum? Es ist ja nicht, als würde ich etwas Schädliches vorschlagen. Die arme Alice verdient Liebe, und ehrlich gesagt wäre sie wirklich gut für Charlie. Es ist nicht gesund für einen Mann, seine Nase den ganzen Tag in Bücher zu stecken."

Rafe machte ein Geräusch, als würde er sich räuspern. Natürlich steckte er als Experte für antiquarische Bücher seine Nase ebenfalls den ganzen Tag in Bücher, oder altertümliche Manuskripte oder manchmal eine Papyrusrolle.

„Aber vielleicht sind sie nicht füreinander bestimmt. Wir könnten mit unserer Einmischung mehr Schaden anrichten als Gutes tun." Ich wusste, dass wir Hexen einen Ehrenkodex hatten und niemals Böses tun sollten. Dann präsentierte ich mein bestes Argument. „Alice hat nicht um einen Liebestrank gebeten."

„Nur weil sie nicht weiß, dass wir Hexen sind." Sie machte einen Schritt auf die Tür zu. „Soll ich schnell rüberhuschen und ihr erzählen, dass wir Hexen sind und dass wir ihr unheimlich gern einen Trank zusammenbrauen würden, der ihr hilft, ihren Herzenswunsch zu erfüllen?"

„Nein." Ich schaute sie böse an. Dann wandte ich mich meiner anderen Verkäuferin zu, die schon länger eine Hexe war als unser ganzer Hexenzirkel zusammengenommen. „Meri? Wie denkst du darüber?"

„Man muss sehr vorsichtig sein, wenn man sich in Herzensangelegenheiten einmischt", sagte sie.

Bevor ich ihr sagen konnte, wie sehr ich dem zustimmte, bemerkte Rafe: „Du kannst Alice selbst fragen, was sie will. Sie kommt gerade herein."

Ich konnte es nicht glauben, aber er hatte recht. Alice ging soeben am Fenster meines Ladens vorüber. Ich versuchte sie zum Weitergehen zu bringen, aber sie verlangsamte ihre Schritte und dann wandte sie sich um und öffnete die Tür. Das muntere Glockenspiel verkündete ihre Ankunft.

Sie sah etwas erschrocken aus, dass wir sie alle zusammen anstarrten. „Hallo. Habe ich irgendeine Art von Treffen unterbrochen?" Sie machte einen Schritt rückwärts. „Ich kann wiederkommen."

„Nein", sagte ich und trat auf sie zu. „Wir haben uns die Auslage im Schaufenster angesehen. Ich hatte mich gefragt, ob ich das Fenster zum Valentinstag besonders dekorieren sollte, obwohl es kein sonderlich strick-orientierter Feiertag ist."

Wir blickten beide auf das Schaufenster, wo ich das übliche Sortiment fröhlich bunter Strickwaren ausgestellt hatte, samt aller Materialien, um sie anzufertigen. Ich füllte immer gern einen großen Korb mit Wollknäueln in unterschiedlichen Farben und Nyx, meine schwarze Katze und Vertraute, mein Begleittier als Hexe, lag wie so oft zusammengerollt in der Mitte des Korbs, mit dem Kinn auf einem sehr teuren Knäuel Seidenmohair.

Alice schaute ganz verloren drein. „Ich weiß es wirklich nicht." Jede Erwähnung des Valentinstags ließ sie niedergeschlagen aussehen.

Violet suchte meinen Blick und riss die Augen auf, eine unübersehbare Aufforderung an mich, einen Weg für die Frage an Alice zu finden, ob sie einen Liebestrank wollte. Ich war nicht sicher, wie ich das machen sollte, ohne zu verraten, dass wir Hexen waren. Stattdessen fragte ich sie, ob sie nach Strickzubehör suchte. Sie war in ein Strickgeschäft gegangen, es schien eine angemessene Frage zu sein.

Alice lief rot an und sprach zur Rückwand. „Ich hatte daran gedacht, Charlie vielleicht zum Geburtstag einen Pullover zu stricken."

Oje, die Ärmste. Violet machte ein Geräusch wie ein

Stöhnen, oder vielleicht war es auch Meri gewesen. Nyx würgte, als wäre sie drauf und dran, einen Haarballen auszuhusten. Rafe murmelte tonlos etwas. Ich ignorierte sie alle und sagte zu Alice: „Das ist eine nette Idee. Wann ist sein Geburtstag?" Ich musste wissen, ob wir nach einem einfachen Muster suchten, das sie rasch herunterstricken konnte, oder ob sie jede Menge Zeit hatte.

Ihre Röte vertiefte sich. „Sein Geburtstag ist im November. Aber ich plane gern voraus."

Ich sah sie im Geiste vor mir, wie sie Nacht für Nacht in ihrer einsamen Wohnung saß und sich mit Charlie verbunden fühlte, nur weil sie ihm einen Pullover strickte. Ich wollte sie ohrfeigen und ihr sagen, sie solle aufhören, sich zu benehmen, als sei sie seine Mutter. Aber wie könnte ich?

Ich warf Rafe einen Blick zu und machte eine Seitwärtsbewegung mit dem Kopf. Er nickte leicht. Er hatte verstanden. Mit einem kurzen Abschiedswort machte er sich durch die Vordertür davon. Jetzt waren nur wir drei Hexen im Laden und Alice, die einem Mann einen Pullover stricken wollte, der sie schon jetzt wie eine gemütliche Strickjacke behandelte, in die er sich wickeln konnte, wenn er fror. Niemand hegte romantische Gefühle für eine alte Wolljacke.

Es bedurfte der Anstupser von Violet nicht. Ich war voller Mitgefühl für diese liebeskranke Frau und wollte ihr helfen. „Glaubst du wirklich, dass Charlie dich plötzlich bemerken wird, nur weil du ihm einen Pullover strickst?"

Ich wusste, es war brutal, sie wissen zu lassen, dass ich über ihre hoffnungslose Schwärmerei genau Bescheid wusste. Wie auch immer, ich wollte ihr helfen und ich konnte das nicht, ehe sie mich darum bat. Wenn sie einen Liebestrank wollte, würde ich mein Bestes geben, ihr einen guten zu machen. Aber solange ich nicht wusste, ob sie unsere Einmischung wollte, war ich nicht bereit einzugreifen.

Alices Kopf ruckte bei meinen Worten hoch und sie starrte mich an. „Du weißt es?", fragte sie mit einer Mischung aus Entsetzen und Erleichterung.

Ich nickte. „Ich habe gesehen, wie du ihn anschaust."

Ihre Schultern sackten, und sie griff nach einem Knäuel rosa Kaschmirs und begann es in ihren Händen zu kneten wie widerspenstigen Brotteig. „Ich hätte nicht gedacht, dass es jemand weiß. Natürlich, es ist albern von mir. Er bemerkt mich überhaupt nicht. Jeden Abend gehe ich nach Hause und sage mir, dass ich ihm egal bin. Aber dann denke ich an einen Moment, in dem er mich angelächelt hat und ich erinnere mich, wie glücklich er aussieht, wenn er meinen Kuchen isst. Und ich denke, vielleicht, eines Tages, wird ihm aufgehen, dass ich das Beste bin, was ihm je passiert ist."

„Wie lange arbeitest du schon bei Frogg's Books?"

Sie sah noch niedergeschlagener aus als vorher. „Fast drei Jahre."

„Ich bin nicht besonders gut in Mathe, aber das sind fast tausend Kuchen, die du ihm gebacken hast. Wahrscheinlich zweimal so viele Tassen Tee und Kaffee, die du ihm gekocht hast. Und hat er jemals irgendein romantisches Interesse an dir gezeigt?"

Jetzt streichelte sie das Wollknäuel in ihrer Hand, so wie ich manchmal Nyx streichelte, wenn ich Trost brauchte. „Einmal hat er mich gefragt, was ich am Samstagabend machen würde. Ich erinnere mich bis zum heutigen Tag an die Art, wie mein Herz zu hämmern anfing und ich dachte, ihm sei endlich aufgegangen, wie ich fühle und dass er vielleicht meine Zuneigung erwidert." Sie schüttelte den Kopf.

„Aber er wollte bloß, dass ich komme und ihm helfe, eine Samstagabend-Inventur zu machen."

„Autsch", sagte Violet. Sie durchbohrte mich mit Blicken. Ich brauchte keine Telepathie, um zu wissen, dass sie mich ermuntern wollte, mit Alice die Idee eines Liebestranks zu erörtern. Ich nickte und sog den Atem ein.

„Alice, und wenn du es mal mit einer neuen Herangehensweise versuchen würdest?"

Sie sah nachdenklich aus. „Ich habe in Erwägung gezogen, Kekse zu backen statt Kuchen. Oder vielleicht könnte ich Schokolade mit einbeziehen. Man sagt ja, Liebe geht durch den Magen."

Ich war nicht gerade eine Femme fatale, aber jeder Trottel konnte sehen, dass Alices Versuche, Charlie auf sich aufmerksam zu machen, nicht wirkten. „Kein Essen. Ich glaube, nach drei Jahren hast du bewiesen, dass das nicht funktioniert."

„Aber was funktioniert dann?" Ihre Augen schauten mich bittend an. „Ich bin willens, alles zu versuchen."

Violet warf ihr Haar über ihre Schulter, so dass der leuchtende pinkfarbene Streifen, den sie in ihr schwarzes Haar gefärbt hatte, wie ein Band flatterte. „Bist du sicher, dass er es wert ist? Jeder Mann, der aus tausend frischgebackenen Kuchen nicht herauslesen kann, dass eine Frau sich in ihn verliebt hat, hört sich für mich ein bisschen dumm an."

Alice wappnete sich zur Verteidigung ihres Angebeteten. „Charlie ist nicht dumm. Er ist einer der intelligentesten Männer, die ich kenne. Er hat einen Abschluss in Englischer Literatur am Cardinal College hier in Oxford und zwar mit Auszeichnung. Er hat jeden bedeutenden Roman gelesen, den du nennen könntest. Er hat einige Sachen auf Latein gelesen und einmal sah ich ihn ein Buch lesen, das, glaube ich, auf Griechisch war."

Violet machte ein unhöfliches Geräusch. „Das ist die Intelligenz, die man aus Büchern lernt. Ich spreche von emotionaler Intelligenz. Ich würde sagen, dein Charlie hat die emotionale Intelligenz eines kleinen Steinchens."

Alice brütete über ihren Worten, krauste dann die Nase. „Vielleicht ein mittelgroßer Stein."

Ich musste vorsichtig vorgehen beim Vorschlagen eines Liebestranks. Es wurden zwar seit langer Zeit keine Hexen mehr verbrannt, aber ich würde keinerlei Risiken eingehen. „Ich habe von einer Frau gehört, die draußen auf dem Land lebt. Sie behauptet, dass sie einen Liebestrank machen kann. Ich habe es nie versucht, und ich weiß nicht, ob es funktionieren würde, aber ich frage mich, ob es einen Versuch wert ist."

Alice schaute mich an, als wäre ich womöglich geistesgestört. „Ein Liebestrank? Was ist sie, eine Hexe?" Ihre Stimme wurde höher beim letzten Wort, als ob sie sich albern dabei vorkam, Wesen, die außerhalb von Horrorromanen und Kindermärchen nicht existierten, auch nur zu erwähnen. Ha, sie hatte ja keine Ahnung ...

Violet und ich tauschten einen Blick. „Du könntest sie als eine weise Frau bezeichnen", sagte Vi.

Ich dachte, Alice würde die Idee sofort verwerfen. Tatsächlich hoffte ich es und dann würde Violet mich in Ruhe lassen und nicht von mir erwarten, ein Hexengebräu zu fabrizieren. Aber nachdem sie eine Minute lang darüber nachgedacht hatte, zuckte Alice die Schultern. „Was habe ich zu verlieren? Nichts, was ich bisher versucht habe, hat funktioniert." Sie lachte und ihr ganzes Gesicht strahlte auf.

„Warum nicht? Wenn der Trank nicht funktioniert, bin ich auch nicht weiter vom Ziel entfernt als jetzt."

Sie sah abwechselnd jede von uns an und ich dachte, wenn Charlie jemals diesen süßen verschmitzten Ausdruck auf ihrem Gesicht sähe, würde er vielleicht seine Nase mal für fünf Minuten aus seinem Buch kriegen und von dieser bemerkenswerten Frau Notiz nehmen, die sich nach ihm verzehrte.

Bevor ich die Chance hatte, irgendetwas zu sagen, sprang Violet ein. „Das ist ausgezeichnet. Lucy und ich kennen diese Frau beide, wir sorgen dafür, dass sie sofort mit deinem Trank anfängt."

Sofort klang viel zu rasch für meinen Geschmack. Alice sah ebenfalls unsicher aus. „Muss ich diese weise Frau kennenlernen?"

„Nein, nein", sagte Violet eilig. „Sie lebt sehr zurück-gezogen."

Alice sah erleichtert aus, dass sie keine Hexe besuchen musste. Ich konnte es ihr nicht zum Vorwurf machen. Ich wünschte ebenfalls, ich müsste Margaret Twig nicht besu-chen. Ich hatte das Mal nicht vergessen, als sie meine Katze gestohlen hatte. Glücklicherweise war Nyx eine sehr einfalls-reiche Vertraute und hatte es fertiggebracht, sich ohne irgendwelche Hilfe von mir selbst aus Margaret Twigs Fängen zu befreien. Ich wusste jedenfalls, bei Margaret war immer ein Preis zu bezahlen.

Fast als hätte sie meine Gedanken gelesen, sagte Alice: „Ist dieser Trank sehr teuer?"

„Ich denke, fünfundzwanzig Pfund sollten reichen", sagte Violet.

Alice lachte wieder. „Ich gebe jede Woche mehr als das

für Backzutaten aus." Sie öffnete ihre Tasche und holte den Betrag in bar heraus.

Ich bekam das Gefühl zu ersticken, als mir richtig aufging, was wir da vorhatten. „Bist du dir sicher?", fragte ich.

Sie hielt in einer Geste der Hilflosigkeit die Hände in die Luft. „Jedes Jahr schicke ich ihm anonym eine Valentinskarte. Und jedes Jahr weiß er nicht, wer seine heimliche Verehrerin ist. Ich verstelle nicht mal meine Handschrift. Vielleicht werde ich dieses Jahr wenigstens seine Aufmerksamkeit kriegen."

Das klang mehr nach einem Plan der Verzweiflung als nach einem vernünftigen, aber ich hielt den Mund, da ich sehen konnte, wie begeistert Violet von der Idee war. Sie nahm das Geld, faltete es sorgfältig zusammen und tat es in ihre Handtasche. Dann wurde sie sehr geschäftig. „Es gibt ein paar andere Zutaten, die du uns bringen musst."

Ich hatte keine Ahnung, wovon sie da sprach, aber natürlich hatte sie schon vorher Liebestränke gemacht. Sie zählte die einzelnen Punkte an ihren Fingern ab. „Als Erstes brauche ich von jedem von euch eine Haarsträhne, außerdem etwas frisches Blut, deins wie seins, und Fotografien von euch beiden. Wenn ihr zusammen abgebildet seid, ist das sogar noch besser."

Alices Augen weiteten sich. „Frisches Blut? Wie soll ich an Charlies Blut kommen? Ich will, dass er sich in mich verliebt, nicht dass er im Krankenhaus landet."

„Nun tu nicht so dramatisch. Er arbeitet den ganzen Tag mit Büchern und Papier, schneidet er sich dabei nie an einem Blatt Papier?"

„Nicht sehr oft."

Violet beugte sich zu Alice vor. „Du wirst dir was

einfallen lassen müssen. Vielleicht ein kleiner Unfall mit der Schere oder den scharfen Messern, mit denen man Kartons öffnet. Es muss ja nicht viel Blut sein, aber ein bisschen wird sie schon brauchen."

Ich wartete hoffnungsvoll darauf, dass Alice ihr Geld zurückverlangte. Stattdessen sagte sie: „Wie soll ich ich dieses Blut transportieren? Mal angenommen, ich bin in der Lage, es zu bekommen."

„Wenn du ein bisschen von seinem Blut mit einem Baumwolltaschentuch aufsaugst, wird das genügen." Sie drohte ihr warnend mit dem Finger. „Keine Papiertaschentücher, klar? Das Blut muss auf richtiger Baumwolle oder Leinen sein."

Für eine Sekunde schien sie in ihrer Entschlossenheit schwankend zu werden. Ich machte ihr keinen Vorwurf daraus. Jemandem ein Messer ins Fleisch zu stoßen, um ihn dazu zu bringen, sich in dich zu verlieben, hört sich schließlich nicht gerade nach *Oh, wie romantisch!* an. Aber sie war verzweifelt genug, um zuzustimmen. „Wann braucht ihr es?"

„Samstag, nach Ladenschluss." Dann sah sie mich an, als ihr offenbar einfiel, dass ich Samstagabend ein Date hatte. „Nein, warte, morgen. Sobald du das Blut hast, und das Haar, und die Bilder, kannst du alles rasch herschaffen und das ganze Zeug bei einer von uns abgeben."

Alice tat einen zittrigen Atemzug. „Das werde ich machen."

Dann legte sie das ziemlich durchgemangelte Knäuel rosa Wolle hin und ging, mit einem eiligen Dankeschön.

Sobald sich die Tür hinter ihr schloss, stürzte ich mich auf Violet. „Morgen? Wir machen diese Sache morgen? Ohne jede Vorbereitungszeit?"

„Also wirklich, Lucy. Bist du nicht auf dem Laufenden mit

deinem Mondkalender?" Sie zeigte aus dem Fenster. „Morgen ist Vollmond."

Wenn Ian schon ein Date cancelte, musste es ausgerechnet bei Vollmond sein?

Meine einzige Hoffnung war, dass Alice zu zimperlich sein würde, dem Mann, den sie liebte, Blut abzunehmen.

KAPITEL 3

Später an jenem Nachmittag hörte ich die unverkennbaren Geräusche, mit denen einer der Vampire durch die Falltür aus ihrem unterirdischen Schlupfwinkel in mein Hinterzimmer heraufkam. Ich hatte ein besonders scharfes Gehör, besser als das jeder meiner beiden Verkäuferinnenhexen, daher machte ich mir keine Sorgen, dass es die beiden Kundinnen alarmieren würde, die gerade in meinem Geschäft einkauften.

Falls es nicht meine Großmutter war, die wieder schlafwandelte. Wir hatten sie zwar fast von ihrer Angewohnheit geheilt, aber es wäre doch ziemlich alarmierend, wenn eine schlafwandelnde Vampirin, die in der Nachbarschaft gut bekannt gewesen war und der dieser Laden mal gehört hatte, schläfrig und verwirrt aussehend hereingewandert käme. Nur für den Fall, dass Granny in alte Gewohnheiten zurückgefallen war, schlüpfte ich hinter den Vorhang und in mein Hinterzimmer. Zu meiner Erleichterung war es nicht meine untote Großmutter, sondern Theodore, ein ehemaliger Polizist, der durch die Falltür heraufkam, die zu den

Tunneln unter meinem Laden führte, wo einige der Vampire hausten.

Theodore hatte ein rundes Babygesicht und hellblaue Augen. Diese Augen waren momentan randvoll mit Erwartung. Da die Langeweile das größte Problem der Vampire war, freute ich mich immer, wenn sie ein Projekt hatten, solange es etwas Harmloses war, das mich nicht einbezog. Er wisperte: „Ist die Luft rein da draußen?"

Ich schüttelte den Kopf und legte einen Finger an meine Lippen. Ich hörte die zwei Damen auf Wiedersehen sagen und spähte dann hinaus, um sicher zu sein, dass sie gegangen waren. Mit normaler Stimme fragte ich: „Was ist denn?"

„Man hat mich gebeten, die Kulissen für 'Ein Sommernachtstraum' zu malen. Ich bin ganz begeistert von den Möglichkeiten, der Stimmung, der Magie, dem verzauberten Wald."

Theodore hatte über die Jahre eine Menge Bühnenbilder für Amateurtheaterproduktionen gemalt. Da er erst vor kurzem nach Oxford gezogen war, konnte er sich immer noch in der Öffentlichkeit zeigen, ohne dass sich Augenbrauen hoben. Die Vampire neigten dazu, so etwa in jeder Generation einmal den Ort zu wechseln, um Argwohn zu vermeiden, da sie auf ewig in dem Alter blieben, in dem sie gewesen waren, als sie zu Vampiren umgewandelt wurden. Rafe, das wusste ich, hatte schon den Zeitpunkt überschritten, an dem er hätte gehen sollen, aber Theodore war noch nicht länger als ungefähr fünf Jahre in Oxford, also blieb ihm noch eine Menge Zeit.

„Das ist wunderbar", sagte ich. Ich war nicht völlig sicher, warum er hier heraufgekommen war, hatte er das nur gemacht, um mir die gute Nachricht zu überbringen?

Er sah verlegen aus. „Ich bin froh, dass du so denkst, Lucy. Ich habe mich gefragt, ob du vielleicht Lust hättest, mir zu helfen."

Ich war nicht sicher, ob ich ihn richtig verstanden hatte. „Du möchtest, dass ich dir helfe, die Kulissen zu malen? Theodore, ich habe absolut kein künstlerisches Talent."

Jetzt sah er sogar noch verlegener aus. „Du brauchst kein Talent, nur den Willen, einen Pinsel zu schwingen. Ich bin sehr schüchtern unter jungen Leuten, vor allem bei den Damen. Ich habe mich gefragt, ob du am Samstag mit mir kommen könntest. Es ist das erste Treffen aller Mitwirkenden. Wenn du mitkommen würdest, nur bis ich mich eingewöhnt habe ..."

Ein schüchterner Vampir? Also, das setzte dem Ganzen wirklich die Krone auf. Aber nachdem ich die untoten Stricker besser kennengelernt hatte, die unter dem Laden lebten, hatte ich sie sehr liebgewonnen. Theodore hatte mir ein paar besonders schöne Pullover gestrickt und ein Schultertuch, das ich wirklich liebte. Ich wollte ihm helfen. Außerdem dachte ich, es könnte Spaß machen, bei einem Theaterstück hinter der Bühne zu arbeiten. Vielleicht würde ich Zeit mit Ellen Barrymore verbringen können.

Da Charlie und Alice beide da sein würden, hätte ich die Chance, zu sehen, ob der Liebestrank irgendeinen Effekt hatte. Nachdem ich mich also vergewissert hatte, dass Meri und Violet beide fanden, sie könnten am Samstagnachmittag ohne mich auskommen, erklärte ich mich bereit, Theodore zu helfen.

∿

ICH HATTE HALBWEGS GEHOFFT, dass Alice die Nerven verlieren würde, vor allem bei dem Teil mit der Blutabnahme, aber sie kam gegen drei Uhr am Freitagnachmittag hereingeeilt, furchtbar schuldbewusst aussehend und ziemlich blass. Sie hielt einen Leinenbeutel in zitternden Händen, und nachdem sie gewartet hatte, bis niemand mehr im Laden war, stürmte sie heran und sagte: „Ich habe es getan. Es war schrecklich, aber ich habe es getan."

Violet strahlte sie an. „Das ist wundervoll, Alice. Wie hast du das Blut bekommen?"

„Ich habe ihn mit einem Messer gestochen." Sie sah so zittrig aus, dass ich dachte, sie könnte in Ohnmacht fallen.

Violets strahlendes Lächeln wurde gedämpfter. „Du hast was getan?"

Sie schwenkte eine Hand, und ich sah ein großes Pflaster auf ihrem Zeigefinger. „Bring mich bloß nicht dazu, mich noch schlimmer zu fühlen, als ich mich sowieso schon fühle. Ich konnte mir nicht vorstellen, wie ich Blut von ihm kriegen könnte, also habe ich, statt ein Stück Kuchen in der Küche abzuschneiden, wie ich es normalerweise mache, den Kuchen zum Tresen rausgebracht. Ich hatte mein schärfstes Messer von zu Hause mitgebracht. Ich bat ihn, den Teller zu halten."

„Er hat kaum darauf geachtet. Er legte seine Hand auf den Teller und las immer noch weiter sein Buch. Also war das ganz einfach zu machen, obwohl es eine Menge Courage und Entschlossenheit erfordert hat. Ich schnitt in seinen Finger und tat so, als hätte ich gedacht, es sei der Kuchen."

Sie sah so entsetzt aus, dass ich ein Lachen unterdrücken musste. „Was hat er gemacht?"

„Er sprang auf und schrie ein Wort, von dem ich nie geglaubt hätte, dass er es kennt."

„Oh je. Hat es sehr schlimm geblutet?"

„Es war in Ordnung, nachdem ich das Taschentuch ziemlich stramm um die Wunde gebunden hatte. Natürlich steckte ich dann in der Klemme, weil ich das Taschentuch ja brauchte. Er winkte mich immer weg, wenn ich ihm Pflaster anbot, aber letztlich war ich dann doch erfolgreich. Das Taschentuch ist in dem Beutel, zusammen mit meinem. Die Haare sind auch da drin, und das Bild."

„Das hast du sehr gut gemacht", sagte Violet, während sie in den Beutel spähte. Ihre Augen weiteten sich. „Verflixt, bist du sicher, dass er noch lebt?"

„Bitte mach keine Scherze. Es war sehr stressig." Sie sah aus, als sei sie den Tränen nah.

„Komm doch mit nach hinten", sagte ich. „Ich mache dir eine schöne Tasse Tee."

„Danke", sagte sie mit echter Dankbarkeit. „Ich kann mich nicht daran erinnern, wann *mir* zuletzt mal jemand eine Tasse Tee gemacht hätte."

Ich lächelte. „Tut mir leid, dass ich keinerlei schönen Kuchen habe, aber ich habe immerhin ein paar hausgemachte Ingwerkekse."

Sie schauderte. „Ich musste meinen Kuchen wegwerfen. Es war überall Blut drauf."

Ich schauderte selbst.

Dann schaute sie auf die Keksdose. „Deine Großmutter hat immer Ingwerkekse gebacken."

Tatsächlich hatte sie auch diese Fuhre gebacken, aber das verriet ich nicht. „Ja, ich weiß. Sie hat mir das Rezept hinterlassen und immer wenn ich die mache, denke ich an sie."

Während der Kessel heiß wurde, sagte sie: „Lucy, kennst du diese Person?"

Ich wollte keine Vertrautheit mit Margaret Twig eingestehen, also sagte ich: „Ich bin ihr schon mal begegnet."

„Und glaubst du, sie ist gut?"

Ich dachte an einige der Zauber, die ich sie hatte wirken sehen. „Oh, sie ist sehr gut."

Sie seufzte. Ihr Haar war zu einem ordentlichen Zopf geflochten, der nach vorn gefallen war, und sie begann mit dem Ende davon zu spielen. „Man liest in viktorianischen Romanen über Heldinnen, die sich nach Liebe verzehren und die lächerlichsten Sachen für ihre Angebeteten tun und ich dachte immer, ich wäre dafür zu vernünftig." Sie nahm eine Teetasse mit Dank entgegen. „Und dann traf ich Charlie. In meinen zurechnungsfähigen Momenten finde ich es absurd, es mit einem Liebestrank zu probieren, aber ich bin jene sich verzehrende Heldin. Ich würde alles versuchen, um Charlie zu bekommen. Einfach alles."

„Ich verstehe. Ich kann nicht versprechen, dass der Trank Charlie dazu bringt, sich in dich zu verlieben, aber ich nehme an, für fünfundzwanzig Mäuse ist es das Risiko wert."

Sie nickte und schluckte. „Wann wird der Trank fertig sein?"

„Ich bin mir nicht sicher, aber ich denke, jetzt hat Violet die Zutaten, sie kann sie also zu der weisen Frau bringen und ihn sofort zusammenbrauen. Ich denke, du könntest ihn morgen haben."

Sie bekam ein verträumtes Aussehen. „Vielleicht wird sich an diesem Valentinstag mein Herzenswunsch erfüllen."

„Ich hoffe es." Dann öffnete ich die Dose. „Nimm dir einen Keks."

KAPITEL 4

Margaret Twig sah viel zu erfreut aus, uns zu sehen. Ich konnte ihren Triumph darüber spüren, dass sie und ihresgleichen mich tiefer und tiefer in ihre Zunft zogen.

Sie trug eins ihrer langen, vorhangähnlichen Gewänder. Nicht ganz Kleid oder Schultertuch oder Umhang, sondern irgendwie eine Kombination von alldem. Dieses war aus mit Goldfäden durchwirktem dunkelgrünem Samt. Ich dachte flüchtig, dass die Kostümbildner der Sommernachtstraum-Produktion es sich von ihr ausleihen sollten.

Es war immer etwas Theatralisches an Margaret Twig und ich war sicher, dass sie sich extra für das Zaubertrankbrauen gekleidet hatte. Unter dem umhangartigen Kleidungsstück trug sie schwarze Hosen und ein schwarzes Seidenhemd, und eine Kette aus dicken lila Perlen um den Hals.

Ihr Haar war wie üblich ein wildes Gewirr von grauweißen Korkenzieherlocken und ihre leuchtend blauen Katzenaugen waren voller Erwartung schräg nach oben verzogen. Sogar ihr roter Lippenstift wirkte wie frisch auf ihre dünnen lächelnden Lippen aufgetragen.

Da Violet mich ermahnt hatte, mich angemessen anzuziehen, hatte ich mir ebenfalls Mühe gegeben. Ich trug ein mitternachtsblaues Wollkleid, das Sylvia gestrickt hatte. Ich hatte es mit der hübschen Diamanthalskette tragen wollen, die sie mir geschenkt hatte, aber nachdem Margaret für ihren letzten Gefallen für mich meine Katze als Bezahlung verlangt hatte, wollte ich sie nicht mit Diamanten in Versuchung führen. Stattdessen trug ich eine Kette aus Rosenquarz. Ich hatte sie mir von Meri mit einem Schutzzauber belegen lassen.

Margarets Blick wanderte sofort zu der Halskette und ihre kleinen weißen Zähne blitzten auf vor Amüsement. „Also wirklich, Lucy. Wo bleibt das Vertrauen?"

Violet warf mir einen Seitenblick mit einem Ich-habs-dir-ja-gesagt-Ausdruck zu. Sie trug einen maulbeerfarbenen Pullover, den sie selbst gestrickt hatte. Mit dem Regenbogenstreifen, den sie vorn in ihre langen schwarzen Haare gefärbt hatte, war das eine ziemlich beeindruckende Kombination. Darunter trug sie schwarze Leggings und schwarze Halbstiefel.

Als Margaret uns winkte, einzutreten, erhaschte ich die Düfte von Zimt, irgendeiner Zitrusart, und eine dunklere Note, die ich nicht identifizieren konnte – etwas zwischen Bitterschokolade und Pilz.

„Kommt rein, kommt rein." Sie ging uns voraus, ihre Absätze pochten auf dem Fliesenboden. Margarets Cottage war aus dem honigfarbenen Cotswold-Stein gemacht und musste drei- oder vierhundert Jahre alt sein. Es war die Sorte Cottage, die auf Postkarten von den Cotswolds auftaucht, mit seinem strohgedeckten Dach, Kletterrosen, und den sanften grünen Feldern, die es umgaben. Denn wie ein Hexenhaus im Märchen stand Margarets Cottage ganz für sich in den Resten des uralten Waldes von Wychwood.

Als das Haus gebaut worden war, stellte ich mir vor, hatten die Bäume wohl dicht drumherumgestanden, aber jetzt waren da vor allem Felder. Der Ort war trotzdem immer noch abgeschieden. Ich nahm an, dass Margaret ihr Cottage rundum mit einem mächtigen Zauber belegt hatte, der Bauunternehmer und Investoren davon abhielt, sich für das nahegelegene Land zu interessieren, oder vielleicht traute ich ihr zu viel zu und sie befand sich in einer Art Landschaftsschutzgebiet.

Als wir näher an ihre weiträumige Küche gelangten, zog sich mein Magen nervös zusammen. Als würde sie mein Unbehagen spüren, was sie zweifellos tat, sagte Margaret: „Es ist sehr aufregend, seinen ersten Zaubertrank zu brauen. Es ist ganz natürlich, Bedenken zu haben. Aber wenn du das Resultat deiner Anstrengungen siehst, wirst du begeistert weiterüben."

Mir kam es allein darauf an, niemanden zu vergiften. *Erstens, richte keinen Schaden an*, wiederholte ich den Spruch in meinem Kopf wie ein Mantra.

Als wir in die Küche traten, wurden die Düfte, deren Witterung ich vorher aufgenommen hatte, vom Geruch von Bienenwachskerzen überdeckt. Sie brannten rund um die riesige steinerne Feuerstelle.

Margaret hatte ein Feuer unter einem schwarzen gusseisernen Kessel angezündet. Sie hatte unterschiedliche Größen und dies war der kleinste, obwohl er voll möglicherweise eine Gallone Flüssigkeit fasste.

Ich dachte, sie hätte ebenso gut einen Kochtopf auf den Herd stellen können, bevorzugte aber das Dramatische eines Kessels über offenem Feuer.

Im Kessel blubberte bereits Flüssigkeit vor sich hin. Ich wurde zunehmend besorgter. „Ich dachte, ich würde diesen Zaubertrank zubereiten." Wenigstens wollte ich wissen, was in diesen Trank hineinkam, bevor ich ihn einem arglosen Menschen aushändigte.

„Das tust du, meine Liebe. Da ist nichts anderes drin als destilliertes Wasser. Ich dachte, ich setze den Kessel schon mal auf, um Zeit zu sparen."

Glaubte ich ihr? Ich hob meinen Blick zu ihrem auf und las die Herausforderung in ihren blauen Augen. Wenn ich den Inhalt des Kessels ausschüttete und von vorn anfing, würde ich ihr Wohlwollen verlieren, wie wenig auch immer davon vorhanden war. Außerdem, welchen Grund hätte sie denn haben sollen, den Liebestrank zu sabotieren? Ich entschied mich, ihr zu vertrauen. Mehr oder weniger. „Danke."

„Du hast Blut und Haare und so weiter mitgebracht?"

Violet hob den Leinenbeutel. Sie nickte und griff danach. „Ausgezeichnet."

„Und hier sind die fünfundzwanzig Pfund", sagte Violet und holte das Geld heraus.

Margaret schnaubte. „Du kannst für Liebe keinen Preis festsetzen." Ich bemerkte, dass sie das Geld aber trotzdem nahm.

„Gut. Hast du ein Rezept oder willst du meins benutzen?"

Violet und ich hatten das besprochen. Ich hatte etwas, von dem ich glaubte, dass es ein Liebestrank war, in unserem Grimoire gefunden, dem Familienzauberbuch, aber die

Schrift war alt und verblasst und Spritzer von Flüssigkeit, wahrscheinlich ein Liebestrank in der Zubereitung, hatten ein paar der Wörter unleserlich gemacht. Ich erklärte, dass ich das Zauberbuch trotzdem mitgebracht hatte, in der Hoffnung, dass unser und Margarets Familienrezept ähnlich genug waren, um die fehlenden Stellen ergänzen zu können.

Sie sah amüsiert aus, aber andererseits sah sie eigentlich immer amüsiert aus, wenn ich redete.

„Na gut. Fangen wir an." Sie streckte ihre Hände aus und wir drei kamen im Kerzenlicht zusammen. Sie sprach ein paar Worte, mit denen sie uns von negativer Energie und negativen Gedanken reinigte und unsere Aufmerksamkeit auf das Zusammenführen unserer Macht unter dem Vollmond lenkte.

Als wir fertig waren, sagte sie: „Also, dann lass deinen Zauber mal sehen." Ich holte das uralte Zauberbuch hervor und öffnete es vorsichtig beim Liebestrank. Margaret las über meine Schulter hinweg. Nickte, murmelte. „Milchdistel und Hagebutten. Interessant. Abgesehen davon ist es so ziemlich dasselbe. Deins sieht vielleicht ein bisschen mehr Honigwabe und Koriander vor, während meins ein paar Stiefmütterchen mehr angibt."

Dann öffnete Margaret ihr eigenes Zauberbuch und wir verglichen die Rezepte. Am Ende beschlossen wir, uns an Margarets Rezept zu halten, weil es moderner, bereits erprobt und genauer war, aber ich freute mich, dass ich ein paar der fehlenden Stellen in meinem eigenen Rezept ausfüllen konnte. Nicht, dass ich mir vorstellen konnte, es sehr häufig zu brauchen, aber ich hatte lieber meinen eigenen Zaubertrank, als zu Margaret Twigs Haus zurückkommen zu müssen.

Margarets Kräuter und andere Zutaten waren entweder in ihren ausgedehnten Gärten gewachsen oder hier vor Ort gesammelt worden, daher traute ich ihnen mehr als den Tüten und Flaschen in Grannys Küche, die staubig und blass geworden waren.

Es machte überraschend viel Spaß, eine Prise von diesem und einen Spritzer von jenem hinzuzugeben und der blubbernden Flüssigkeit zuzusehen, wie sie im Kerzenlicht schimmerte. Als wir die Basis für den Trank fertig hatten, wies Margaret mich an, die zwei blutbefleckten Taschentücher aus dem Beutel zu nehmen, und die anderen Sachen ebenfalls. Alice hatte als ordentlicher Mensch ein paar lange gelockte Haare von ihrem eigenen Kopf in einen Umschlag getan und ihn versiegelt und beschriftet. Ich wusste nicht, wo sie die viel kürzeren von Charlie gesammelt hatte, aber ich konnte sie mir dabei vorstellen, wie sie liebevoll einzelne verstreute Haare von seinem Pullover oder dem Kragen seines Mantels nahm.

Die Fotos waren in einem separaten Umschlag. Sie wirkten beide wie Schnappschüsse, die sie mit ihrem Smartphone aufgenommen und ausgedruckt hatte. Charlie wie üblich lesend hinter dem Tresen, zweifellos ohne zu ahnen, dass er fotografiert wurde, und sie hatte ein Selfie gemacht. Ängstlich darauf bedacht, dass dieser Zauber wirkte, hatte sie außerdem ein Bild von ihnen beiden zusammen hinzugefügt. Das sah aus, als wäre es bei einer Lesung mit einem berühmten Autor aufgenommen worden. Er stand neben Charlie, und dessen Kopf war von ihr abgewandt und der Person zu, die aus dem Foto herausgeschnitten worden war. Von dem Autor waren nur ein bisschen von seiner Schulter und seinem Arm geblieben.

Margaret wies mich an, die beiden Taschentücher in das blubbernde Gebräu fallen zu lassen, zusammen mit den Haaren. Ich hoffte, jemand würde das Gebräu abseien, bevor irgendwer es trank. Ich rührte die Flüssigkeit mit einem schweren Holzlöffel um und nach ein paar Minuten sagte sie, ich solle die beiden Taschentücher herausheben. Wahrscheinlich hatte der Stoff bis dahin genug von dem Blut abgegeben, um die nötige Arbeit zu leisten.

Die Taschentücher sahen jedenfalls sauber aus, als sie herauskamen. Falls das Gebräu als Liebestrank versagte, könnte es als Fleckentferner funktionieren.

Unter Margarets Aufsicht wedelte ich dann die Bilder durch den Dampf, während ich den folgenden Vers rezitierte.

Ein Schluck von diesem Trank soll langen
Zu öffnen Augen, die verhangen
So dass durchbohrt von Amors Pfeil'n
der Liebste sei nun voll Verlangen.
So sage ich, so soll es sein.

Bei der letzten Zeile brodelte das Gebräu plötzlich ziemlich wild. Besorgt, dass ich etwas falsch gemacht hatte, warf ich Margaret einen Blick zu, aber sie nickte beifällig. „Ja", sagte sie, mit einem weiteren ihrer geheimnisvollen Lächeln. „Ich glaube, du wirst ihn höchst wirksam finden."

Ich verspürte einen Anflug von Skrupeln. „Sie möchte ja bloß, dass er sie einlädt, mit ihm auszugehen."

Margaret schüttelte den Kopf über mich. „Das ist nicht wie in einem dieser Läden einer Kaffeekette, wo du dein Getränk genau so bestellen kannst, wie du es haben willst.

Magie ist nie eine exakte Wissenschaft. Deshalb nennen wir es ja Magie."

Ich schaute zwischen den beiden anderen Hexen hin und her, die meine Befürchtungen nicht zu teilen schienen. „Es kann doch keinen Schaden anrichten, oder?"

Margaret lachte, ein sanfter, rauchiger Ton. Und dann zitierte sie: „... rann nie der Strom der treuen Liebe sanft ..."

Eigenartig, dass sie aus dem Sommernachtstraum zitierte. Ich fragte mich, ob sie wusste, dass ich bei der ersten Probe morgen dabei sein würde.

Wir gossen das Gebräu in eine klare Glasflasche und Margaret stopfte einen Korken in die Öffnung. Damit nicht zufrieden, schmolz sie etwas rotes Wachs, um dann den Rand zu versiegeln.

Ich wusste, dass Alice den Trank in den nächsten ein oder zwei Tagen benutzen würde. „War es notwendig, die Flasche zu versiegeln?"

Margaret sah mich an und schüttelte mit boshaft funkelnden Augen den Kopf. „Macht es geheimnisvoller. Die Kunden mögen es, wenn sie bekommen, wofür sie bezahlt haben."

Mir kam es vor, als wäre die Hälfte von Margarets Magie Extravaganz und die Kunst, sich in Szene zu setzen. Dennoch hatte sie größere Kräfte als ich und so hielt ich den Mund.

Als Violet und ich unsere Sachen zusammensuchten und uns darauf vorbereiteten, die warme Küche zu verlassen, legte Margaret eine Hand auf meinen Arm. „Ich vergesse immer wieder, dass du eine Novizin bist. Vergiss nicht, wenn der Trank eingenommen wurde, wird die Wirkung nur für drei Tage anhalten. Stell sicher, dass die Liebenden zusammen sind, wenn sie trinken. Das wird ihm mehr Kraft verleihen."

Ich fühlte mich ein bisschen besser in dem Wissen, dass die Wirkung des Liebestrankes nachlassen würde.

Als wir Margarets Cottage verließen und für die Rückfahrt nach Oxford in Violets Auto stiegen, sagte sie: „Ich kann es kaum erwarten zu sehen, was passiert. Das ist so aufregend."

Ich gab eine unverbindliche Antwort, aber in Wirklichkeit hätte ich sehr gut lange Zeit warten können, bevor Fremde einen Zaubertrank einnahmen, den ich gebraut hatte. Vielleicht für immer.

KAPITEL 5

*D*as erste komplette Treffen für die Mitwirkenden der bevorstehenden Produktion von 'Ein Sommernachtstraum' des Cardinal College wurde an diesem Samstagnachmittag abgehalten. Ich wusste, dass Violet enttäuscht war, nicht mitkommen zu können, aber zum Ersten war sie weder eine der Schauspielerinnen noch gehörte sie zur Technik und zum Zweiten brauchte ich sie, um das Geschäft zu führen. Meri wurde zwar jeden Tag besser, aber sie kam immer noch schnell durcheinander.

Ich war aber ja nicht vollständig herzlos. Ich ließ Violet mitkommen, als ich zu Alice ging, um ihr unseren Zaubertrank zu geben.

Wir gingen die Straße zu Frogg's Books hinauf. Der Tag war mild für Februar und der Widerschein einer blassen Sonne glänzte auf den Pfützen des Regenschauers von vorhin. Ich war so nervös, dass ich mich krank fühlte, aber Violet plapperte vor Aufregung, während wir den kurzen Weg zum Buchladen gingen. „Glaubst du, sie wird ihm den einflößen, während wir da sind?"

Bevor ich antworten konnte, sagte sie: „Ich möchte es so gern sehen. Ich wette, es wird wie die Schluss-Szene in einer romantischen Komödie, wenn der Held die Heldin anschaut und weiß, dass er es endlich kapiert hat, er ist total in sie verliebt und du weißt, sie werden glücklich sein bis ans Ende ihrer Tage und fünfzehn Kinder haben."

„Ich würde niemals jemandem fünfzehn Kinder anhexen", sagte ich.

Sie kicherte. „Du weißt, was ich meine. Wahre Liebe."

Ich hielt sie auf der Straße an und sie drehte sich überrascht zu mir um. „Was, wenn es keine wahre Liebe ist? Was, wenn Charlie Alice wirklich nicht will? Wer sind wir, dass wir uns in sein Herz, seine Begierden einmischen?"

Sie schenkte mir ein ziemlich überhebliches Schmunzeln, von dem ich glaube, dass sie es von Margaret Twig gelernt hatte. „Der Trank bewirkt doch nur eine starke Verliebtheit, das ist alles. Du weißt doch, wie man, wenn man für jemanden schwärmt und man richtig scharf auf ihn ist, an nichts anderes denken kann als an diese Person? Aber dann geht es vorbei. Und es verwandelt sich entweder in wahre Liebe oder es verpufft. Das ist alles, was wir machen, wir erschaffen dieselben Gefühle wie eine kleine Schwärmerei. Der Rest hängt von Alice und Charlie ab."

„Und es wird wirklich nur drei Tage anhalten?"

Sie nickte. „Es wird wirklich nur drei Tage anhalten. Wenn sie ihm den Trank heute untermogelt, wird er bis Dienstag entweder wieder ganz sein ahnungsloses Selbst sein oder sie haben sich ineinander verliebt. Das ist, als würde man eine Beziehung anfachen wie ein Feuer. Es lodert schön auf, aber wenn die großen Holzscheite kein Feuer fangen, brennt die helle Flamme schnell aus."

Inzwischen hatten wir die Tür von Frogg's Books erreicht. Violet lachte mich aus. „Hör auf zu gucken, als ob du eine furchtbare Sache anstellen würdest. Du versuchst zwei Leuten dabei zu helfen, sich ineinander zu verlieben. Was könnte besser sein als das? Jetzt setz ein glückliches, zuversichtliches Gesicht auf und lass uns das Zündholz zum Brennen bringen."

Ich bezweifelte, dass meine Miene so recht glücklich wirkte, aber sie hatte recht. Es machte keinen Sinn, zu gucken, als würde ich schlechte Nachrichten mitbringen. Wir gingen hinein und wie üblich hatte Charlie seine Nase in ein Buch vergraben. Alice räumte gerade Bücherregale auf und eine ältere Frau wischte Staub, was darauf hinwies, dass sie eher eine Angestellte als eine Kundin war.

Alice sah auf, als die Tür sich öffnete, und ihr Gesicht wurde leuchtend rot und dann leichenblass. Sie ließ das Buch fallen, das sie gerade ins Regal stellen wollte, so dass es klatschend auf dem Boden aufschlug. Charlie schaute auf. Er sah Violet und mich und grüßte uns und widmete sich wieder seinem Buch. Alice ging derweil auf die Knie und hob den fallengelassenen Roman auf und stellte ihn mit zitternden Fingern völlig schief ins Regal.

Als sie wieder auf den Füßen war, eilte sie uns entgegen und winkte uns nach draußen. Sie hatte keinen Mantel an, schien aber die Kälte nicht zu bemerken. Sie führte uns am Schaufenster vorbei, damit Charlie uns von drinnen nicht sehen konnte. „Ich weiß nicht, ob ich das machen kann. Ich war den größten Teil der Nacht vor lauter Sorgen wach. Was, wenn ich ihn mit diesem Trick dazu bringe, sich in mich zu verlieben, obwohl er mich nie wirklich gewollt hat? Würde das nicht einen schrecklichen Menschen aus mir machen?"

Ich war froh, nicht die Einzige zu sein, die diese moralischen Skrupel hatte. Violet stürzte sich sofort in die Schwärmerei-und-Zündholz-Story, nach der Alice schon viel ruhiger aussah. „Es wird also nur drei Tage anhalten? Und wenn er sich nicht bis Dienstag in mich verliebt hat, dann kann ich mit meinem Leben weitermachen."

Ich applaudierte ihrer vernünftigen Einstellung. „Genau."

Sie legte eine Hand auf ihr Herz. „Ich habe mir das so sehr und schon so lange gewünscht. Jetzt habe ich Angst."

Violet nahm ihre Hände und sprach besänftigend auf sie ein. „Alice, du bist eine wundervolle Frau. Charlie könnte sich glücklich schätzen, jemanden wie dich zu haben. Wir helfen ihm doch nur, das zu sehen, was er direkt vor der Nase hat, das ist alles. Der Rest bleibt ihm überlassen."

Sie schüttelte den Kopf. „Ich habe bloß dieses grässliche Gefühl, dass etwas schiefgehen wird."

Nun ja, da waren wir schon zwei.

Violet öffnete denselben Leinenbeutel, in dem Alice uns ihre Opfergaben gebracht hatte. Sie zeigte ihr den Zaubertrank und erklärte, dass sie ein paar Tropfen davon in irgendeine Flüssigkeit tun sollte. „Er wird einen markanten Geschmack haben, also solltest du ihn in Tee oder Kaffee oder Wein oder so was tun, das einen starken Eigengeschmack hat."

Sie nickte, und ihre Finger falteten und entfalteten den Stoffbeutel mit dem Zaubertrank.

„Versuch ihm das so unterzumogeln, dass er dich ansieht, sofort nachdem er es getrunken hat, das wird seine Verliebtheit vertiefen."

Sie lachte ein bisschen hysterisch. „Das ist nicht schwierig. Wir sind fast die ganze Zeit zusammen." Sie schien nach zudenken. „Obwohl, ihn dazu zu bringen, mich anzuschauen statt die Seiten seines Buchs, könnte schon schwierig werden. Vielleicht ... wenn ich mir selbst ein paar Seiten von 'David Copperfield' aufdrucken und mich auf seinen Tresen legen würde ... Das könnte funktionieren."

Violet und ich tauschten einen Blick. Sie machte doch sicher einen Scherz. Bei Alice war das schwer zu sagen. Sie schien weiter darüber nachzudenken. „Ich weiß, ich tu den Trank in eine Thermoskanne Kaffee und nehme ihn heute Nachmittag zum Theatertreffen mit. Er wird dann nicht in der Lage sein, ein Buch zu lesen, er wird mich anschauen müssen."

„Ausgezeichnete Idee", sagte Violet mit Enthusiasmus. „Aus dem Buchladen rauszukommen, ist wahrscheinlich auch eine gute Idee. Eine ungewohnte Umgebung könnte ihn dazu bringen, dich in einem neuen Licht zu sehen. Oh, das ist so aufregend. Ich wünschte, ich wäre dabei."

Alice sah ziemlich panisch aus. „Ich wünschte auch, du wärst es."

Violet sagte: „Mach dir keine Sorgen, Lucy wird da sein. Sie hilft beim Malen des Bühnenbilds."

Alice wirkte erleichtert. „Ich werde mich viel besser fühlen, Lucy, wenn ich weiß, dass du da bist."

Violet und ich liefen zurück zum Cardinal Woolsey's und das Angstgefühl ging nicht weg. Aber ich tröstete mich mit dem Gedanken, dass die Wirkung des Zaubertranks bis Dienstag abgeklungen sein würde. Wie viel konnte in drei Tagen schon schiefgehen?

~

THEODORES AUGEN LEUCHTETEN AUF, als er in mein Hinterzimmer heraufkam, bereit, zu dem Treffen der Mitwirkenden zu gehen.

„Ach, Lucy, du trägst ja den Pullover, den ich dir gestrickt habe. Es gefällt mir. Er betont das Blau deiner Augen."

Ich lachte. „Da kann ich nicht mitreden, aber der Pullover ist erlesen, und falls jemand danach fragt, werde ich sagen, sie sollen ins Cardinal Woolsey's kommen, wo wir eine einfachere Version dieses Musters und genau dieselbe Wolle haben. Ich versäume nie eine Gelegenheit, Reklame zu machen. Ich habe von einigen Studentinnen, die hier einkaufen, gehört, dass Stricken sehr entspannend ist, vor allem wenn sie in langen, langweiligen Vorlesungen festsitzen."

Ich hatte diesen bestimmten Pullover auch ausgesucht, um Theodore Selbstvertrauen zu geben. Ich wollte meinen schüchternen Vampir spüren lassen, dass seine künstlerischen Bestrebungen gewertschätzt wurden.

Er hatte ein Skizzenbuch bei sich und ich sah, dass er einige erste grobe Zeichnungen gemacht hatte. Er hatte einen Zauberwald mit geflügelten Elfen gezeichnet. Eine andere Szene zeigte ein vage griechisch anmutendes Herrenhaus. „Die sind entzückend", sagte ich.

„Es wird eine Menge Bäumemalerei geben, fürchte ich. Es spielt sich so viel davon im Zauberwald ab. Mabel und Clara sind auch beide erpicht darauf, beim Malen zu helfen. Sie brauchen immer Beschäftigung."

Ich war festen Glaubens, dass ein mit Kunst und Handwerk beschäftigter Vampir mit geringerer Wahrscheinlichkeit Ärger verursachen würde. Und da die meisten hiesigen Vampire unter meinem Laden wohnten, tat ich gern alles, was ich konnte, um Ärger zu vermeiden.

Ich war noch nie im Cardinal College gewesen, daher war ich froh über die Gelegenheit, hinter dessen Tore zu gelangen. Theodore und ich blieben an der Pförtnerloge stehen und gaben unsere Namen an und unsere Gründe, das College-Gelände zu betreten. Als wir eingelassen worden waren, überquerten wir den College-Hof, der bei besserem Wetter vor Blumen überquellen würde, während sein Springbrunnen den Besuchern und Studenten auf ihrem Weg in und aus dem College einen Hintergrund von angenehmen Plätschergeräuschen lieferte. Jetzt vermittelte er den trostlosen Eindruck eines Gartens im Winter. Sogar der Efeu, der die Wände bedeckte, sah aus, als ob er fror.

Theodore sagte: „Die Gärten hinter dem College sind viel interessanter. Ein früherer Baumpfleger hat jede Sorte Baum pflanzen lassen, die in diesem Klima wächst. Viele der Bäume sind hunderte von Jahren alt. Es ist recht hübsch dort, wenn das Wetter gut ist."

Theodore öffnete mir galant den Haupteingang und ich trat ins Cardinal College. Ich weiß nicht, was ich erwartet hatte, etwas in der Art einer Burg vielleicht, aber der Flur vor meinen Augen war eine Kombination einer alten Villa und meiner Highschool in Boston.

Die Wände hatten prächtige dunkle Holzpaneele, die Decken waren hoch und mit Stuckrosen übersät, aber es gab auch moderne Pinnwände, an denen Zettel hingen. Offene Teilzeitstellen, Mahnungen, die Bewerbungen für Stipendien nicht zu vergessen, und traurigerweise ein Plakat von diesem vermissten Mädchen. Ich fragte mich, wie Ian gestern Abend mit ihren Eltern zurechtgekommen war. Ich hoffte, sie würden sie bald finden.

Als ich Theodore den Flur hinunter folgte, bemerkte ich,

dass es hier roch wie in einer Schule. Nach jungen Körpern und, undeutlich, ein bisschen wie Zwiebeln.

Ich verstand, warum ich Zwiebeln gerochen hatte, als wir einen Speisesaal mit einer Reihe sehr langer Tische passierten. Am hinteren Ende stand auf einer Art Bühne der Dozententisch.

Als wir weitergingen, hörte ich am Töpfeklappern, dass wir wohl an der Küche vorbeikamen. Der Geruch nach Zwiebeln wurde stärker.

Wir gingen ganz bis zum Ende des Korridors und aus anderen Türen wieder hinaus und über wieder einen anderen College-Hof zu einem modern aussehenden Gebäude. Vielleicht etwas aus den 1920ern oder 30ern. Das Schild an der Tür verkündete, dass dies der Theaterflügel war. Sobald wir eintraten, hörte ich Stimmengewirr und irgendwo ein lautes Lachen.

„Ich liebe den ersten Tag, er ist so aufregend", sagte Theodore. Wäre er kein Vampir gewesen, hätten sich seine Wangen gerötet. So wie es nun mal war, verriet nur die Stimme seine Aufregung.

Ich war auch irgendwie aufgeregt. Obwohl ich nur die Assistentin des Bühnenbildmalers war, wünschte ich, ich hätte mein eigenes Notizbuch mitgebracht. Ich kam mir vor wie am ersten Schultag und ich sehnte mich nach frisch gespitzten Bleistiften und einer neuen Brotdose.

Wir kamen zum Theater selbst und ich war beeindruckt von seiner Größe. Es gab Plätze für mehrere hundert Leute vor einer großflächigen Bühne. Eine Studentin mit einem Clipboard hielt uns am Eingang an und dirigierte uns durch eine weitere Tür, als wir unsere Namen nannten. „Das erste Treffen ist in der großen Probenhalle", sagte sie. „Schreibt eure Namen auf ein Namensschild, dann kann jeder erkennen, wer die anderen alle sind."

Ich schrieb mit einem rosa Filzstift *Lucy* auf das Namensschild. Es war einer dieser Klebezettel, die entweder nicht richtig halten oder einem die Kleidung ruinieren. Ich hatte nicht vor, den an meinen schönen Pullover zu kleben, also pappte ich das Namensschild an den Kragen der weißen Bluse, die ich darunter trug. Theodore trug ein graues T-Shirt unter einem schwarzen Blazer, so war es für ihn ein Leichtes, sich sein Schild mitten auf die Brust auf das Baumwoll-T-Shirt zu kleben. Er wählte einen schwarzen Filzstift und schrieb: *Theodore, Bühnenmaler.* Ich wollte hier nicht als Assistentin des Bühnenmalers bekannt werden, also ließ ich es bei dem einen Wort: Lucy. Falls irgendjemand wissen wollte, was ich hier machte, konnten sie mich ja fragen.

Wir gingen in den weitläufigen Probenraum und ich stellte mir vor, dass sich eine einzelne Biene beim Einflug in einen sehr großen, sehr geschäftigen Stock so fühlen musste. Hier herrschte nichts als Summen und Bewegung und man hatte den Eindruck, dass sich gerade eine Hierarchie herausbildete, was, wie ich annahm, so einiges mit Stechen zu tun hatte.

Ich nahm mir einen Moment, um einfach nur die Szene auf mich wirken zu lassen. Es waren wohl etwa fünfzig Leute anwesend. Es war sofort klar, wer hier die Schauspieler waren – sie stolzierten wichtig aussehend herum, während die anderen Mitwirkenden eher Namensschilder abzulesen schienen, auf der Suche nach Leuten, die sie kannten.

Ich muss zugeben, ich suchte ebenfalls nach einem vertrauten Gesicht. Allzu lange brauchte ich nicht, um Charlie und Alice auszumachen. Alice war wie üblich dabei, sehnsüchtig Charlie anzustarren, aber sie sah ziemlich verstört aus. Ich verstand, warum. Sie hatte gehofft, ihm den Zaubertrank hier zu verabreichen, wenn er kein Buch vor der Nase hatte, aber sie hatte die Besessenheit dieses Mannes vom geschriebenen Wort nicht mit einberechnet. Irgendeinem geschriebenen Wort.

Er hatte ein Textbuch gefunden und saß zurückgelehnt auf einem Stuhl, ein Bein über das andere gekreuzt, mit seiner Lesebrille auf der Nase und dem Textbuch offen vor sich. Wir hätten auf der untergehenden Titanic sein können, mit heulenden Alarmsirenen und höllischem Durcheinander an Deck, und ich bezweifle, dass er es bemerkt hätte.

KAPITEL 6

*A*rme Alice. Sie wusste eindeutig nicht, was sie machen sollte. Sie war darauf angewiesen, dass er etwas Zaubertrank nahm und dann sie anschaute, kein Buch. Er war bereits in Bücher verliebt. Dabei brauchte er keinerlei zusätzliche Hilfe.

Zweifellos würde sie warten, bis sie zurück im Laden waren, ihm den Trank in seinen Tee schmuggeln und dann eine Ausrede finden, damit er zu ihr hochschaute.

Ich entschied mich, einen Spaziergang durch den Raum zu machen und herauszufinden, wer diese Leute waren. Ich hatte noch nie an einer Theaterproduktion teilgenommen, daher war es irgendwie lustig. Wir waren nicht hier, um die Welt zu verändern oder über Politik zu debattieren, der ganze Zweck dieses Stücks lag darin, zu unterhalten. Zweifellos würden die beteiligten Studenten sich irgendwelche Leistungspunkte verdienen, aber mir schien, dass sie sich mehr dafür begeisterten, Verkleiden zu spielen, während sie im Zentrum der Aufmerksamkeit standen.

Vor allem vier von ihnen hielten meinen Blick gefangen.

Vielleicht weil sie alle jung, hinreißend und selbstbewusst waren. Keiner, der nicht klug war, kam ans Cardinal College, also stellte ich mir vor, dass sie außerdem hochintelligent waren. Sie schienen eine Handlung durchzuspielen, die genauso kompliziert war wie alles, was Shakespeare je eingefallen war. Da waren zwei Frauen und zwei Männer. Eine der Frauen trug ihr rotbraunes Haar in einem eleganten Kurzhaarschnitt, der ihre großen braunen Augen betonte, und hatte ein breites Lächeln mit so weißen Zähnen, dass sie mich an Hollywood erinnerten. Sie war groß und wohlproportioniert und sie benutzte diese Augen, ihr Lächeln und ihre sich wiegende Gestalt wie Greifkrallen zum Einholen ihrer Beute. Die beiden Männer schienen das Spiel zu genießen, und ich dachte, dass sie dabei ebenso im Wettbewerb standen, wie sie das Mädchen wirklich begehrten. Die zweite Frau war nicht so auffällig. Sie hatte erdbeerblondes Haar, zu einem unordentlichen Knoten zurückgenommen, helle Haut mit Sommersprossen und rote Wangen, als würde sie viel Zeit draußen verbringen.

Die jungen Männer waren genauso umwerfend und sich ihrer Anziehungskraft bewusst wie das Mädchen mit dem kurzen Haar. Einer trug ein Cardinal-College-Sweatshirt zu Designerjeans und Stiefeln, die wahrscheinlich mehr gekostet hatten als meine gesamte Garderobe. Er war dunkelhaarig mit dieser unbekümmerten Komm-grad-aus-dem-Bett-Frisur und einem Ich-könnte-dich-auffressen-Grinsen. Der andere trug ein schlichtes weißes T-Shirt und ein marineblaues Sportjackett zu Jeans, die wie angegossen an seinem Körper klebten und kaum etwas der Phantasie überließen. Er war so blond wie der andere dunkel, und seine Augen schienen nur halb offen. Er hätte eine Rasur nötig gehabt, aber seine ganze Haltung deutete an, dass ihm das egal war.

Ich konnte das Gespräch nicht hören, hatte aber ganz stark den Eindruck, dass die vier am oberen Ende der Nahrungskette standen. Während ich sie beobachtete, drehte sich der dunkelhaarige Mann um und steuerte in meine Richtung. Vielleicht wandte ich meinen Blick nicht schnell genug ab, denn er ging direkt auf mich zu. Na ja, stolzieren mochte eine bessere Bezeichnung sein für die Art, wie er sich bewegte. Er hielt vor mir an und hob unbekümmert einen Finger zum Kragen meiner Bluse. „Lucy", las er. „Und was ist dein Platz in alldem hier? Du bist keine Studentin, oder? Dich hätte ich bemerkt."

Ich verbiss mir ein Lächeln. Er war vermutlich drei oder vier Jahre jünger als ich, aber glaubte er wirklich, diese plumpe Anmache würde funktionieren? „Ich bin eine Freiwillige aus der Stadt. Ich werde mit den Kulissen helfen."

Er nickte. „Ich bin Miles Thompson. Ich werde Lysander spielen. Du wirst eine ganz spezielle Kulisse für mich entwerfen, ja?"

Ich ignorierte den ganzen Unsinn über das Bauen von Kulissen, die ihn gut aussehen ließen. „Glückwunsch. Du hast eine der Hauptrollen bekommen."

Er lachte leise. „Unsere illustre Regisseurin hat dieses Stück ausgesucht, weil es zu den Talenten ihrer Schauspieltruppe passt. Das ganze Stück handelt nur von ungleichen Liebespaaren und Verwirrungen. Und darüber wissen wir alles." Er sah plötzlich sehr zynisch und weltmüde aus für jemand so Jungen.

„Sind das die anderen Hauptrollen?" Ich wies auf die drei, die immer noch miteinander sprachen.

„Das sind sie." Er zeigte auf die Gruppe. „Scarlett Baker rechnet damit, die nächste Keira Knightley zu sein. Sie spielt natürlich die schöne Hermia. Das ist Jeremy Booth, er spielt Demetrius." Er zeigte auf die Blonde. „Und das ist Polly. Sie spielt Helena." Er beobachtete sie. „Sie ist ein bisschen überspannt."

Ich wollte Theodore nicht im Stich lassen, also sah ich mich nach ihm um.

Während meine Aufmerksamkeit wanderte, tat die von Miles Thompson es auch, und er entschuldigte sich, um zu einer sehr hübschen Rothaarigen zu gehen und mit ihr zu sprechen. Es gab einen langen Tisch mit einer großen Gastronomiekaffeemaschine, heißem Wasser für Tee und einem Tablett nicht sonderlich interessant aussehenden Gebäcks. Ich sah Alice sich in der Nähe der Kaffeemaschine herumtreiben und glaubte zu wissen, was sie vorhatte. Ich schlenderte in ihre Richtung und zwar gerade rechtzeitig, um zu sehen, wie sie Kaffee in einen der zur Verfügung gestellten weißen Keramikbecher goss. Sie fügte Milch und Zucker hinzu und zog dann, mit einem Seitenblick auf Charlie, einen silbernen Flachmann aus ihrer Tasche.

Zweifellos fand sie, dass der Glaskolben ein wenig befremdlich ausgesehen hätte, oder sie hatte Angst, es würde zerbrechen. Falls Charlie sie etwas aus einem Flachmann gießen sah, konnte sie so jedenfalls sagen, es wäre ein bisschen Brandy, um ihn aufzuwärmen.

Ich glaubte sie zögern zu sehen und dann strafften sich ihre Schultern und sie nickte einmal voller Entschlossenheit, bevor sie ein bisschen von dem Zaubertrank in den Kaffeebecher kippte. Ich beobachtete, wie sie zu Charlie hinüberging, der aufschaute und den Kaffee mit einem zerstreuten Lächeln entgegennahm.

Eine neuvertraute Stimme sagte: „Ein kleiner Schluck auf unser erstes Treffen. Ausgezeichnete Idee." Bevor ich Miles Thompson daran hindern konnte, hatte er sich den Flachmann geschnappt, den Alice dummerweise neben der Kaffeemaschine zurückgelassen hatte, und nahm einen kräftigen Schluck.

„Nein, warte", sagte ich, aber es war zu spät.

Als er schluckte, verzog sich sein Gesicht, als hätte er an Abflussreiniger genippt. Er machte eine Bewegung, als müsse er würgen. „Das ist ohne Zweifel der schlechteste Fusel, den ich je gekostet habe."

Ich stand voller Entsetzen da und wusste nicht, was ich machen sollte, als sein gleichermaßen schicker Freund, der den Demetrius spielen sollte, kam und sagte: „Was ist das denn? Dein geheimer Weinvorrat?"

Mit einem Zwinkern in meine Richtung sagte Miles: „Ja. Bedien dich."

Ich streckte die Hand aus im verzweifelten Bemühen, ihm den Flachmann abzunehmen, aber Jeremy lachte und drehte mir den Rücken zu, während er sagte: „Du bist als Nächste dran." Und er nahm ebenfalls einen Schluck. Wie sein Freund grimassierte und würgte er. „Mein Gott, das ist ja furchtbar." Er blitzte Miles zornig an. „Hast du das mitgebracht?"

Er schüttelte den Kopf. „Nein. Das war das Mädchen da." Und er zeigte auf Alice.

Ohne zu ahnen, dass ihr Zaubertrank in die falschen Hände gefallen war, tänzelte Alice immer noch um Charlie herum und versuchte ihn dazu zu bringen, einen Schluck von seinem Kaffee zu nehmen. Ich eilte zu ihr hinüber. „Alice, du musst dir deinen Flachmann wiederholen. Diese Jungs haben ihn."

Sie schaute mich kurz an und folgte dann meinem Blick dorthin, wo Miles und Jeremy mit ihrem Zaubertrank herumspazierten. Sie schlug die Hände vor den Mund. „Oh nein. Was mach ich denn jetzt?"

Ich hatte keine Ahnung. Ich war noch nie in einer Situation wie dieser gewesen. Ich sagte: „Sieh lieber zu, dass du ihn zurückkriegst. Und zwar schnell."

„Aber Charlie könnte den Zaubertrank trinken und jemand anderen anschauen."

„Das ist nicht zu ändern. Er liest sowieso schon wieder das Textbuch. Ich denke, er hat seinen Kaffee vergessen. Kümmere dich da nicht drum, sieh zu, dass du das Problem mit dem Flachmann löst."

Sie stürmte eilig davon und ich wäre mitgekommen, um ihr zu helfen, hätte ich nicht Detective Inspector Ian Chisholm durch die Tür kommen sehen. Wenn er mich hier aufgespürt hatte, um mir zu sagen, dass er es heute Abend nicht zu unserem Date schaffen würde, wäre ich ernsthaft unglücklich. Aber als er mich sah, hellte sich seine Miene auf. Er hatte eindeutig nicht gewusst, dass ich hier war.

Ich ging ihm entgegen und sagte: „Ian. Hilfst du beim Sommernachtstraum aus?"

Er schüttelte den Kopf. „Leider nicht. Ich bin in einer dienstlichen Angelegenheit hier."

Ian sah sich im Raum um und ich dachte, er hätte die Person gefunden, die zu suchen er hereingekommen war. Aber bevor er einen Schritt auf sie zu machen konnte, ging eine Art Beben durch den Raum. Ich sah auf und da, auf der Bühne, war Ellen Barrymore. In Person.

„Ich kann nicht glauben, dass ich im selben Raum mit Ellen Barrymore bin", sagte ich leise zu Ian. „Ich bin ein Fangirl."

Die Regisseurin klatschte in die Hände und sagte mit kräftiger Stimme: „Willkommen zusammen. Bitte sucht euch einen Platz und wir werden anfangen.""

Alle schoben sich durcheinander in die Stuhlreihen. Ich sah Alice mit den zwei jungen Männern streiten, die großen Spaß daran zu haben schienen, die Flasche außerhalb ihrer Reichweite zu halten.

Ich drehte mich zu Charly um, um zu sehen, ob er wenigstens einen Schluck von seinem manipulierten Kaffee genommen hatte, und schon stand mir ein wiederum neuer Schrecken vor Augen. Scarlett Baker, die sehr hübsche junge Schauspielerin, die Hermia spielen sollte, ging auf Charlie zu. Sie sagte etwas zu ihm, das ihn aufblicken ließ. Ich war nicht völlig sicher, wie der Zaubertrank funktionierte, aber ich hielt es für das Beste, wenn Alice die erste Person war, die Charlie zu Gesicht bekam, nachdem er an dem Kaffee genippt hatte, nicht die allzu attraktive Scarlett.

„Entschuldige mich", sagte ich zu Ian, bereits unterwegs, das nächste Desaster abzuwenden.

Ian sagte: „Kümmere dich gar nicht um mich. Ich werde mir eine Tasse Kaffee besorgen und im Hintergrund rumhängen, bis dein Meeting vorbei ist." Ich nickte, achtete aber kaum auf ihn, weil ich so ängstlich darauf bedacht war, zwischen Charlie und Scarlett zu kommen. Ich winkte, um Alice auf mich aufmerksam zu machen, aber sie flehte gerade die Jungs an, ihren Zaubertrank zurückzugeben.

Ein Horror nach dem anderen. Ich hielt auf Charlie und Scarlett zu, gerade rechtzeitig, um die junge Frau sagen zu hören: „Wunderbar. Kaffee. Ich hatte heute überhaupt noch keinen." Direkt vor meinen entsetzten Augen hob sie seinen Becher an die Lippen und nahm den provozierendsten Schluck Kaffee, den ich je eine Person habe nehmen sehen.

„Nein", kreischte ich. Sie drehten sich beide um, um mich anzustarren. Ich kramte nach einer Ausrede für meinen Aufschrei. Mehrere Leute in der Nähe waren stehengeblieben und starrten mich an. Einschließlich Polly, die zu Scarlett hinüberging, wie um sie zu beschützen.

Ich sagte: „Es ist Grippesaison. Wir sollten uns keine Tassen teilen, sonst verstreuen wir Krankheitskeime." Ich klang mütterlicher als Alice, und Charlie, sichtlich geschmeichelt von Scarletts Aufmerksamkeit, grinste. Für einen Kerl, der so viel seiner Zeit mit der Nase in einem Buch verbrachte, war er ganz schön attraktiv, wenn er aufsah und eine Frau anlächelte.

Er sagte, indem er Scarlett einen Seitenblick und Polly ein Zwinkern zuwarf: „Ich werde ein oder zwei Keime riskieren." Er nahm ihr den Becher aus der Hand und setzte ganz absichtlich seinen Mund dorthin, wo ihrer gewesen war, und nahm einen Schluck.

Eigenartigerweise beachtete sie ihn überhaupt nicht. Scarlett starrte mich an, als wären wir einander vor langem verlorengegangene Schwestern, die sich soeben wiedergefunden hatten. Sie trat einen Schritt auf mich zu und schob mit nervöser Hand ihr Haar hinter die Ohren. „Ich glaube nicht, dass wir einander schon vorgestellt worden sind ...?"

„Ich bin Lucy. Ich helfe beim Kulissenmalen."

Sie tat einen raschen Atemzug. „Ich hoffe sehr, du kannst

mir helfen." Sie strich mit den Händen an den Seiten ihrer sehr schlanken Figur entlang. „Weißt du, ich bin so groß. Ich möchte sicher sein, dass du die Kulissen im Zauberwald so gestaltest, dass sie mich nicht aussehen lassen, als wäre ich einer der Bäume."

Ich hatte an anderes zu denken als die Eitelkeit dieser Schauspielerin, mit Alice, die hinter diesem Flachmann herhüpfte und all den Leuten, die diesen Zaubertrank zu trinken schienen. Ich wünschte, es *wäre* Alkohol in diesem Flachmann gewesen. Ich hätte selbst einen gewaltigen Schluck genommen.

Noch einmal rief die Regisseurin alle dazu auf, ihre Plätze einzunehmen. Ich hatte genug von den beiden Schauspielern, die Alice mit diesem Zaubertrank ärgerten. Sie musste zu Charlie herüberkommen, und zwar schnell. Die beiden waren überall um sie herum, neckten sie und schmeichelten ihr, aber sie war fast den Tränen nah in ihrem Flehen, ihr die Taschenflasche zurückzugeben. Ich war kurz davor, den beiden die Meinung zu sagen, als der Blonde, Jeremy, ihr sehr verlegen aussehend die Flasche reichte.

Sie war leer.

KAPITEL 7

Sie stieß einen Schrei aus. „Was ist mit dem Zau... - dem Getränk passiert, das da drin war?"

Oh, wenn sie doch bloß den Zaubertrank über den ganzen Boden verschüttet hätten! Aber sie fingen an zu gackern. „Teile, und teile brüderlich", sagte Miles, prustete und zeigte auf etwas. Ich folgte seinem Blick zur Kaffeemaschine. Oh nein. Das konnten sie doch nicht getan haben.

Ich schaute all die Leute an, die momentan Kaffee tranken, und fragte mich, wie viele von ihnen sich wohl ihre Tasse eingeschenkt hatten, nachdem diese elenden Narren den Rest des Zaubertranks in die Kaffeemaschine gekippt hatten. Zu meinem Entsetzen sah ich Ian aus einem Becher trinken. Er schaute gerade Scarlett an, sein Blick wurde offenbar von ihrer Lebhaftigkeit und den flinken Bewegungen angezogen.

Sie schien nach jemandem zu suchen und dann sah sie unsere Gruppe, Miles und Jeremy neben Alice und mir. Sie kam herüber mit ihrem raschen Schritt, aber statt sich neben die Jungs zu setzen, nahm sie den leeren Platz neben mir. Sie beugte sich näher zu mir. „Lucy, ich muss deine Handynummer haben."

Sie meinte es wirklich ernst mit dieser Kulissensache. Ich erklärte, dass ich nur eine Hilfsmalerin war, aber sie schüttelte den Kopf und drängte mir ihr Handy auf. Mit einem hilflosen Achselzucken gab ich meine Handy-Nummer in ihres ein und sofort summte mein Telefon.

Sie sagte: „Ich habe dir eine Textnachricht geschickt, damit du meine Nummer auch hast." Sie starrte mich ängstlich an. „Du wirst mich doch anrufen?"

Ich war kurz davor, Scarlett zu sagen, sie solle mit Theodore sprechen, aber in diesem Moment klatschte Ellen Barrymore auf der Bühne in die Hände. Sie stand einen Moment sehr still da, und ihre völlige Reglosigkeit nahm alle Aufmerksamkeit in diesem Raum gefangen. Ellen Barrymore war vierundvierzig Jahre alt. Ich wusste das, weil ich sie im Internet gesucht hatte, bevor ich hergekommen war. Ich spürte ein leichtes Herzflattern, einfach weil ich mich in ihrer Gegenwart befand.

Sie war eine klassische Schönheit, die ihr dunkelbraunes Haar lang und sehr glatt trug. Sie hatte ein rotes Wollkleid an, das irgendwie gleichermaßen gebieterisch und sexy wirkte. Dazu trug sie schwarze Strümpfe und schwarze Pumps. Eine lange Goldkette hing an ihrem Hals und klobige Goldohrringe blitzten an ihren Ohren. Sie war jeder Zoll eine Diva.

Stille senkte sich sofort über ihre Truppe und wir saßen wartend da. Ellen Barrymore war bekannt für ihr intelligentes Spiel, ihren graziösen Gang, aber vor allem für ihre

Stimme. Sie war tief und leicht heiser. Jetzt kamen wir in ihren Genuss. „Vielen Dank euch allen, dass ihr heute gekommen seid. Einige von euch sind Studenten, die hier sind, um Schauspielerfahrung und Scheine zu erlangen, und einige von euch sind ehrenamtliche Helfer. Ich möchte mich persönlich bei jedem Einzelnen von euch für euer Engagement bedanken. Die Rollen sind bereits besetzt und die Schauspieler und Zweitbesetzungen werden hier bei mir bleiben."

Stühle begannen zu scharren und Papier zu rascheln.

„Bühnenhelfer, Baumeister, Kulissengestalter und Maler und Kostümbildner werden alle von der Frau dort hinten mit dem Clipboard in ihre Räume gewiesen. Sie heißt Alex Blumstein und sie wird euch allen so unverzichtbar sein, wie sie es für mich ist."

Es gab ein leicht knarrendes und scharrendes Geräusch, als sich die meisten von uns umdrehten, um die Frau anzusehen, die dort hinten stand. Sie sah nicht aus, als wollte sie für irgendjemanden unverzichtbar sein. Sie sah aus, als hätte sie die Füße in Schuhen, die ein oder zwei Nummern zu klein waren. Sie war nicht groß, aber stämmig und hielt ihr Clipboard, als würde sie es einem womöglich eher um die Ohren hauen als etwas darauf zu schreiben.

Neben mir beugte Scarlett sich herüber. „Sie ist ein absoluter Drachen. Komm bloß Alex Blumstein nicht in die Quere, was immer du auch machst."

Ich flüsterte zurück: „Danke für den Tipp."

Die Regisseurin fuhr fort: „Da dies meine letzte Saison sein wird und mein letztes Stück mit dem College, bin ich entschlossen, daraus unsere bislang beste Produktion zu machen." Sie lächelte uns mit ihrem wundervollen Lächeln an. „Ich habe schließlich meinen beruflichen Stolz. Glücklicherweise werde ich von einigen der größten Talente unterstützt, mit denen ich je gearbeitet habe. Und wie viele von euch wissen, habe ich mit den Besten gearbeitet."

Sie machte eine Pause für das anerkennende Gelächter, das durch den Raum ging. „Ich sage voraus, dass innerhalb eines Jahrzehnts einige von euch bekannt, ja berühmt sein werden. Und jeder von uns heute wird Teil dieses Erfolgs sein, ob wir ein Kostüm genäht haben, durch Beleuchtung und Kulissen bei der Gestaltung des Zauberwaldes geholfen haben oder einfach Kaffee gemacht."

Bei dem Wort *Kaffee* erschauerte ich bis in die Eingeweide.

„Und deshalb lasst uns anfangen, und, wie wir in diesem Geschäft gern sagen: Hals- und Beinbruch!"

Ich hätte dieser wundervollen Stimme ewig zuhören können, aber jeder im Raum klatschte und einige der Studenten, die sie kannten, pfiffen und johlten. Ich fiel in den Applaus ein, während ich hoffte, dass der Zaubertrank, an dessen Herstellung ich beteiligt gewesen war, nicht gleich am Anfang dieser Produktion Ärger verursachte. Ich fühlte mich so schuldig, als hätte ich einem Haufen abergläubischer Schauspieler „Macbeth" zugerufen.

Ich war traurig, zu hören, dass Ellen Barrymore gehen würde. Ich hatte mich kurz der Phantasie hingegeben, dass sie vielleicht ihre Leidenschaft fürs Stricken entdecken und von Zeit zu Zeit in meinem Laden vorbeischauen würde. Mir gefiel schon die Vorstellung, auch nur in derselben Straße wie jemand zu arbeiten, dessen Talent ich so sehr bewunderte. Ich drehte mich zu Scarlett um. „Geht Ellen Barrymore wirklich?"

„Oh ja. Wir sind alle am Boden zerstört. Na ja, nicht allzu-
sehr am Boden zerstört, weil sie ja Intendantin des Neptune
Theaters in London wird. Wir hoffen alle, dass sie uns anheu-
ert." Sie schaute um sich und dämpfte ihre Stimme zu einem
Wispern. „Natürlich kann sie nichts sagen, aber sie hat Miles
und Jeremy und mich wissen lassen, dass sie nach einem
Platz für uns Ausschau halten wird."

„Das ist fantastisch", sagte ich. Ich wusste nicht viel über
das Schauspielgeschäft, aber jeder sprach von der großen
Chance und mir schien, dass diese großartigen jungen Leute
kurz davor standen, ihre zu bekommen. Nicht dass die Natur
ihnen nicht schon reichlich Chancen mitgegeben hätte.
Schon allein intelligent und gebildet genug zu sein, um nach
Oxford gehen zu können, war ein großer Glücksfall, aber
auch noch schön und fürs Theater talentiert zu sein, sah
nach einer riesigen Extraportion Glück aus.

Ich stellte mir vor, eines Tages meinen Freunden davon
zu erzählen, wie ich das Grün auf den Baum gemalt hatte, vor
dem die berühmten Schauspieler Miles Thompson, Jeremy
Booth und Scarlett Baker dann aufgetreten waren. Näher
würde ich dem Ruhm wahrscheinlich nie kommen.

„Gut, viel Glück am ersten Tag. Ich werde mal lieber bei
der Drachenlady herausfinden, wohin ich gehen soll."

Als ich mich nach Theodore umsah, bemerkte ich, dass
er mit einer Studentin in Jeans und einem Kapuzenpullover
zusammen war, deren Blick bei jedem seiner Worte an seinen
Lippen zu kleben schien. Sie sah aus, als hätte sie gerade ihr
Idol getroffen. Dann bemerkte ich die Kaffeetasse in ihren
Händen. Oh je. Sie winkte eine Freundin herüber und die
drei begannen Theodores Skizzenbuch durchzusehen.

Ich stand auf und prallte beinahe gegen Ian, der gerade

direkt zu uns getreten war. Aber er schaute nicht mich an, seine Aufmerksamkeit galt Scarlett.

„Entschuldigen Sie", sagte er. „Ich bin DI Ian Chisholm. Ich wüsste gern, ob ich Ihnen ein paar Fragen stellen dürfte." Als Scarlett ihn anschaute, nahmen seine Wangen und sein Hals eine rötliche Farbe an. Ich hoffte, er brütete nicht gerade eine Grippe aus.

Scarlett wirkte ziemlich erfreut. „Ein Detective Inspector? Wie aufregend. Womit kann ich Ihnen helfen?"

Seine Farbe vertiefte sich und mir ging auf, dass der Mann errötete. Er räusperte sich und zog dasselbe Bild heraus, das ich auf dem Vermissten-Plakat im Buchladen gesehen hatte. Er fragte: „Kennen Sie diese Frau?"

Scarlett warf einen Blick auf das Foto. „Natürlich tu ich das. Das ist Sofia. Ich bin mit ihr in einem Schauspielseminar. Ich muss leider sagen, dass sie nicht sehr gut ist." Sie zuckte theatralisch die Schultern. „Ich nehme an, das sollte man wirklich nicht sagen, wo das arme Mädchen doch vermisst wird. Hat man sie schon gefunden?"

Ian schüttelte den Kopf. „Wir wissen, dass sie hier am Tag ihres Verschwindens einige Zeit verbracht hat."

„Am College? Na ja, klar, hier studiert sie ja."

„Nein. Hier, im Theaterflügel, vorgestern. Haben Sie sie gesehen?"

Scarlett krauste ihre Nase. „Wir sind alle mal raus und rein an dem Tag. Ellen hatte die Besetzung ausgehängt, also stelle ich mir vor, dass jeder mal reingeschaut hat, der vorgesprochen hatte. Ich glaube nicht, dass Sofia für irgendwas Besonderes ausgesucht wurde." Dann rang sie nach Luft. „Sie glauben doch nicht etwa, das hängt mit ihrem Verschwinden zusammen, oder? Könnte sie so bestürzt gewesen sein, dass sie -" Dann schüttelte sie den Kopf. „Nein. Das ist lächerlich. Sofia würde nicht -"

„Aber Sie haben sie an dem Tag nicht tatsächlich gesehen?"

„Nein. Ich glaube nicht."

Er zog ein anderes Foto heraus, dieses sah nach einem Ausdruck von einer Überwachungskamera aus. Es zeigte einen Typ, der wie ein Student aussah, süß, mit dunklem zotteligen Haar und einer leicht verruchten Ausstrahlung. „Was ist mit diesem Mann? Kennen Sie ihn?"

Sie warf nur einen kurzen Blick auf das Foto und nickte dann. „Natürlich, den kenne ich. Das ist Will." Sie sah sich um. „Er müsste hier irgendwo sein."

„Hat Will einen Nachnamen?"

„Natürlich hat er einen. William Matthews. Er spielt einen der Handwerker."

„War Sofia mit ihm zusammen, wissen Sie das?"

„Nein, weiß ich nicht. Ellen mag es nicht, wenn ihre Schauspieler einander daten, sie sagt, es hat einen schlechten Einfluss auf die Produktion, deshalb hält jeder, der mit jemand anderem aus der Gruppe zusammen ist, es geheim."

Er gab ihr eine seiner Visitenkarten. „Gut, falls Ihnen noch irgendwas einfällt, einfach irgendetwas, das helfen könnte, bitte zögern Sie nicht, mich anzurufen. Jederzeit."

Sie warf einen Blick auf die Karte und zurück auf Ian. „Versuchen Sie es mit Miles."

Ian hielt seinen Blick konstant auf ihr Gesicht gerichtet. „Wer ist Miles?"

„Der da drüben, der so total in sich selbst verliebt ist."

Wir schauten beide hinüber. Die zwei, die mit dem Flachmann herumgeblödelt hatten, standen zusammen. Einer dunkelhaarig, einer blond, beide sahen selbstverliebt aus. Scarlett wurde offenbar bewusst, dass sie deutlicher werden musste. „Der Dunkelhaarige."

„Und warum sollte er etwas wissen?"

Sie stieß die Luft aus. „Ich glaube, er und Sofia waren Freunde. *Sind* Freunde. Ich glaube, sie stand auf ihn."

„Ich dachte, Sie würden ihre romantischen Gefühle alle geheimhalten?"

Sie hob eine Schulter. „Wie ich Ihnen schon sagte, Sofia ist keine besonders gute Schauspielerin. Man konnte das an der Art sehen, wie sie Miles anschaute, ihn berührte, wenn sie dachte, dass gerade keiner hinguckte."

Ein Typ in ungefähr meinem eigenen Alter schritt auf uns zu. Er musste einer der Darsteller sein. Er hatte dunkles, welliges Haar, für das jede Frau töten würde, weil es in so perfekten Wellen vom Gesicht weg fiel. Er war ziemlich blass, mit intensiv grünen Augen und einem leicht ungepflegten Bart.

Groß und dünn, vibrierte er vor Energie. Ich hätte wetten können, dass er essen konnte, was immer er wollte, ohne je ein Gramm zuzunehmen. Er hatte schäbige Jeans an, ein rotes Flanellhemd, das aussah, als hätte er darin geschlafen, und er trug einen kleinen Rucksack über einer Schulter.

Ich hielt ihn für den von dem Foto der Überwachungskamera, das Ian uns gerade gezeigt hatte. Er schaute mich und Ian kurz an und sagte dann zu Scarlett: „Ich bin gerade angekommen, was habe ich verpasst?"

Sie erhob sich und ging auf ihn zu. „Der liebe Will. Hoffnungslos verspätet wie immer."

Sie küssten sich auf beide Wangen, im französischen Stil,

und Will sagte: „Die liebe Scarlett, hoffnungslos großartig wie immer."

Sie nahm seine Hand und drehte ihn zu uns herum. „Das ist William Matthews. Er ist der auf Ihrem Foto. Will spielt Schnock den Schreiner. Obwohl er wirklich gehofft hatte, den Leander zu spielen."

Will mochte sich zwar leger kleiden und spät auftauchen, als hätte er keine einzige Sorge auf der Welt, aber seine Kiefermuskeln verhärteten sich bei ihren Worten und ich dachte, dass er diese Rolle wirklich gewollt hatte. Vielleicht war sein zu spätes und schlampiges Erscheinen eine Art Protest.

Ian sah ihn inzwischen scharf an. Er fragte: „Sie sind William Matthews?"

Will nickte. „Das ist richtig. Wer fragt?"

Scarlett sagte: „Oh, es ist schrecklich aufregend. Er ist von der Polizei. Sie fragen nach Sofia. Sie wird immer noch vermisst."

Will schluckte. „Polizei?"

„Ja. Detective Inspector Ian Chisholm." Diesmal nannte er seinen Namen auf eine Weise, die fast wie eine Drohung klang. „Kennen Sie Sofia Bazzano?"

„Natürlich. Wir kennen sie alle. Sie ist eine der Schauspielerinnen."

„Wann haben Sie sie zuletzt gesehen?" Ian erwähnte das Foto nicht. Er wollte sehen, ob Will von selbst in die Falle gehen würde.

Will sah ganz danach aus, als würde er sich wünschen, nicht so früh gekommen zu sein. „Ich habe Sofia vorgestern gesehen."

„Am Tag, als sie verschwand."

„Ja. Das nehme ich an."

„Wo haben Sie sie gesehen?"

Will ließ seinen Rucksack von der Schulter gleiten und stellte ihn auf einen der Stühle, was ihm eine Gelegenheit gab, sich von Ians fragendem Blick abzuwenden. Als er sich wieder umdrehte, sagte er: „Hier. Wir haben wohl alle den ganzen Nachmittag über mal reingeschaut, um rauszufinden, welche Rollen wir in dem Stück bekommen haben. Ich bin ihr zufällig begegnet."

Ian wartete. Genaugenommen warteten wir alle. Schließlich sagte Will: „Sie war verärgert. Sie hatte nicht die Rolle bekommen, die sie wollte. Na ja, ich ja auch nicht." Er zögerte und sagte dann: „Ich bin mit ihr zum Pub runtergelaufen und habe ihr ein Pint spendiert."

Ich merkte, dass ich den Atem angehalten hatte, und als Will zugab, dass er mit Sofia im Pub gewesen war, fühlte ich, wie meine Lungen wieder zu arbeiten begannen. Da war wahrscheinlich das Foto von der Überwachungskamera hergekommen.

„Sonst noch irgendwas?" Ians Worte klangen hart und scharf.

„Nein. Sehen Sie, wir sind Freunde. Sie hatte geweint und ich wollte was tun, damit sie sich besser fühlt, das ist alles."

„Und haben Sie das? Was getan, wonach sie sich besser gefühlt hat?" Wow, Ian konnte den bösen Cop, wenn er wollte.

Will schüttelte den Kopf. „Ehrlich gesagt, glaube ich das nicht. Ellen war ganz schön brutal mit ihr, anscheinend hat sie ihr gesagt, sie würde es als Schauspielerin nie schaffen. Sofia war ganz schön runtergemacht worden. Ich bin ungefähr eine Stunde geblieben und dann musste ich gehen. Ich bot ihr an, sie nach Hause zu bringen, aber sie sagte, sie wollte noch auf ein Glas bleiben. Also bin ich gegangen."

„Und trotz all der Plakate, die über den Campus gekleistert sind, haben Sie nicht daran gedacht, anzurufen und uns das zu erzählen? Wissen Sie, dass Sie wahrscheinlich die letzte Person waren, die Sofia gesehen hat, bevor sie verschwand?"

Will sah hitzig und sehr beunruhigt aus. „Ich habe nicht nachgedacht. Ich meine, da waren ja noch andere Leute in dem Pub. Ich konnte unmöglich die letzte Person gewesen sein, die sie gesehen hat."

„Hat sie davon gesprochen, wegzugehen? Dass sie eine Reise geplant hat? Haben Sie irgendeine Ahnung, was ihr zugestoßen sein könnte oder wohin sie gegangen ist?"

„Nein. Wenn ich das hätte, hätte ich doch offensichtlich wohl angerufen. Sie sprach davon, aufzugeben, aber ich dachte, sie meinte die Schauspielerei. Genaugenommen bin ich mir sicher. Sehen Sie. Ich habe sie in dem Pub gelassen und es ging ihr gut. Mehr kann ich Ihnen nicht sagen."

„Wann haben Sie den Pub verlassen?"

„Ich weiß es nicht. Gegen sechs, glaube ich."

„Und wohin sind Sie gegangen?"

Er kratzte seine leicht bärtige Wange, als würde sie jucken. „Ich bin zurück in mein Zimmer gegangen, um zu lernen."

„Kann jemand das für Sie bezeugen? Ein Zimmergenosse?"

Er schüttelte den Kopf. „Ich habe keinen Zimmergenossen. Ich glaube nicht, dass mich jemand gesehen hat."

Ellen, die Regisseurin, klatschte in die Hände. „Jeder in Szene Eins bringt bitte sein Textbuch mit und kommt auf die

Bühne." Sie sah zu den Leuten hinunter, die noch übrig waren und war offensichtlich verwirrt, dass zwei in der Gruppe offenbar nicht zu ihren Darstellern gehörten. Und mit dieser wunderschönen, tragenden Stimme fragte sie: „Kann ich Ihnen helfen?"

Ian stellte sich noch einmal vor und fragte, ob er eine Minute ihrer Zeit beanspruchen dürfe.

Sie sah aus, als würde sie womöglich widersprechen, und dann kletterte sie mit einem leichten Kopfschütteln die Stufen an der Seite der Bühne herunter und kam zu uns herüber. Sie war genauso wunderschön, als sie näherkam, obwohl ihr Alter sich in den kleinen Fältchen um ihre Augen herum und den Lachfalten um ihren Mund zu zeigen begann. Sie gab Ian die Hand und stellte sich vor. „Wie kann ich Ihnen helfen?"

Im Gegensatz zu mir schien Ian von dem Star unbeeindruckt. Er hielt die Fotografie von Sofia Bazzano hoch, erklärte, dass er wegen ihres Verschwindens ermittelte und fragte, ob Ellen Barrymore das Mädchen kannte. Sie warf kaum einen Blick auf das Foto.

„Ja, natürlich. Sofia ist eine meiner Schauspielerinnen. Eine entzückende junge Frau mit einer leuchtenden Zukunft."

„Wann haben Sie sie zuletzt gesehen?"

„Vorgestern. Ich hatte die komplette Besetzungsliste ausgehängt, verstehen Sie. Sie liefen alle rein und raus, um herauszufinden, welche Rollen ihnen zugeteilt worden waren."

„Haben Sie mit ihr gesprochen?"

„Ja, das habe ich. Sie kam in mein Büro, um mich zu sehen." Scarlett und Will hörten beide zu und zweifellos lauschte jeder, der nah genug war, um irgendetwas zu hören, ebenso gierig. „Sofia hat nicht die Rolle bekommen, auf die sie gehofft hatte. Sie kam, um mich zu fragen, warum." Ellen lächelte traurig. „Es ist der schwierigste Teil meiner Arbeit, Ablehnungen bekanntzugeben. So viele reizende, talentierte Schauspieler kommen durch dieses Studienprogramm. Natürlich hoffen sie alle, der nächste Kenneth Branagh oder die nächste Kate Winslet zu sein. Ich habe Sofia eine eher kleine Rolle zugeteilt, während sie vorgesprochen hatte, um eine der weiblichen Hauptrollen zu spielen."

Sie sah zur Bühne hinauf, wo sich bereits Schauspieler für die Arbeit bereit machten.

„Ich sagte ihr so freundlich wie ich konnte, dass sie vielleicht über andere Karriere-Optionen nachdenken sollte. Vielleicht klingt das grausam, aber sie kam mir wie ein empfindsames Mädchen vor, und mir wäre lieber, mit ihr würde glimpflich verfahren, noch während des Studiums, als sie die brutalen Zurückweisungen erleiden zu lassen, die sie in der wirklichen Welt erwarten würden."

Ian sagte: „Will hier hat gesagt, sie weinte, als er sie zufällig traf."

„Oh. Das tut mir leid. Sie schien vollkommen gelassen, als sie mein Büro verließ." Sie warf Will einen Blick zu und lächelte ihn liebevoll an. „Ich hoffe, du hast sie aufgeheitert?"

Er schaute rasch zu Ian, bevor er antwortete: „Ich habe sie mit in den Pub genommen."

Sie streckte die Hand aus und berührte seine Schulter. „Das war nett von dir." Sie drehte sich wieder zu Ian um und sagte: „Ich hoffe sehr, dass Sie sie bald finden. Wie ich schon sagte, sie ist ein reizendes Mädchen." Dann wandte sie sich ab. „Will, bleib doch bitte. Ich habe dich als Zweitbesetzung für den Demetrius eingesetzt. Falls Jeremy sich ein Bein bricht, wirst du für ihn einspringen."

Er nickte, sah aber nicht begeistert aus. Zweifellos hatte er gehofft, die Rolle zu spielen, und nicht - in der Hoffnung, dass Jeremy Booth einen Unfall hatte - auf der Ersatzbank zu bleiben.

Ian überreichte Ellen Barrymore seine Karte. „Fall Sie Sofia sehen oder von ihr hören, werden Sie es mich wissen lassen."

„Natürlich. Ich bin mir sicher, sie wird auftauchen. Sie ist eine Hero, keine Ophelia." Und sie lachte leise. „Vergeben Sie mir, ich neige dazu, an Leute als Shakespeare-Figuren zu denken. Hero ist eine süße junge Unschuld in 'Viel Lärm um nichts', während Ophelia im Hamlet tragischerweise den Verstand verliert und sich das Leben nimmt."

Sie schaute Ian an, als warte sie darauf, dass er sich bei ihr bedankte und sie zu ihren Pflichten zurückkehren ließ, aber er sagte: „Interessant, dass Sie gerade Hero gewählt haben. Sie versteckt sich und gibt vor, tot zu sein, nachdem ihr Herz gebrochen wurde."

Ihr leises Lachen war so musikalisch wie ihre Sprechstimme. „Ich bin beeindruckt. Der Polizeibeamte, der seinen Shakespeare kennt. Ich habe keinerlei Verbindung zwischen Sofias Verschwinden und Heros Verhalten hergestellt, nur angedeutet, dass sie beide höchst romantisch und einigermaßen naiv sind."

Er sagte: „Danke, dass Sie sich Zeit genommen haben. Ich lasse Sie jetzt weitermachen."

Die Schauspieler versammelten sich um Ellen Barrymore. Ich lehnte mich näher zu Ian hinüber. „Ist sie nicht bemerkenswert?", fragte ich leise.

„Ja." Er sah aber nicht Ellen an, sondern die Gruppe mit Scarlett und Polly.

„Ich werde jetzt gehen und die Bühnenbildner suchen."

Ich dachte, er würde mit mir hinausgehen, aber er sagte: „In Ordnung. Ich denke, ich werde bleiben und ein bisschen zusehen."

„In Ordnung. Bis heute Abend."

„Mmm."

Als ich zurück zu Alex Blumstein lief, um herauszufinden, wo ich hinmusste, kam Scarlett herbeigerannt und hielt mich auf. „Lucy, warte. Ich dachte gerade, du könntest doch vielleicht mit den Schauspielern arbeiten, uns helfen, unsere Textzeilen durchzugehen, und so weiter."

„Oh, ich soll aber mit den Kulissen helfen."

Sie rollte die Augen. „Also wirklich, du wirst da Felsen und Bäume und so Sachen anmalen. Viel interessanter, mit uns zu arbeiten." Sie beugte sich vor. „Soll ich Ellen fragen?"

Selbstverständlich hätte ich lieber mit den Schauspielern gearbeitet, als die Szenerie zu malen, und dann hätte ich Zeit in der Gegenwart von Ellen Barrymore verbringen können, aber ich war hier hergekommen, um Theodore zu unterstützen. „Ich werde das abklären müssen. Falls mein Freund mich nicht braucht und Ellen es genehmigt, dann selbstverständlich."

„Ausgezeichnet, dann ist das abgemacht."

Theodore fand, dass er mehr Helfer für die Bühnenmalerei hatte, als er brauchte, zumal mit den beiden Frauen, die ihn plötzlich freiwillig unterstützen wollten, nachdem sie den mit Magie gewürzten Kaffee getrunken hatten, und Mabel und Clara, die versprochen hatten zu helfen, und so ging ich zurück zum Hauptprobenraum.

Ich beobachtete sie, diese aufgeregte Gruppe von Schauspielern, mit einer weltbekannten Regisseurin, bei ihrer ersten Probe. Es wäre ein ganz und gar glücklicher Moment gewesen, hätte nicht auch Ian beobachtend dort gesessen, eine mahnende Erinnerung daran, dass eine der Schauspielerinnen vermisst wurde.

KAPITEL 8

*A*ls ich von der Probe zurückkam, wollte ich nichts weiter als mich mit einer Tasse Kaffee zurücklehnen und entspannen. Stattdessen fand ich Meri aufgeregt und aufgewühlt vor. Es war eine halbe Stunde vor Geschäftsschluss und ich befürchtete, dass sie eine unangenehme Begegnung mit einer Kundin gehabt hatte.

„Ist alles in Ordnung?", fragte ich. Und wo war Violet? Sie sollte Meri im Auge behalten, für den Fall, dass irgendetwas auftauchte, was sie nicht verstand. Wie Elektrizität.

„Oh, ja." Sie legte ihre Hände zusammen, als wäre ich ihre Königin und sie meine Sklavin. Sie hatte das monatelang nicht mehr getan, also war sie eindeutig erregt.

„Meri, was ist los?"

Bevor sie antworten konnte, öffnete sich die Tür und Pete kam herein. Pete war Australier, ein graduierter Archäologiestudent, der zufällig auch Zauberer war. „Tag, Lucy. Du siehst gut aus."

„Pete!" Ich breitete die Arme aus und er zog mich in eine kernige Umarmung, die mir beinahe ein oder zwei Rippen gebrochen hätte. Pete hatte mir geholfen, den seelenfressenden Dämon zu besiegen, der versucht hatte, mich und alle meiner Art zu zerstören. Zu der Zeit dachte ich, er wäre in mich verliebt, aber in der Minute, in der er Meri kennengelernt hatte, war er ihr verfallen.

Ich glaubte, dass sie dasselbe fühlte. Er arbeitete mit meinen Archäologen-Eltern an einem Ausgrabungsort in Ägypten und als Mama und Papa Meri vorgeschlagen hatten, zu einem Besuch in ihr Heimatland zu kommen, schien sie wirklich interessiert. Natürlich konnten wir sie nicht allein ein Flugzeug besteigen lassen. Da gab es zu viel, das schiefgehen konnte, für eine Frau, die während dreier Jahrtausende nicht wirklich aktiv gewesen war.

Ich war plötzlich traurig, weil ich wusste, dass ich jetzt, wo Pete angekommen war, Meri verlieren würde, die mir ebenso eine Freundin wie eine Verkäuferin geworden war. Er las meine Gefühle mit Leichtigkeit. „Es tut mir leid, dass ich nicht sehr lange bleiben kann, aber ich muss zurück. Ich habe für morgen einen Rückflug gebucht."

„So bald?"

„Leider ja. Wir brauchen ein paar entscheidende Fördermittel und dein Vater glaubt, dass Meri eine große Hilfe bei der Identifizierung einiger Haushaltsgegenstände sein könnte, die wir nicht einordnen können."

Sie sah mich mit glänzenden Augen an. „Lucy, ich könnte deiner Familie wirklich nützlich sein. Nach allem, was ihr für mich getan habt, möchte ich es gern versuchen."

„Natürlich, du machst das. Und du wirst heimkehren."

Sie nickte. „Ja. Obwohl ich nicht glaube, dass ich viel wiedererkennen werde."

„In der Wüste verändert sich nicht viel", sagte Pete. „Die

wirst du wiedererkennen. Und ich glaube, die Käfer werden dir vertraut vorkommen."

Wir lachten. Dann kam Vi aus der Tür zu meiner Wohnung. „Oh, gut. Du bist zurück. Ich helfe Meri gerade packen. Ich habe ihr einen deiner Koffer geliehen. Hoffe, das ist in Ordnung."

„Natürlich." Ich hatte keinerlei Reisepläne. Und meine Eltern würden meinen Koffer zurückbringen, wenn sie das nächste Mal zu Besuch kamen.

Wir schlossen den Laden und dann sagte Violet, sie müsse gehen. Sie hatte ein Date mit einem Typ, den sie online kennengelernt hatte. Pete sagte, er wollte Meri in die Stadt ausführen. Er lud mich ein, mitzukommen, aber ich war froh, sagen zu können, dass ich ebenfalls ein Date hatte, so konnten sie einen Abend allein verbringen und ihre Bekanntschaft erneuern.

Ich freute mich für Meri, aber nun musste ich schon wieder nach einer Hilfe für mein Geschäft Ausschau halten. Mir graute davor, zum Kaufmann an der Ecke zu gehen und wieder mal eine Annonce wegen einer neuen Verkäuferin aufzuhängen.

Heute Abend würde ich mich nicht um die Zukunft sorgen. Ich würde meinen Ausgeh-Abend mit Ian genießen. Wer wusste, wohin der führen mochte?

~

ICH MACHTE MICH AN DIESEM ABEND MIT BESONDERER SORGFALT FÜR MEIN DATE MIT IAN ZURECHT. Er hatte angedeutet, dass wir in einem ganz besonderen Lokal essen würden und so zog ich mich entsprechend an.

Nachdem ich heute einen großen Teil des Tages mit Schauspielern verbracht hatte, verstand ich die Macht des Kostüms. Ich hatte ein kleines Schwarzes, für das ich im Ausverkauf in Januar eine Menge Geld verprasst hatte. Ich trug es mit der Diamanthalskette, die Sylvia mir gekauft hatte, und Pumps mit niedrigen Absätzen. Ich war mir wegen des Mantels nicht sicher und so flitzte ich nach unten, um Sylvia zu fragen, die ein Auge für Mode hatte und immer die neuesten Trends kannte.

Runterflitzen zu Sylvia hieß, ins Cardinal Woolsey's zu gehen, in das Hinterzimmer, die Falltür zu öffnen, und die Treppen hinunterzusteigen, die in den Tunnel führten, der unter meinem Laden verlief. Es war dunkel und roch modrig, aber ich war so oft hier unten gewesen, dass ich darüber kaum nachdachte. Ich trippelte den Steinpfad entlang, bis ich zu der altmodischen Eichentür kam, und klopfte.

Es war mein Glück, dass Sylvia selbst an die Tür kam, atemberaubend in einem schwarzen, bodenlangen Seidennegligé. Ihr silberweißes Haar war sexy zerzaust. Sie war offensichtlich gerade erst aufgewacht. Ich entschuldigte mich, dass ich so früh gekommen war, aber sie winkte mich herein. Ich erzählte ihr von meinem Date und meinem Mantelproblem.

Sie nickte beifällig, als sie das Kleid sah. „Sehr schön. Du ziehst dich zur Abwechslung mal wie eine Frau an."

„Wie ziehe ich mich denn normalerweise an?"

Sie krauste die Nase. „Eine Kreuzung aus einer Harvard-Studentin und einer Hausfrau mittleren Alters." Sie dämpfte ihre Stimme. „Das machen all diese handgestrickten Pullover, die du unbedingt tragen willst."

Mir fiel die Kinnlade herunter. Das war so unfair. „Wie

kann ich vermeiden, Pullover anzuziehen, wenn ihr alle dauernd welche für mich strickt?"

Sie zuckte elegant die Schultern. Sylvia tat alles elegant. „Du musst sie nicht alle anziehen."

Aber das musste ich. Ich war zu nett, um meine Geschenke von den Vampirstrickern zurückzuweisen. Nachdem ich einmal den prachtvollen Seidenpullover in Mitternachtsblau getragen hatte, den Sylvia gestrickt hatte, oder das aufwändige Kunstwerk, das Theodore für mich gemacht hatte, wie konnte ich mich weigern, den Pullover anzuziehen, den Mabel so liebevoll gestaltet hatte, obwohl er mich nun mal aussehen ließ wie einen riesigen Teewärmer?

Bevor ich meinen Standpunkt vertreten konnte, fragte sie: „Und was machst du mit deinem Haar?"

„Mein Haar?" Ich berührte die blonde Masse, die sich bis über meine Schultern lockte. Ich hatte sie gewaschen und geföhnt. Was erwartete sie denn noch?

Sie schüttelte den Kopf. „Komm", befahl sie. Ich kam. Wir gingen in ihre private Suite und in das große Schlafzimmer. An den Wänden hingen Standaufnahmen aus ihrer Glanzzeit als Filmstar. Da war sie gegenüber von Douglas Fairbanks zu sehen, und auf einem anderen, wie sie Cocktails mit Greta Garbo trank. Ihr Schlafzimmer war wie etwas aus einem Zwanzigerjahre-Film, mit blauer und silberfarbener Leinenbettwäsche und schnittigen Art-Deco-Möbeln.

Das Lampenlicht war weich. Abgesehen von der Abwesenheit von Fenstern oder jeder Art natürlichem Licht hätten wir in einem Fünf-Sterne-Hotelzimmer sein können.

Sie setzte mich vor einen Frisiertisch mit Dreifachspiegel, obwohl die verspiegelten Oberflächen mit Fotografien bedeckt waren. Es musste für jemanden so Eitlen schwierig sein, zurechtzukommen, ohne jemals das eigene Spiegelbild zu sehen, aber ich vermutete, dass sie und meine Großmutter einander bei Frisur und Make-up halfen. Sie stöpselte ein raffiniertes Onduliereisen ein und holte ihren eigenen Kosmetikkoffer heraus, während es sich aufheizte. Ich hatte lediglich vorgehabt, meine übliche Schönheitsroutine anzuwenden – einmal kurz mit Mascara drüber, ein bisschen Eyeliner als Luxus und den rosa Lippenstift, den ich trug, wenn ich ausging, aber Sylvia hatte andere Pläne.

Bevor ich protestieren konnte, wurde ich schon fachmännisch zurechtgemacht. Ich dachte darüber nach, Einwände zu erheben und entschied, dass es mit einer so willensstarken Vampirin wie Sylvia einfacher war, sie mein Gesicht zurechtmachen zu lassen und dann die Kosmetik abzuwaschen, wenn ich wieder oben war.

Es war nach diesem hektischen Tag überraschend beruhigend, so verwöhnt und verschönt zu werden. Ich versuchte, nicht an all die potentiellen Liebesverwicklungen zu denken, die durch den mit meiner Hilfe hergestellten Liebestrank verursacht werden konnten. Ich tröstete mich damit, dass Margaret Twig gesagt hatte, die Wirkung würde nur drei Tage anhalten.

Was konnte in drei Tagen schon passieren?

„Schließ deine Augen", befahl Sylvia.

Ich tat es und fühlte eine Bürste über meine Lider streichen, dann etwas, das sich stachelig anfühlte und etwas glattes Kühles auf meinem oberen Augenlid.

„Und schau nach oben." Als ich es tat, trug sie Mascara auf, nicht einmal, sondern zweimal.

Mit meinem Kinn in der Hand trat sie zurück und begutachtete ihr Werk. Sie sah so ernst aus wie eine Malerin, die über ihr Meisterwerk nachsinnt. „Es ist eine richtige Schande, dass du aus diesen hübschen blauen Augen nicht mehr machst. Natürlich könnten sie nie mit meinen konkurrieren. In meiner Glanzzeit hat mich ein Maharadscha mit einem Set perfekter Saphire beschenkt, von denen er sagte, sie hätten genau die Farbe meiner Augen." Sie lächelte bei der Erinnerung. „Ich erwog, ihn zu heiraten, aber eine Maharani zu werden bedeutete, ich hätte das Theater aufgeben müssen, und ein solches Opfer konnte ich nicht bringen. Nicht einmal für ihn."

„Was ist mit den Saphiren passiert?" Ich war sicher, hätte Sylvia solche Juwelen, dann würde sie die tragen. Sie war keine, die ihr Licht unter den Scheffel stellte, oder ihre Diamanten.

Ihre vollen Lippen zogen sich an den Enden nach unten. „Der Börsen-Crash ist passiert. Die 1930er. Ich habe sie verkauft. Ich hätte sie zurückgekauft, aber sie befinden sich jetzt in einer Privatsammlung." Sie zuckte die Schultern. „Eines Tages werde ich sie zurückkaufen. Ich habe ja viel Zeit."

Sie beschäftigte sich fleißig mit dem Onduliereisen. Da ich keine Ahnung hatte, was sie da machte, versuchte ich es gelassen zu sehen. Ich hatte noch über eine Stunde, bis Ian mich abholte. Ich konnte zur Not auch mein Haar noch mal richten, genau wie mein Make-up. Sylvia war in der Theaterwelt gewesen und ich stellte mir vor, dass sie sich immer noch auf dem Laufenden hielt, wenn auch aus der Entfernung.

Ich fragte sie: „Kennst du Ellen Barrymore?"

Sie verengte leicht die Augen, als versuche sie sich zu erinnern, wer das war. „Oh, ja. Weiß von ihr. Sie war ziemlich gut, eins dieser hübschen jungen Dinger, die eine Zukunft zu haben schienen. Aber das ist im Sande verlaufen. Ist bei den meisten dieser jungen Mädchen so. Nicht viele haben das Durchhaltevermögen der Dames." Sie sagte es mit Ehrerbietung, und ich wusste, dass sie sich auf Helen Mirren, Judi Dench und Maggie Smith bezog. „Ich habe gehört, sie unterrichtet jetzt."

„Das tut sie. Tatsächlich führt sie gerade bei 'Ein Sommernachtstraum' am Cardinal College Regie."

„Ah, daher also läuft Theodore so selbstzufrieden herum."

„Ja. Er malt die Kulissen und ich helfe ihm."

„Schön für dich."

„Ich will ehrlich sein. Ich war schon ein bisschen beeindruckt, einem Star zu begegnen. Ich meine, sie ist so berühmt."

„Sie ist Lehrerin." Sie beugte sich vor, als eine, die jederzeit einen Klatsch genoss. „Außerdem ist sie keine echte Barrymore, keine Verwandtschaft von Lionel, Ethel oder John. Ich vermute, dass sie den als Bühnennahmen angenommen hat, in der Hoffnung, dass er sie wie eine Theaterkönigin erscheinen lässt."

„Na ja, sie hört auf zu unterrichten. Nächstes Jahr wird sie die Intendantin des Neptune Theaters in London sein." Ich freute mich, ihr etwas erzählen zu können, was sie noch nicht wusste.

Sylvia zupfte das Onduliereisen frei und trat zurück. Nickte, zufrieden mit ihrer Arbeit, und fiel wieder über mich her. „Das war clever von ihr. Ja, wirklich clever."

„Was meinst du damit?" Ich wusste so wenig über die Londoner Theaterwelt.

„Ich kann mir vorstellen, dass sie ihre Zeit in Oxford genutzt hat, sich ihren Weg zurück zu bahnen. Sie hat bei ein paar Stücken Regie geführt und wenn sie viel Glück hat, werden ein oder sogar zwei ihrer Schüler groß herauskommen. Vielleicht unter ihrer Regie. Ja, sehr clever. Sie wird nie wieder ein Star sein, aber sie hofft, im gespiegelten Glanz eines neuen Stars zu leuchten."

„Das klingt ziemlich zynisch."

Sie gluckste. „Willkommen im Showgeschäft, meine Liebe. Bei der Arbeit im Theater wirst du alles über die schlechteste Seite der menschlichen Natur lernen." Sie gluckste wieder. „Was für ein Spaß."

Als sie fertig war, trat sie zurück und ihr Gesicht wurde weicher. „Wunderschön. Es war richtig, dass du heruntergekommen bist. Ich mache dir immer gern dein Haar und dein Make-up."

„Danke. Aber eigentlich bin ich gekommen, um wegen eines Mantels zu fragen."

„Natürlich. Ich habe genau das Richtige."

Und so fand ich mich dann in einem Abendmantel wieder, der zweifellos vor nicht allzulanger Zeit eine Runde auf dem Laufsteg in Mailand gedreht hatte. Ich hoffte inbrünstig, dass Ian nichts von Mode verstand, denn ich hätte den kostspieligen Mantel auf keinen Fall erklären können.

Sylvia rief meine Großmutter herein, damit sie mich in all meiner Pracht sah vor meiner Verabredung, und Granny faltete die Hände vor ihrem Busen. „Lucy, du bist so hübsch heute Abend. Bevor du dich versiehst, wird dein junger Mann dir einen Antrag machen."

Ich lachte. „Ich mache mir keine allzu großen Sorgen

wegen eines Antrags. Ich hoffe nur, dass er nicht an einem Fall hängenbleibt. Er nimmt seine Arbeit sehr ernst." Ich gab beiden Frauen nur Luftküsschen, um ja mein Gesicht zu schützen, und ging dann wieder nach oben, durch den dunklen Laden und wieder hinauf in meine Wohnung.

Ich steuerte geradewegs einen Spiegel an und erfreute mich, wenn auch 'Ich hätte mich selbst nicht wiedererkannt' zu viel gesagt gewesen wäre, definitiv eines Aschenputtel-Moments. Ich würde so nicht jeden Tag ausgehen wollen, aber ich würde Sylvias Bemühungen auch nicht abwaschen.

Die Frau, die mich anschaute, sah kultiviert und definitiv fraulich aus. Sylvia hatte Silber und Grau an meinen Augen benutzt, mit meiner Haut etwas gemacht, das sie strahlen ließ, und der tiefrosa Lippenstift ließ mich ganz entschieden wie eine Frau aussehen, die geküsst zu werden hofft.

Was eine gute Sache war.

Mein Haar sah glamourös aus, aber nicht übertrieben. Tatsächlich war es perfekt. Ich sah ganz wie ich selbst aus, nur in einer glatteren, erwachseneren Version.

Ich konnte es kaum erwarten, Ians Gesichtsausdruck zu sehen, wenn er mich so sah.

Er würde mich um sieben abholen, und da er normalerweise pünktlich kam, war ich ein paar Minuten vorher fertig. Sieben kam und ging und um viertel nach sieben fing ich an, mein Telefon nach verpassten Anrufen oder Textnachrichten zu checken.

Nichts.

Um halb acht war ich verärgert. Ich rief an und bekam den Anrufbeantworter. „Hi, Ian, hier ist Lucy." *Großartiger Anfang. Er ist ein Detective. Er kennt seinen Namen, und deinen.* „Ich frage mich, ob wir irgendwie aneinander vorbeigeredet haben. Hätte ich dich irgendwo treffen sollen? Ich dachte, du würdest mich abholen. Jedenfalls, ruf mich an."

Ich hängte ein, dann schickte ich ihm eine Textnachricht.

Zehn Minuten später rief er an und klang gequält. „Lucy, es tut mir so leid. Mir ist was dazwischengekommen. Ich kann jetzt nicht aufhören. Ich ruf dich morgen an." Und dann war er weg.

KAPITEL 9

*J*hm war was dazwischengekommen? Das war seine tolle Ausrede? Ich saß da und kam mir albern vor, und dann war ich sauer. Sicher, ich verstand, dass er ein sehr beschäftigter Polizist war, aber er hatte es mir versprochen und wenn er absagen wollte, hätte er das nicht machen können, bevor ich mich aufbrezeln ließ?

Ich war viel zu aufgedonnert, um an einem Samstagabend allein zu Hause zu sitzen. Ich hatte meinen Stolz. Wenn Ian zu beschäftigt war, mich auszuführen, würde ich mit einer Freundin ausgehen.

Das Dumme war, ich hatte nicht viele Freundinnen in Oxford. Gemma war wieder in Londen. Meri war mit Pete aus.

Violet hatte ein Date. Genaugenommen schien jeder ein Date zu haben außer mir.

Ich erwog gerade, allein zum örtlichen Pub hinunterzulaufen, als mein Telefon wieder klingelte. Ich hoffte, es wäre Ian mit einer Erklärung, oder wenigstens einer besseren Entschuldigung, aber es war Scarlett, die anrief.

Ich war drauf und dran, es klingeln zu lassen, dann dachte ich, vielleicht würde sie gern mit mir in den Pub gehen. Sie schien versessen darauf gewesen zu sein, sich mit mir anzufreunden, und genau jetzt konnte ich eine Freundin brauchen.

„Hallo?"

„Lucy, Ich bin so froh, dass du da bist. Ich bin's, Scarlett." Ihre Stimme klang tief.

„Ich weiß. Ich bin froh, dass du angerufen hast." Ich konnte den Lärm von Leuten hören, die im Hintergrund lachten und redeten und dachte, sie war vermutlich schon im Pub.

„Hör mal, ich brauch einen Gefallen von dir."

Ich war nicht in der Stimmung für Gefallen. „Ich wollte gerade ..."

„Dieser Detective heute hat mich zum Essen eingeladen. Ich weiß nicht, warum ich Ja gesagt habe. Ich nehme an, ich war hungrig, und er ist irgendwie sexy, aber er hat mich zu diesem schicken Lokal gebracht und versucht immer meine Hand zu halten."

Ich fühlte mich, als wäre eine Biene in meinem Ohr steckengeblieben. Ich hörte ein Summen. Ich schüttelte den Kopf. „Der Detektive heute hat dich eingeladen, mit dir auszugehen?"

„Ja. Er hat diesen dämlichen Welpenblick, den sie kriegen, wenn sie von einem besessen sind. Ich kann das nicht ausstehen. Kannst du mich in fünf Minuten anrufen und sagen, dass du gerade einen Notfall hast? Ich sag ihm dann, dass ich weg muss."

„Sagst ihm, dass du weg musst?", wiederholte ich schwach.

Sie dämpfte ihre Stimme. „Dann können du und ich vielleicht was zusammen machen."

Ihre Worte waren klar und vollkommen verständlich, sie war es schließlich gewöhnt, damit auch die letzte Sitzreihe eines Theaters noch zu erreichen, aber ich konnte keinen Sinn darin erkennen. „Warte. Wiederhol das. Wer hat dich um ein Date gebeten? Mit wem bist du gerade essen?"

„Habe ich dir doch gesagt. Der Detective heute. Ian irgendwer oder so."

„DI Ian Chisholm?"

„Es gibt keinen Grund zu schreien. Ich kann dich gut hören. Ja, das ist er."

„Und er hat dich in ein schickes Restaurant ausgeführt? Und er hat diesen dämlichen liebeskranken Welpenblick?"

Ich musste absolut sicher sein.

„Ja. Du musst mir helfen."

Ich lächelte. Grimmig. „Es wird mir eine Freude sein, dich vor diesem lästigen dämlichen Welpen zu retten. Ein Vergnügen, genaugenommen."

Wenn ich nicht geschäumt hätte vor Wut in Kombination mit Verletztheit und Unglauben, hätte ich mich vielleicht gewundert, warum sie keinen ihrer eigentlichen Freunde angerufen hatte. Warum rief sie mich an?

Aber ich war nicht in der Verfassung, klar zu denken. Stattdessen wartete ich fünf Minuten und rief Scarlett dann an. Ich sagte, ich wäre Polly und dass ich gerade mit meinem Freund Schluss gemacht hätte und ich wäre verzweifelt. Scarlett machte den Rest. Ich fragte, wo sie war und als sie das Restaurant nannte, weinte ich beinahe. Dort hätte ich gern ein romantisches Dinner gehabt.

Ich hatte genug Vernunft, den Designermantel zurückzulassen. Stattdessen zog ich meinen normalen Wollmantel über dem Kleid an. Ich schnappte mir die Autoschlüssel und stieg in Grannys alten Ford. Dann fuhr ich zu dem Restaurant. Es war ein paar Meilen außerhalb der Stadt. Ich hatte darüber in einer Zeitschrift gelesen. Es hatte einen Michelinstern, oder vielleicht sogar zwei. Es konnte ein ganzes Firmament voller Sterne haben und ich würde dort dennoch so bald nicht essen.

Als ich auf der Vorderseite von etwas vorfuhr, das mal ein stattliches Heim gewesen sein musste, wartete Scarlett bereits ungeduldig. Ian war bei ihr. Schon als ich auf sie zufuhr, konnte ich sehen, dass er sie anflehte. Der Kerl, der es für mich kaum fertigbekam, sich mal von seinem Schreibtisch zu trennen, hatte mich versetzt, um sich wegen einer College-Studentin zum Narren zu machen.

Ich fuhr neben sie und lehnte mich hinüber und öffnete die Tür. Ian, der brilliante Detective, bemerkte das nicht einmal. Ich konnte ihn hören. „Scarlett, bitte, sag mir, was ich getan habe. Ich bringe es in Ordnung. Ich will doch nur mit dir zusammen sein."

Oh, magische Worte in meinen Ohren. „Steig ein, Scarlett", fauchte ich sie an.

Ian, der über die Störung irritiert zu sein schien, warf mir einen Blick zu. Dann sah er mich und seine Augen weiteten sich. „Lucy. Was machst du denn hier?"

„Ich könnte dir dieselbe Frage stellen", sagte ich. Ich wünschte, Sylvia könnte mich sehen. Keine Schauspielerin hätte diesen Satz mit mehr vernichtendem Spott abliefern können. Ian sah schuldbewusst und verwirrt aus und, Scarlett hatte recht, wie ein liebeskranker Welpe.

Sie stieg ins Auto und knallte die Beifahrertür zu.

Ich zog so schnell ab, dass Kies aufspritzte. Ian rannte ein paar Schritte hinter uns her. „Scarlett, Lucy, wartet."

Ich drosselte das Tempo genug, um mein Fenster zu öffnen. Er rannte näher und ich streckte die Hand aus dem Fenster und zeigte ihm den Mittelfinger.

KAPITEL 10

„*D*anke, dass du mich gerettet hast", sagte Scarlett, sobald wir auf die Straße bogen, die zurück nach Oxford führte. Ich erkannte an, dass sie in den Seminaren für darstellende Kunst das Drama studierte und daher dazu neigte, Alltagsereignisse in große Tragödien zu verwandeln, aber sie hatte ein Date mit dem Mann gehabt, der mich abgewiesen hatte, um mit ihr zusammen zu sein. Wenn jemand sich hier aufregen sollte, dann ja wohl ich.

Wie auch immer, ich war nicht in der Stimmung für ein Drama. Ich war zu wütend. Und ein bisschen schuldbewusst. *Es war der Zaubertrank.* Natürlich war es der Zaubertrank, aber ich konnte es nicht fassen, dass eine bestehende Bindung die Wirkung von Wasser und ein paar Kräutern nicht außer Kraft gesetzt hatte.

Jedenfalls, wenn er sich schon auf der Stelle in jemanden verliebte, hätte das nicht Alice sein sollen? Das waren ihr Blut und ihr Haar, das er getrunken hatte. Warum also Scarlett?

Nicht ihr Fehler, erinnerte ich mich, als die Schauspielerin auf der beengten Beifahrerseite ihre langen Beine ausstreckte und zu mir herübersah, ein Lächeln in den Augen. „Wohin sollen wir gehen?"

Kein Wunder, dass Männer bei ihr umfielen wie die Kegel. Sie war wirklich schön. „Hast du eine Idee?"

Sie lehnte ihren Kopf gegen die Kopfstütze. „Wie wäre es mit einem ruhigen Abend zu Hause?"

Ich war mir bewusst, dass Scarlett einen stressigen Tag und Abend erlebt hatte, aber ich hatte mehr als eine Stunde damit verbracht, zurechtgemacht und verschönert zu werden. Und ich trug Absätze. Ich würde ausgehen, und wenn ich allein gehen musste. „Ich dachte, wir würden vielleicht in einen Pub gehen", sagte ich. „Ich trage ein Kleid."

Sie lachte in sich hinein, während sie mich ausgiebig betrachtete. „Natürlich tust du das. Und du siehst toll aus. Wir können ins *The Bear Inn* gehen. Einige aus dem Theaterhaufen werden da sein. Es wird voll sein, aber lustig."

„Perfekt." Und wenn Sylvia mich fragte, ob ich meinen Abend genossen hatte, konnte ich lügen und sagen, es sei fantastisch gewesen. Mit ein bisschen Glück würde sie nicht neugierig sein und herausfinden, dass ich von meinem Date sitzengelassen worden war. Es war eine schwache Hoffnung, aber wenn ich ihr erzählen konnte, dass ich in einen Pub gegangen war, würde ich wenigstens nicht ganz so erbärmlich klingen.

Oder?

Der Pub hatte eine lustige Atmosphäre, war voller Studenten und dass DI Ian Chisholm hier auftauchen würde, war sehr unwahrscheinlich. Ich war vielleicht ein bisschen overdressed, aber ehrlich gesagt kümmerte mich das nicht.

NANCY WARREN

Besser overdressed und irgendwo hier draußen als zu Hause mit meiner Katze vor dem Fernseher.

Natürlich kannte Scarlett eine Anzahl der Leute hier. Miles und Jeremy standen mit Will und Polly und einigen anderen Leuten zusammen, die vorhin beim Meeting gewesen waren und wahrscheinlich in irgendeiner Weise bei der Produktion mithalfen. Als er mich sah, schaute Jeremy Booth hinter mich, als würde er jemanden suchen. Dann fragte er: „Ist deine Freundin Alice nicht mitgekommen?"

Als ich sagte, sie wäre nicht dabei, begannen Jeremy und Miles beide um Scarletts Aufmerksamkeit zu wetteifern. Wenn ich diese Sache besser durchdacht hätte, hätte ich vorgeschlagen, irgendwohin zu gehen, wo man keine von uns beiden kannte. Es war ja nicht so, dass ich es übelnahm, wenn Scarlett viel männliche Aufmerksamkeit bekam, aber ich fühlte mich wund und verletzlich. Ich wusste, es war der Zaubertrank, der Ian dazu brachte, sich so verrückt aufzuführen, und es war wie eine Ironie des Schicksals, auf diese Weise dafür bestraft zu werden, dass ich im Liebesleben anderer Leute herumgepfuscht hatte, aber dennoch, ich hatte meine weibliche Eitelkeit, und es tat weh.

In der Ecke zu sitzen und immer noch mehr Männer dabei zu beobachten, wie sie mich zugunsten von Scarlett ignorierten, hörte sich nicht an wie die beste Art, meinen Samstagabend zu verbringen. Allerdings, sogar als Miles und Jeremy beide für Scarlett Platz machten, damit sie neben ihnen sitzen konnte, winkte sie sie fort. "Hier ist genug Platz für zwei, Lucy", sagte sie, während sie einen humorvoll aussehenden Kerl ein Stück weiter auf einer harten Bank entlangschubste, um mehr Raum zu schaffen. Sie ließ mich neben ihm Platz nehmen und sagte dann: „Was kann ich dir bringen?"

Ich wollte gerade protestieren, sie müsse mir keinen Drink spendieren, als sie sagte: „Nein, lass mal, ich weiß genau, was du möchtest." Sie lief zügig auf die Bar zu und ich glaube, jeder Einzelne von uns am Tisch beobachtete, wie sie ging, mit variierenden Gesichtsausdrücken, von blinder Betörung bis Eifersucht und, in meinem Fall, Sorge darüber, was sie mir zu trinken bringen würde.

Sie kehrte mit zwei sprudelnden Drinks zurück. Als ich meine Augenbrauen hob, sagte sie: „Champagnercocktails. Ich denke, sie passen zum Anlass, du nicht?" Ich trank normalerweise keine Champagnercocktails, aber andererseits wurde ich normalerweise auch nicht sitzengelassen. Vielleicht hatte sie recht und das war genau, was ich brauchte. Ich hatte das Auto zu Hause geparkt und wir waren gelaufen, so musste ich mir um Trunkenheit am Steuer keine Sorgen machen. Wir stießen an und ließen uns Seite an Seite nieder.

Der Abend war kein rauschender Erfolg, jedenfalls nicht für mich, aber ich versuchte so zu tun, als amüsierte ich mich. Scarlett stellte sich als viel netter heraus, als ich gedacht hatte. Sie ignorierte die Kerle und verbrachte ihre gesamte Zeit damit, sich mit mir zu unterhalten, erzählte mir lustige Geschichten über die Schule und fragte mich über mich selbst aus.

Der Typ, den sie zur Seite geschoben hatte, hieß Liam, wie sich herausstellte, und spielte den Puck im 'Traum'. Liam versuchte mich anzubaggern, aber sie funkelte ihn an. „Siehst du nicht, dass wir uns unterhalten?", fragte sie ihn, mit weit aufgerissenen Augen. Zu meiner Erheiterung murmelte er eine Entschuldigung und setzte sich neben ein Mädchen, das, glaube ich, Lucinda hieß, und bei den Kostümen mitarbeitete.

Gegen elf spürte ich den kühlen Schauer hinten an meinem Hals herunter, der andeutete, dass Rafe Crosyer in der Nähe war. Ich schaute mich um und, na klar, da war er und beobachtete mich von gegenüber. Er hatte ein Glas mit dunklem Rotwein in der Hand, aber ich nahm an, es war eher eine Requisite als dass er wirklich hier war, um etwas zu trinken.

Ich sagte Scarlett, ich müsse zur Toilette und verließ den Tisch. Rafe kam in dieselbe Richtung, und als ich außer Sicht war, drehte ich mich zu ihm um. „Was machst du denn hier?"

Seine frostigen Augen leuchteten auf. „Ich könnte dir dieselbe Frage stellen."

Von allen Leuten, die Zeugen meiner Demütigung hätten werden können, musste es ausgerechnet er sein? Es gab definitiv eine Vampir-zu-Mensch-Anziehung zwischen uns, aber wir waren immer zu vernünftig gewesen, entsprechend zu handeln. Es konnte kein Glücklich-bis-ans-Ende-ihrer-Tage geben mit einem Vampir und mir und ich war eitel genug, keinen Gefallen daran zu finden, alt und klapprig zu werden, während mein Partner auf ewig fünfunddreißig blieb. Genausowenig schwärmte ich ehrlich gesagt dafür, ein Vampir zu werden. So blieben Rafe und ich ein wenig mehr als Freunde, und ließen den Rest unerforscht.

Er sagte: „Du siehst reizend aus heute Abend, nebenbei gesagt. Hast du das alles für dein Date getan?"

Ich hob in dramatischer Geste die Hände in die Luft. Und ja, ich hatte sogar meine Fingernägel lackiert, daher gab es zehn rote Blitze, als ich gestikulierte. „Es ist dieser Liebestrank. Es ist alles sehr, sehr schlecht gelaufen. Völlig verkehrte Leute verlieben sich ineinander. Er hätte Charlie in Alice verliebt machen sollen. Aber stattdessen scheint Charlie in Polly verliebt zu sein, sie ist eine der Schauspielerinnen in 'Ein Sommernachtstraum', den das Cardinal College aufführt."

Es war nicht leicht, jemanden zu verblüffen, der schon seit fünfhundert Jahren existierte. Ich glaube, beide von uns glaubten ziemlich fest daran, dass er schon alles gesehen, alles gehört und möglicherweise auch schon so ziemlich alles erlebt hatte. Ich erlebte die zweifelhafte Genugtuung, zu wissen, dass es mir gelungen war, ihn gründlich zu überraschen. Seine Augenbrauen hoben sich und ein unfreiwilliges Lachen schüttelte ihn durch. „Warte. Halt. Ich dachte, du hättest vorgehabt, Margaret Twig um Hilfe zu bitten. Eine Novizin wie du sollte nicht mit Liebenstränken herumpfuschen, nicht ohne Aufsicht."

„Was bist du? Mein Vater?" Ich starrte ihn an. „Natürlich haben wir Margaret Twig als Hilfe hinzugezogen. Ich wollte überhaupt nichts damit zu tun haben. Der Liebestrank war Violets Idee. Aber Alice schien so traurig zu sein und ihre Sehnsucht war so echt, dass ich dachte, vielleicht könnten wir ihr helfen."

Jetzt sah Rafe verdutzt aus. „Du willst doch nicht andeuten, dass Margaret Twig den Trank verpfuscht hat?"

„Nein. Ich weiß nicht. Ich denke, Alice hat das alles verpatzt. Sie hatte sehr konkrete Anweisungen. Sie sollte Charlie ein bisschen von dem Trank unterjubeln und sicherstellen, dass sie die erste Person war, die er sah, nachdem er ihn getrunken hatte."

„Hört sich simpel genug an."

Ich freute mich, dass er verstand. „Sollte man meinen, oder?"

Ich begann mich unvernünftigerweise verärgert zu fühlen. Ich hatte keinerlei Fehler bei dem Trank gemacht, aber irgendwie wusste ich, dass Margaret Twig mir die Schuld geben würde. Sogar Rafe wirkte ziemlich vorwurfsvoll. „Sie hat den Zaubertrank in einem Flachmann zum ersten Meeting der Mitwirkenden des Sommernachtstraums mitgebracht."

Er starrte mich aufmerksam an. „Warum in aller Welt hat sie das gemacht?"

Wer wusste schon, was in Alices Kopf vorgegangen war? „Sie hat mir erzählt, dass sie Charlies Nase nicht aus den Büchern kriegen kann, wenn sie im Laden sind. Das stimmt schon, ich habe ihn gesehen. Sogar wenn sie ihm seinen Tee bringt und die frischen Kuchen, die sie ihm jeden Tag backt, isst er nur und trinkt und liest dabei weiter. Daher dachte sie, dass sie in der Probenhalle etwas Zaubertrank in seinen Kaffee schmuggeln und ihn dazu bringen könnte, sie anzusehen, da er dann ja nicht im Buchladen war und naheliegenderweise kein Buch vor sich haben würde."

„Und dennoch ging ihr Plan daneben. Wie erstaunlich."

Wahrere Worte waren nie gesprochen worden. Ich nickte. „Weil sie den Zaubertrank in einen silbernen Flachmann umgefüllt hat, dachten ein paar der Schauspieler, sie hätte Alkohol mitgebracht. Natürlicherweise, da sie Jungs sind, hat jeder von ihnen einen Schluck genommen, und dann hat irgendein Narr den Rest in die gemeinsame Kaffeemaschine gekippt."

Er sagte, langsam: „Das kann nicht gut ausgegangen sein."

Meine Hände wedelten wieder herum. „Das versuche ich dir ja zu sagen. Charlie hat sich nicht in Alice verliebt, er scheint in Polly verknallt zu sein. Und der Typ, der den Lysander spielt, und der eine, der den Demetrius spielt, sind jetzt beide in Scarlett verliebt." Er begann in sich hineinzulachen. „Sag's mir nicht – sie spielt die Hermia?"

Ich rollte die Augen. „Ich bin sicher, würde Shakespeare noch leben, er könnte 'Ein Sommernachtstraum Zwei' schreiben und es wäre ein großer Hit. Ja, sie spielt Hermia. Ich sah sie einen Schluck von Charlies manipuliertem Kaffee nehmen. Aber ich glaube nicht, dass sie sich in ihn verliebt hat. Ich bin so verwirrt." Dieser Teil war am schwersten zu erzählen. „Und dann kam Ian mitten in der Probe und hat sich Kaffee genommen."

„Oh je, du willst mir damit doch wohl nicht etwa sagen, dass unser nobler Detective Inspector ebenfalls vom Liebeswahn heimgesucht wurde?"

„Genau das will ich damit sagen. Er hat sich ebenfalls in Scarlett verliebt. Darum hat er mich sitzenlassen. Er hat sie zu meinem wunderschönen Dinner eingeladen."

Rafe streckte die Hand aus und berührte meine nackte Schulter. Seine Berührung war kühl, aber sonderbar tröstlich. „Es tut mir leid."

Ich nickte.

„Du weißt, es ist nur der Trank. Es ist ein Zauber, der bewirkt, dass Leute vorübergehend liebestoll sind."

Ich lächelte schwach. So ein altmodischer Ausdruck, aber sehr passend. „Ich weiß. Mein Stolz ist allerdings dennoch verletzt."

„Das sollte er auch sein."

„Also ist die ganze Sache ein Schlamassel. Und soweit es Scarlett betrifft, die Hälfte der Truppe ist jetzt in sie verliebt und ich kann nicht sagen, in wen sie sich verliebt hat."

Er lachte sanft in sich hinein. „Meine arme süße Unschuld. Falls Scarlett diese junge Frau ist, die den ganzen Abend neben dir gesessen hat, dann ist Scarlett in dich verliebt."

Ich sog scharf den Atem ein und schlug die Hand vor den Mund, als mir die offensichtliche Wahrheit seiner Worte ins Bewusstsein drang. „Natürlich. Wie konnte ich nur so dumm sein? Ich habe versucht, sie davon abzuhalten, Charlies Kaffee zu trinken und ich war es, die sie angesehen hat, nachdem sie ihn getrunken hat. Und statt Alice anzuschauen, hat Charlie Scarlett und dann Polly angeguckt, aber ich denke, letztlich war er auf Polly fixiert."

Er sah amüsierter aus denn je. „Oh, die tollen Sterblichen."

KAPITEL 11

„*E*s ist ein komplettes Desaster", sagte ich am nächsten Tag zu Margaret Twig. Ihre Augen weiteten sich, als ich aufzählte, was für ein Durcheinander der Zaubertrank verursacht hatte. „Jeremy hat sich in Alice verliebt. Miles hat sich in Scarlett verliebt und Charlie, der sich in Alice verlieben sollte, ist verrückt nach einem Mädchen namens Polly."

„Gütiger Himmel", sagte Margaret, und ihre Augenpartie kräuselte sich vor, wie ich dachte, Vergnügen, aber es hätte auch einfach Verwirrung sein können. „Und was ist mit Scarlett? Hat sie sich in einen der Schauspieler verliebt?"

Ich fühlte, dass ich rot wurde. „Nein. Scarlett ist in mich verknallt."

Margarets Kichern war böse. Es gab kein anderes Wort dafür. Es entsprach genau meiner Vorstellung eines Hexenlachens, nur leise und gedämpft, was es irgendwie noch teuflischer klingen ließ. „Es ist, als wäre ein ganzer Schwarm Babyvögel geschlüpft und auf die falschen Mütter geprägt worden. Ach du meine Güte, was für ein Durcheinander."

Ich war ja so froh, dass jemand dieses Fiasko erheiternd fand. Okay, zwei Jemande, denn Rafe hatte es eindeutig genossen, von diesem Zaubertrankdurcheinander zu erfahren. Ich ganz sicher nicht.

Cardinal Woolsey's war sonntags geschlossen, aber ich war heute Morgen hinuntergegangen, um Papierkram aufzuholen und beinahe zu Tode erschrocken, als Scarlett das Geschlossen-Schild komplett ignorierte und laut an die Tür pochte. Es war peinlich und beschämend, von ihr auf diese Art angestarrt zu werden und zu wissen, dass sie dabei unter dem Einfluss eines mit meinem Zutun entstandenen Zaubers stand. Letztlich musste ich ihr sagen, ich hätte einen Termin. Sie ging erst, als ich versprach, dass wir uns später bei der Probe sehen würden.

Ich war direkt zu Margaret Twigs Haus gefahren, um sie um Hilfe zu bitten, und fragte mich nun, warum ich mir die Mühe überhaupt gemacht hatte, wenn mich auslachen alles war, was sie tun würde.

„Es gibt da etwas, das ich nicht verstehe", sagte ich.

„Oh, mehr als nur eine Sache, vermute ich."

Ich biss die Zähne zusammen und fuhr dann fort: „Wir haben die Haare und das Blut von Charlie und Alice in den Trank getan. War das nicht, damit sie sich ineinander verknallen?"

„Ja, aber es macht sie nicht immun dagegen, sich in andere Leute zu verknallen, oder andere sich in sie."

„Aber warum hat sich Scarlett so sehr in mich verliebt?"

Die ältere Hexe zuckte die Schultern. Sie war ganz in Lila heute, so dass sie wie eine besserwisserische Weintraube aussah. „Eins deiner Haare könnte vielleicht in den Mix geraten sein, oder auch nur etwas von deiner Energie. Du musst bei Zaubersprüchen und dem Mixen von Zaubertränken sehr vorsichtig sein, um komplett unbeteiligt zu bleiben. Wir zaubern, aber wir dürfen uns selbst da nicht mit hineinbringen."

Das erzählte sie mir jetzt. „Die Tatsache, dass ich von der Vorstellung umgeben war, Charlie und Alice zusammenkommen zu sehen, bedeutet also, ich könnte etwas von meiner eigenen Energie in den Liebestrank gegeben haben?" Ich war entsetzt, dass ich ihn irgendwie verschmutzt haben könnte.

„Es ist möglich. Wie ich dir immer sage, Lucy, Magie ist keine exakte Wissenschaft."

„Ich weiß, ich weiß, deshalb wird es Magie genannt."

Sie gluckste noch ein bisschen mehr. „Exakt."

„Gut, und nun werde ich von Scarlett gestalkt. Im Ernst. Sie kam heute Morgen zum Laden. Ich wünschte, ich würde in einem Hochsicherheitsgebäude arbeiten, wo man eine Sicherheitsfreigabe braucht, um reinzukommen, aber traurigerweise steht ein Strickgeschäft so ziemlich jedermann offen."

„Oh, du liebe Güte. Weiß sie, dass du über deinem Laden wohnst?"

Meine Augen weiteten sich vor Entsetzen. Ich hatte nicht daran gedacht, dass meine liebeskranke Freundin versuchen könnte, in meine Wohnung einzubrechen. „Ich weiß nicht. Ich kann mich nicht erinnern, ob ich es ihr erzählt habe. Vielleicht habe ich das. Bevor es mir klar wurde."

Margaret klopfte mit ihren dünnen Fingern gegen die Granitarbeitsfläche ihrer Küche. „Du wirst vielleicht ein paar Nächte bei einem Freund bleiben wollen. Bis der Zauber nachlässt."

„Zwei Nächte, richtig? Du hast gesagt, das würde nicht länger als drei Tage anhalten und wir haben schon vierundzwanzig Stunden überschritten."

Sie seufzte und schüttelte den Kopf. „Wie oft muss ich es dir noch sagen? Keine exakte Wissenschaft. Ungenau." Sie sprach die letzten Worte langsam, so als hätte ich möglicherweise Probleme, das Konzept zu verstehen. Oh, und das hatte ich.

„Du meinst, du hast verdammt noch mal überhaupt keine Ahnung, wann dieser Zauber abklingen wird?" Ich glaube, meine Stimme könnte schrill geworden sein, denn ihre Augen verdunkelten sich vor Ärger.

„Du hast um meine Hilfe gebeten. Man kann mich nicht für die Inkompetenz von Hexennovizinnen verantwortlich machen."

Ich dachte, ich sollte wohl lieber gehen, bevor ich etwas sagen würde, das ich dann bereute, und sie sich damit rächen würde, mich in einen Frosch zu verwandeln.

„Gehst du schon?", rief sie hinter mir her, als ich den gefliesten Flur hinunter zur Vordertür marschierte.

Bevor ich dort ankam, drehte ich mich um. „Gibt es ein Gegenmittel?" Es waren ja nicht nur die Leute in dem Stück und Alice und Charlie betroffen. Der arme Ian konnte letztendlich seiner Karriere schaden, wenn er sich bei Scarlett so verhielt wie sie sich mir gegenüber.

Margaret war mir den Flur hinunter gefolgt, wahrscheinlich um sicherzustellen, dass ich ging. Aber wenigstens beantwortete sie meine Frage. „Der Zauber kann nur Schwärmerei verursachen, keine echte Liebe. Wahre Liebe wird immer mächtiger sein."

Was überhaupt nicht weiterhalf. Nur Alice würde unbeeinträchtigt bleiben, weil sie Charlie wahrhaftig liebte. Ich wusste nun wohl auch eine weitere Sache. Was immer Ian für mich empfand, Liebe war es nicht.

~

Ich setzte mich und mein völlig gebrochenes Ego in den kleinen Ford und fuhr die gewundene Straße hinunter, die mich zurück nach Oxford führte. Bevor ich in die Stadt gelangte, fuhr ich an den Straßenrand und schickte Vi eine SMS, um zu erfahren, ob sie sich mit mir im Laden treffen konnte, um die Sachen für die kommende Woche zu organisieren. Ich brauchte sie nicht wirklich, aber ich wollte ihr erzählen, was Margaret gesagt hatte und sehen, ob sie irgendwelche Ideen hatte.

Vi kam in den Laden und ich erzählte ihr, was passiert war. Alles, von meinem Date, das mich sitzengelassen hatte, um Scarlett nachzustellen, bis zu der Erkenntnis, dass die Frau, die er wollte, mich wollte. Jedenfalls fand Violet das nicht lustig. Aber sie musste sich ja wohl auch genauso schuldig fühlen wie ich. Vielleicht umso mehr, da der Zaubertrank ihre Idee gewesen war.

Als ich ihr von meinem fruchtlosen Besuch bei Margaret erzählte, nickte sie, ohne überrascht zu wirken. „Ich hätte auch nicht geglaubt, dass sie da viel tun könnte." Sie schien tief in Gedanken versunken. Schließlich sagte sie: „Vielleicht sollten wir es noch mal versuchen."

„Es noch mal versuchen?" Das konnte sie unmöglich gemeint haben.

„Alice kann nicht den ganzen Zaubertrank in diesen

Flachmann getan haben. Falls noch etwas übrig ist, könnten wir Charlie den Zaubertrank noch mal geben, diesmal wenn niemand außer Alice in der Nähe ist." Sie fuhr fort: „Und du könntest Ian auf einen Kaffee einladen und etwas in seine Tasse mogeln."

Ich hatte nicht vor, einen Mann unter Drogen zu setzen, um ihn für mich zu interessieren und wollte Violet das gerade sagen, als die Tür des Cardinal Woolsey's aufflog und der normalerweise fröhliche Klang ihrer Willkommensglöckchen sich anhörte, als würden sie in einem Wutanfall ausrasten.

Ich konnte es einfach nicht fassen, dass ich vergessen hatte, hinter Violet die Tür abzuschließen, und fürchtete, Scarlett zu sehen, aber es war Alice, die dort stand. Sie vibrierte vor negativer Energie und für einen Moment sah ich einen Schleier von Rot um sie herum, bevor ich blinzelte und mich sorgfältiger auf ihr Gesicht fokussierte. Es war rot und fleckig und ihre Augen waren geschwollen, als hätte sie vor kurzem eine Runde geweint.

Violet und ich hasteten beide auf sie zu. „Alice, was ist denn? Ist mit dir alles in Ordnung?", fragte ich und im selben Atemzug rief Violet aus: „Was ist passiert? Es ist doch nichts mit Charlie, oder?" Und so kollidierten unsere vermischten Wörter in der Luft genauso misstönend, wie die Türglocken es getan hatten.

Alice schaute von einer von uns zur anderen. „Ich mache es", sagte sie. „Ich gebe bei euch Strickkurse." Und dann atmete sie schnell schnaufend ein und wieder aus. Und haspelte eilig herunter: „Und ich entnehme dem Aushang im Fenster, dass ihr hier eine Teilzeitstelle frei habt. Ich würde mich gern dafür bewerben. Ich kann sehr gut mit Kunden umgehen, und bin sehr geduldig, ich bin nie mürrisch, komme nie zu spät, und ..." An dieser Stelle wurde ihre Stimme fast völlig von Tränen erstickt. „Und ich backe sehr guten Kuchen." Alice und ich schauten einander kurz an und ohne ein weiteres Wort ging sie mit großen Schritten hin und verschloss die Tür. „Komm mit nach oben", sagte ich. „Lass mich einen Tee für dich machen."

Ich war schon dabei, so englisch zu werden, dass Tee das Erste war, woran ich in jeder beliebigen schwierigen Situation dachte. Obwohl, für den Fall, dass ihr Drama schlimm genug war, hatte ich auch Schokolade und Hochprozentiges oben in meiner Wohnung.

Alice trug einen ihrer selbstgestrickten Pullis in einem langweiligen Grün. Ich wusste genau, dass sie ihren Pullover mehrere Nummern zu groß gestrickt hatte, weil ich den Einkauf von Muster und Wolle selbst eingebongt hatte. Als ich sie danach fragte, hatte sie gesagt, sie möge es gern bequem. Bequem mochte er sein, aber niemand konnte abstreiten, dass der Pullover sie ziemlich altbacken aussehen ließ, obwohl er ausnehmend gut gestrickt war. Sie trug ihn mit einem Rock, der weder kurz noch lang war, sondern um ihre Knie herumhing, als sei er noch unentschlossen, in welche Richtung er gehen sollte. Sie trug außerdem dicke schwarze Strümpfe und orthopädische Schuhe, viel zu altmodisch für ihre jungen Jahre.

Ich setzte den Kessel auf, und Vi holte einen Karton Papiertaschentücher. Dann saßen wir um meinen Küchentisch herum, während ihre Geschichte herausströmte. „Ich kündige." Sie sagte die Worte trotzig, putzte sich dann mit Entschlossenheit die Nase. Sie richtete ihre Wirbelsäule auf, faltete ihre Hände in ihrem Schoß und sagte: „Ich habe einen furchtbaren Schlamassel angerichtet mit diesem Zaubertrank. Ich hätte niemals darum bitten sollen. Und jetzt seht euch an, was passiert ist. Alle möglichen Leute haben sich in die Verkehrten verliebt. Charlie ist vollkommen vernarrt in Polly und einer dieser dummen Jungs, die das Durcheinander überhaupt erst angerichtet haben, hat sich in mich verliebt."

„Es tut mir so leid."

Sie schüttelte den Kopf und putzte sich die Nase. „Jeremy Booth sagt, ich bin die schönste Frau, die er je gesehen hat und versucht mir immer seinen College-Ring zu geben."

„Es ist ein Wirrwarr", gab ich zu. „Aber es ist nicht dein Fehler. Wir hätten das nie tun sollen. Aber die Frau, die den Liebestrank gemacht hat, hat uns versprochen, dass es nicht länger als drei Tage anhalten würde."

„Das kümmert mich nicht. Was mich dieses Fiasko gelehrt hat, ist, dass Charlie mich nie lieben wird. Wenn er mich in den letzten drei Jahren auch nur einmal so angeschaut hätte, wie er Polly jetzt ansieht, es wäre genug gewesen. Ich hätte Hoffnung gehabt. Aber das hat er nie. Und jetzt wird er es auch nie mehr. Ich dachte, ich wollte der Sache noch einmal eine Chance geben." Sie zupfte noch ein Taschentuch aus der Box und begann es zu zerpflücken.

„Ich bin heute Morgen zu seiner Wohnung gegangen, entschlossen, mit ihm zu reden. Keine Tricks, kein Kuchen, keine albernen Zaubertränke. Ich würde ihm wie eine Erwachsene von meinen Gefühlen für ihn erzählen und ihn fragen, ob er meint, es gäbe irgendeine Hoffnung, dass er meine Zuneigung erwidert."

Ich hatte ein sehr, sehr schlechtes Gefühl bei dieser

Sache. „Alice, vielleicht hättest du warten sollen, bis die Wirkung des Zaubertranks verflogen ist."

Sie schüttelte nachdrücklich den Kopf. „Ich bin mit meiner Geduld am Ende. Ich musste es einfach wissen."

Violet sah mich an und zog eine Grimasse. „Was ist passiert?"

„Er war nicht in der Wohnung. Er war im Laden am Telefon. Es war Mrs Bradley, die eine Vorbestellung für Martin Hodgins' neuesten Roman aufgab. Natürlich hat mich das gefreut, zumal das Buch für ihren Enkel ist, der ein eher widerwilliger Leser war. Während er mit ihr sprach, bemerkte ich, dass er am Computer gewesen war. Ich ging um ihn herum, um zu sehen, was er gerade machte und er war auf dem Instagram-Account von dieser Frau."

„Wessen Instagram-Account?", fragte Violet verwirrt.

„Pollys natürlich. Ich hätte nicht mal geglaubt, dass Charlie wüsste, was Instagram ist. Ich hätte eher gedacht, das gesamte Konzept der Sozialen Medien wäre an ihm vorbeigegangen. Das Foto, das er sich angeschaut hatte, war von Polly und ihm beim Proben. Und die Art, wie er sie ansah ..." Sie schüttelte den Kopf. „Ich war nie eine Frau, die Gewalt befürwortet. Ich wusste nicht, dass ich überhaupt einen Impuls zur Gewalt in mir habe. Aber ich wollte diesen Computer mit aller Macht quer durch den Raum werfen. Habe ich natürlich nicht getan."

Nyx, die auf dem Wohnzimmersofa geschlafen hatte, tappte in die Küche, um zu sehen, was vorging, und sprang Alice sofort auf den Schoß. Nyx ist ein großer Trost in stressigen Zeiten. Alice streichelte sie, nannte sie eine süße Mieze, was Nyx größtenteils gut aufnahm, trotz der Tatsache, dass

Alice Teilchen von zerschredderten Taschentüchern in ihrem Fell hinterließ, als sie die Katze streichelte.

Alice fuhr fort: „Als er das Telefongespräch beendet hatte, räusperte ich mich und sagte ihm, dass ich ihm etwas Ernstes zu sagen hätte. Er sah mich kaum an. Er zeigte mir weitere Bilder von sich und Polly auf dem Computer und sagte mir, er hätte noch nie in seinem Leben solche Gefühle für eine Frau gehabt."

„Oh, du liebe Güte", sagte Violet. Nyx schmiegte sich enger an Alice und ich goss mehr Tee ein.

„Statt ihm eine Liebeserklärung zu machen, habe ich ihm also gesagt, dass ich kündige." Unter Tränen kicherte sie. „Wenigstens hat das endlich seine Aufmerksamkeit erregt. Er sah aus, als hätte ich ihm ein Messer ins Herz gestoßen. Er sagte: 'Du kannst nicht gehen. Was ist denn los? Bist du nicht glücklich? Willst du eine Gehaltserhöhung?'"

Violet sah mich von der Seite an und sagte: „Eine Gehaltserhöhung wäre nett. Wer will schließlich keine Gehaltserhöhung?"

„Wir sprechen über Alice, nicht über dich", sagte ich leise. Ich fand, dass Violet ohnehin schon überbezahlt war, wenn man bedachte, wie sie sich immer in mein persönliches Leben einmischte. Und sie brachte mir auch nicht jeden Tag frischgebackenen Kuchen mit.

Alice schüttelte den Kopf. „Ich mache mir nichts aus Geld. Ich habe etwas Geld von meiner Großmutter geerbt und ich habe ein Talent für Aktien. Mein Portfolio zahlt mir alles, was ich brauche. Ich arbeite nur für Charlie, weil ich ihn liebe. Und natürlich, weil ich was zu tun brauche den ganzen Tag über."

Violets Augen weiteten sich. „Vielleicht könntest du mir ein paar Tips geben. Ich hätte gern ein Wertpapierdepot."

„Violet. Wir sind hier, um Alice zu helfen", erinnerte ich sie.

Sie warf ihr regenbogengestreiftes Haar über die Schulter. „Richtig. Also, was hast du gesagt, nachdem er dir die Gehaltserhöhung angeboten hat?"

Alice legte den Kopf in die Hände und es gab einen Moment vollständiger Stille. Dann, mit verzagter Stimme, die zwischen ihren teils geöffneten Fingern hervordrang, sagte sie: „Ich habe ihm gesagt, dass ich ihn liebe und dass ich keine weitere Minute bleiben könnte, und dann bin ich aus dem Laden gerannt." Sie nahm die Hände vom Gesicht. „Ich habe nicht mal angehalten, um meinen Mantel oder meine Handtasche mitzunehmen. Eine von euch wird zurückgehen und sie holen müssen. Ich kann nie wieder einen Fuß in diesen Laden setzen. Jedenfalls bin ich geradewegs hierhergerannt."

Ich stellte mir vor, was meine Großmutter in einem Moment wie diesem sagen würde. Ich war bestimmt mit jeder Menge Probleme zu ihr gerannt gekommen und so als wäre sie bei mir und würde mich leiten, beugte ich mich vor und rieb Alice leicht das Knie. „Du hast genau das Richtige getan. Ich werde selbst hingehen und deine Tasche und deinen Mantel holen und verlangen, dass er dir einen Scheck ausstellt, für was immer er dir an Gehalt schuldet."

„Danke."

Mein Handy summte. Ich checkte es und ließ den Anruf dann auf den Anrufbeantworter gehen. Vi hob ihre Augenbrauen. „Lass mich raten, der unterwürfige Detective?"

„Wer weiß, ob er unterwürfig ist? Vielleicht ruft er an, um

mir zu sagen, dass er mich nicht wiedersehen kann, da er sich in Scarlett verliebt hat." Ich rollte die Augen. „Als würde mich das interessieren."

Beide Frauen schauten mich mitfühlend an und Alice sagte: „Es tut mir so leid, dass ich diesen Liebestrankunsinn jemals angefangen habe."

„Es war nicht dein Fehler. Jedenfalls geht Meri, meine zweite Verkäuferin, für einen ausgedehnten Besuch nach Ägypten. Du kannst ihren Platz einnehmen und wir werden sofort anfangen, Reklame für deine Strickkurse zu machen."

Sie sah ängstlich und dankbar zugleich aus. „Danke. Und du wirst Charlie nicht sagen, wo ich bin."

Ich nahm eher an, dass er das erraten würde, sagte es aber nicht.

Sie schauten mich beide an. „Gehst du jetzt?", fragte Violet schließlich.

„Natürlich nicht", rief ich. „Das Letzte, was ich tun werde ist, da reinzuhetzen und Charlie sofort wissen zu lassen, wo Alice ist. Nein. Soll er doch mal merken, wie es sich ohne sie bei Frogg's Books anfühlt. Soll er doch mal die unerledigten Bestellungen managen und die Mütter, die sich nicht entscheiden können, welche Bücher sie ihren Kindern zum Geburtstag kaufen sollen. Soll er sich doch wenigstens einmal seinen Tee selber kochen." Ich hob meine Augenbrauen und schaute Alice direkt an. „Soll er doch Kuchen aus einem Laden essen."

Zum ersten Mal, seit sie gekommen war, erhaschte ich das Aufblitzen eines Lächelns. „Er hat schon so lange keinen gekauften Kuchen mehr gegessen, dass es ihn umbringen könnte."

Das würde es nicht, aber auch nur einen Tag ohne Alice

zu leben, konnte ihm vielleicht zeigen, was ihm entging. Es war durchaus möglich, dass nichts, kein Zaubertrank, nicht Alices Tüchtigkeit und endlose Hingabe, ihn dazu bringen würde, sich in sie zu verlieben, aber es war besser für sie, das zu wissen, als weiter zu hoffen und zu träumen.

Ich stand auf und sagte lebhaft: „So. Die Teepause ist vorbei. Violet, kannst du Alice zeigen, wie man unsere Registrierkasse bedient und wie alles funktioniert? Es ist die perfekte Gelegenheit, wo der Laden gerade geschlossen ist." Mir wurde sehr gründlich klar, dass Charlies Verlust mein Gewinn war, als ich sagte: „Und ich werde anfangen, unsere Kurse zu organisieren."

Alice sah sofort aus, als hätte sie eine schrecklich übereilte Entscheidung getroffen. „Musst du die Kurse denn schon so bald planen?"

„Ja." Ich sagte das ziemlich nachdrücklich, weil ich wusste, gab man ihr nur den Hauch einer Chance, würde sie hundert Ausreden finden, warum sie die Kurse nicht geben konnte. In Wahrheit würde es sowohl ihrem Selbstbewusstsein sehr gut tun, acht oder zehn Leute um einen Tisch in meinem Hinterzimmer sitzen zu haben, um ihnen das Stricken beizubringen, als auch ihr etwas anderes geben, womit sie ihren Geist beschäftigen konnte.

Ich mochte wie eine grausame Vorgesetzte geklungen haben, aber ich beschloss, Alice ganz behutsam ans Unterrichten von Kursen heranzuführen. Ich fügte auf der Webseite einen Anfängerkurs hinzu. Da würden wir starten. Ich fragte sie, ob sie an Mittwochabenden verfügbar war und sie sagte einigermaßen traurig, sie wäre jeden Abend verfügbar. Ich wählte den Mittwoch, da er nicht mit dem regelmäßigeren Gebrauch meines Hinterzimmers durch den Vampirstrickclub in Konflikt geriet. Und wir würden sehen, wie sie sich machte, bevor ich mehr Kurse hinzufügte.

Da ich bereits eine Warteliste von Leuten hatte, die nach Kursen gefragt hatten, begann ich sofort damit, sie anzurufen. Ich hängte außerdem einen Zettel in mein Schaufenster. Binnen einer Stunde hatten sich sechs Leute bei mir angemeldet. Wenn ich mich selbst hinzufügte, wären es somit sieben.

Ich ging nach vorn, um Alice die gute Neuigkeit zu überbringen und sie schien zugleich erfreut und entsetzt. Ich sagte: „Wir fangen Mittwoch an. Das gibt dir jede Menge Zeit zum Planen, aber nicht viel Zeit, nervös zu werden. Ehrlich, das sind alles nette Leute, die hierherkommen. Und du tust denen echt einen Gefallen."

„Ich habe es eigentlich wirklich immer genossen, Strickkurse zu geben."

Kurz vor drei Uhr ging ich zu Frogg's Books. Ich erzählte Alice absichtlich nicht, wohin ich ging, weil ich nicht mit einer Ladung von Nachrichten für Charlie betraut werden wollte, die zu überbringen ich keinerlei Absicht hatte. Viel einfacher, wenn ich schlicht da rüberlief, mir ihre Sachen schnappte und wieder ging. Da ich diejenige war, die ihre Sachen holen kam, würde er sich natürlich sowieso denken können, wo sie war.

Anders als ich hatte Charlie an Sonntagnachmittagen geöffnet und ich war neugierig, wie er ohne seine treue Verkäuferin zurechtkam. Als ich eintraf, sah der Mann, der normalerweise ein Buch vor der Nase und eine frische Tasse Tee neben dem Ellenbogen hatte, tatsächlich aus, als wäre er in einem Zustand am Rande des Schwachsinns. Ich blieb direkt in der Tür stehen und entschied, mich für einen Moment im Interesse von Alice zu amüsieren.

„Es tut mir leid, ich weiß gerade nicht, wo es ist", sagte er, und aus seinem Ton wurde klar, dass er diese Worte nicht das erste Mal sagte.

Neben ihm stand eine Frau, die gereizt und überheblich aussah. Sie sagte: „Aber warum in aller Welt sollten Sie mich anrufen, um mir zu sagen, dass meine Bestellung gekommen ist, wenn Sie gar nicht wussten, wo sie war?" Ich merkte, dass es auch bei ihr nicht das erste Mal war, dass sie diese Worte gesagt hatte.

Fast flehentlich sagte Charlie: „Aber es war ja nicht ich, der Sie angerufen hat."

„Nein, waren Sie nicht. Wo ist überhaupt diese nette junge Frau, die mich normalerweise bedient?"

Und war nicht genau das die Frage ... Ich wartete mit Interesse darauf, was Charlie sagen würde. Er sah gequält und hilflos aus und sagte schließlich: „Sie hat sich heute krankgemeldet. Es geht ihr nicht gut."

Die Frau hob die Hände in die Luft. „Können Sie sie zu Hause anrufen und herausfinden, wo mein Buch ist?"

Er sagte: „Schauen Sie, geben Sie mir einfach eine Minute. Es wird irgendwo im Hinterzimmer sein."

Sie stieß einen Ausruf der Ungeduld aus. „Ach, lassen Sie. Ich werde später in der Woche noch mal reinkommen."

Sie lief sehr zielstrebig zur Tür hinaus und stieß beinahe mit mir zusammen. Charlie sah überfordert und verblüfft aus, als er sich mir zuwandte und dann sagte: „Oh, Gott sei Dank bist du es, Lucy. Wie kann ich dir helfen?"

„Ich bin nur gekommen, um Alices Sachen abzuholen. Sie ist ohne ihren Mantel und die Handtasche gegangen."

Er blickte hinter mich und zur Straße hinaus, als könnte Alice sich vielleicht dort herumtreiben. Als er sie dort natürlich nicht sah, schaute er enttäuscht. „Ich kann es gar nicht glauben, dass sie mich heute Morgen einfach so sitzengelassen hat. Es herrscht Chaos seitdem."

Ich biss mir auf die Zunge, bevor ich sagen konnte: „Armer Junge", und murmelte teilnahmsvoll etwas vor mich hin.

„Sie ist also zu dir gegangen, oder? Ich dachte mir schon, dass sie nicht weit gelaufen ist, nicht ohne ihren Mantel oder jedes Geld."

Ich fand es nicht richtig, dass er seinen Kunden weiterhin erzählte, Alice sei krank, also sagte ich, so sanft ich konnte: „Ich habe ihr eine Stelle gegeben."

Für einen Mann, den ich eher relativ temperamentlos genannt hätte, sah Charlie ziemlich wütend aus, als er einen stürmischen Schritt auf mich zu trat. „Du hast was getan? Mir meine beste Angestellte geklaut? Das ist nicht gerade sehr gutnachbarlich von dir."

„Alice hat mir gesagt, dass sie gekündigt hat."

„Nun, sie kann nicht kündigen. Ich weigere mich, ihre Kündigung zu akzeptieren. Oder ich verlange allermindestens eine zweiwöchige Frist."

Ich schüttelte den Kopf. „Komm schon, Charlie. Du weißt, dass du das nicht tun wirst. Sie ist verärgert."

Er plumpste in einen der bequemen Sessel, die er für die Kunden hatte, und sagte: „Na ja, ich bin auch verärgert. Ehrlich, ich weiß nicht, was in sie gefahren ist. Sie hat einfach verkündet, dass sie gehen würde, ohne jede ordentliche Erklärung oder Vorwarnung."

Hatte er Alice nicht zugehört? Vielleicht marschierte ich

hier geradewegs in ein Gebiet, das selbst Engel sich scheuen würden zu betreten, aber so wie es nun mal war, fühlte ich mich an dieser Romanze mitbeteiligt. Ich war schließlich diejenige, die den Liebestrank organisiert hatte. Ich sagte: „Charlie, Alice hat Gefühle für dich. Du kannst nicht von ihr erwarten, hier weiterhin Tag für Tag zu arbeiten, wenn du ihre Aufmerksamkeit nicht erwiderst."

Er verschränkte seine Arme über der Brust und sah total eingeschnappt aus. „Was meinst du damit, ich erwidere ihre Aufmerksamkeit nicht? Ich habe Hochachtung vor Alice. Sie ist eine äußerst tüchtige Frau, backt ausgezeichnete Kuchen, kommt nie zu spät und alle meine Kunden halten große Stücke auf sie."

Ich konnte nicht anders, ich musste lächeln. „Na ja, wäre ich wegen einer Empfehlung von ihrem vorherigen Arbeitgeber gekommen, dann habe ich wohl gerade eine gekriegt."

„Das ist lächerlich. Sie will nicht für dich arbeiten. Sie ist hier glücklich."

„Wenn sie so glücklich war, wieso hat sie gekündigt?"

„Weil sie unvernünftig ist."

„Weil sie dich liebt?"

Er schüttelte den Kopf und sah traurig aus. „Sie ist drei Jahre hier gewesen. Es hat sie nie daran gehindert. Ich gebe dieser Jahreszeit die Schuld. Valentinstag und all dieser Unsinn." Er wedelte mit der Hand herum. „Guck dir das an. Sie hat eine gesamte Auslage mit Liebesromanen gemacht. Auf dem Vordertisch, gleich bei der Tür. Sie sind alle dabei, die Brontës, Jane Austen, Shakespeares Liebessonette und ein Haufen moderner Bücher, die ich ganz sicher nicht bestellt habe, alle in rosa Umschlägen. Ich bitte dich. Kein Wunder, dass es sie plötzlich romantisch gestimmt hat.

Sobald der Februar um ist, wird diese momentane Verrückt-
heit vorbeigehen."

Alles was ich denken konnte, war 'Arme Alice'. Nicht nur,
dass Charlie anscheinend ihre Gefühle nicht erwiderte, er
schien überhaupt gar keinen Respekt vor der Liebe zu haben.
Ich sagte: „Ich werde ihre Sachen jetzt mitnehmen. Wenn du
mich wissen lässt, wann ihr letzter Gehaltsscheck fertig ist,
werde ich kommen und ihn abholen."

„Warum kann sie ihn sich nicht selbst holen?"

„Ich glaube nicht, dass sie in den Laden kommen möchte." Andererseits würden sie sich wahrscheinlich bei der
heutigen Probe des Stücks sehen.

„Sag ihr, ich werde ihn mit der Post schicken", blaffte er.

KAPITEL 12

*A*ls ich in den Laden zurückkam, fand ich Violet dabei vor, wie sie Alice anstarrte und dabei ganz eifrig aussah. Es gefiel mir nicht, wenn Violet so aussah. Ihr letzter Anfall von Eifer hatte in dem Liebestrank-Fiasko geendet. Und jedes Mal, wenn sie mich zu einem der Buffetts des Hexenzirkels oder Sonnenwendveranstaltungen gezwungen hatte, schien ich mich zum Narren zu machen. Ich zog es vor, wenn Violet gähnte und vorgab, die Regale aufzuräumen, während sie in Wirklichkeit auf die Uhr sah, um nachzuschauen, wie bald sie nach Hause gehen konnte.

Meri war eine sehr viel tüchtigere Verkäuferin, aber traurigerweise würde Meri mit Pete zurück nach Ägypten gehen. Ich hatte gesehen, wie die beiden einander anschauten und nahm an, falls sie überhaupt zurückkam, dann nicht, um in meinem Laden zu arbeiten.

Alice räumte die Mohair-Abteilung auf und sah verzweifelt aus. Bevor ich fragen konnte, was vorging, sah sie ihren Mantel und die Handtasche in meinen Armen und fragte erwartungsvoll: „Wie ging es Charlie? Vermisst er mich?"

Ich konnte sie nicht anlügen. „Er vermisst deine Effizienz. Er scheint nicht zu wissen, wo du die Bestellungen aufhebst, wenn sie eintreffen, und er hatte beinahe einen Tobsuchtsanfall, als er herausfand, dass ich dir einen Job gegeben habe."

Sie sah überglücklich aus und schlug ihre Hände über dem Herzen zusammen. „Er hat mich also doch gern."

„Ehrlich, ich glaube, er vermisst seine tüchtige Verkäuferin. Was nicht heißt, es könnte nicht damit enden, dass ihm aufgeht, dass er dich mag. Aber du musst ihm Zeit geben."

„Und eine Runderneuerung", sagte Violet ziemlich nachdrücklich.

Kein Wunder, dass sie so eifrig ausgesehen hatte. „Was soll das mit der Runderneuerung?", fragte ich.

Bevor Alice sprechen konnte, sagte Violet: „Ich habe Alice gerade gesagt, wie hübsch sie ist. Aber sie macht zu wenig draus. Mit dezentem Make-up, einer neuen Frisur, Kleidung, die tatsächlich auch passt, wäre sie eine Wucht."

Alice errötete und schüttelte den Kopf. „Aber das bin ich nicht. Ich möchte, dass Charlie mich dafür liebt, wer ich bin, nicht für mein Aussehen."

Violet sah ungeduldig aus. Sie stemmte die Hände in die Hüften und sagte: „Lucy. Sag es ihr."

Ich war sicher keine Expertin in der ganzen Mann-Frau-Sache, aber ich hatte eine Meinung. „Ich denke, Alice hat recht. Wir müssen uns mit uns selbst wohlfühlen, so wie wir sind. Der Mann, der uns liebt, sollte uns so sehen, wie wir sind."

Alice sah über meine Worte glücklich aus und Violet verdrossen. Ich fuhr fort: „Allerdings finde ich, du solltest vielleicht ausprobieren, einen Pullover in der richtigen Größe zu tragen. Ich bin sicher, dass du etwas finden kannst, was bequem ist und weniger ... schlabbrig aussieht."

Violet schlug die Hände zusammen. „Bitte. Oh, bitte, mach genau das." Sie rannte zu dem Ständer, an dem wir fertige Pullover aufbewahrten, die zum Verkauf standen. Da meine Vampirstricker so fix mit den Nadeln waren, hatte ich immer eine gute Auswahl. Violet suchte sie durch.

Sie warf einen Blick auf Alice und dann auf den Pullover in ihrer Hand. Sie prüfte seine Größe und nickte. „Probier diesen an." Es war ein einfacher schwarzer Pullover mit U-Ausschnitt im weichsten Kaschmir. Er war nicht enganliegend oder auf irgendeine Weise gewagt, aber es war elegant. Sylvia hatte ihn gestrickt, also wusste ich, er war außergewöhnlich.

„Ach, ich weiß nicht", sagte Alice, aber als Violet ihr den Pullover gab und ihre Hände die wunderbare Weichheit fühlten, sagte sie: „Na ja, vielleicht könnte ich ihn ja einfach mal anprobieren."

Ich schickte sie nach hinten und wir warteten. Als sie herauskam, nickten wir beide, enthusiastisch. „Der steht dir großartig", sagte Violet. Ich musste zustimmen. Er ließ sie jung und elegant aussehen und deutete eine Figur an, von der ich glaubte, dass die meisten Männer sie als spektakulär erachten würden. Wir waren allerdings beide klug genug, die figurbetonenden Eigenschaften des Pullovers nicht zu kommentieren. Wir sagten ihr, wie er ihren Farben und ihrem Haar schmeichelte.

Sie betrachtete sich im Spiegel und ihre Augen funkelten. „Ja. Den liebe ich. Ich werde ihn nehmen."

Ich lehnte es ab, ihr Geld anzunehmen, und sagte ihr, er sei ein Antrittsgeld für die Zusage, Kurse zu geben.

Sie schaute an sich herunter. „Aber er passt nicht gerade gut zu dem Rock, oder?"

Violet schüttelte den Kopf. „Hast du Jeans? Jeder hat Jeans. Zieh die an. Und Stiefel oder ein paar anständige Schuhe."

„In Ordnung. Ja."

Alice und ich sollten eigentlich zum College raufgehen, zur Probe um vier Uhr. Ich war nicht sicher, ob Alice hingehen würde, in dem Wissen, dass Charlie dort wäre, aber sie war aus hartem Holz geschnitzt. Sie ging nach Hause, um sich umzuziehen, Vi ging zum Dinner mit Lavinia, ihrer Großmutter, und ich brachte meinen Papierkram zu Ende.

Ich hatte mein Handy absichtlich oben in meiner Wohnung gelassen, damit ich nicht verführt wurde, meine Nachrichten zu checken. Allerdings war ich so stark auch wieder nicht. Meine Nachrichten zu checken war das Erste, was ich tat, als ich nach oben kam, um mich für die Probe fertigzumachen. Und tatsächlich, Ian hatte zweimal angerufen. Eine stärkere Frau würde seine Nachrichten löschen, ohne sie sich anzuhören.

Ich entdeckte, dass ich so stark nicht war. Die erste Nachricht lautete: „Lucy. Ich bin's, Ian. Ich kann nicht mal erklären, was letzten Abend passiert ist." Er ließ geräuschvoll den Atem entweichen. „Ich hasse es, wenn ich versuchen muss, per Anrufbeantworter mit dir zu reden. Können wir uns treffen? Einfach auf einen Kaffee oder so was? Ruf mich an."

Wohl kaum unterwürfig, und falls eine Entschuldigung dabei gewesen war, hatte ich sie nicht gehört. Gehört hatte ich allerdings die Verwirrung in seinem Tonfall und musste akzeptieren, dass ein Teil dieses Schlamassels auf meinem eigenen Zutun beruhte.

Dennoch löschte ich beide Nachrichten. In ein paar Tagen, wenn die Wirkung des Zaubertranks abgeklungen war, dann würde ich mit ihm reden. Wenn ich wüsste, dass er wieder er selbst war.

~

ICH KONNTE DIE SPANNUNG IN DER LUFT KNISTERN HÖREN, als ich in den Probenraum ging. Ich war nicht sicher, ob es meine Kräfte als Hexe waren, die mich die seltsame Spannung wahrnehmen ließen, oder ob es so übel war, dass jeder es bemerkt hätte. Alice und Charlie waren so weit voneinander getrennt, wie es nur irgend ging. Charlie schaute Polly sehnsüchtig an. Miles machte sich bei Scarlett zur Landplage und Jeremy versuchte gerade, mit Alice zu sprechen. Das Gekaspere und Herumalbern war nicht mehr wiederzufinden. Charlie sprach gerade mit Will und auch wenn ich seine Worte nicht verstehen konnte, konnte ich hören, dass der Tonfall abgehackt und gereizt war.

Ich verstand jetzt, warum Ellen Barrymore die Schauspieler davon abzuhalten versuchte, Liebesbeziehungen miteinander einzugehen und was für eine schlechte Arbeitsatmosphäre daraus entstand.

Als Scarlett mich sah, ließ sie Miles mitten im Satz stehen und kam herübergerannt. „Lucy. Ich habe auf dich gewartet. Kannst du meinen Text mit mir durchgehen? Bitte?"

Ich erinnerte mich selbst daran, dass es nicht ihr Fehler war, dass sie sich mir gegenüber so verhielt. Sie stand unter einem Zauber, den ich zum Teil selbst fabriziert hatte, also versuchte ich, großzügig zu sein. Ich sagte zu. Sie rannte zurück und Miles nahm sie sofort beiseite und begann mit leiser Stimme auf sie einzureden und zwar nicht, da war ich einigermaßen sicher, wegen des Stücks.

Liam, der Schauspieler, der den Puck gab, kam und stellte sich neben mich und sein Blick folgte meinem dorthin, wo das Tableau von aufeinandertreffenden männlichen Egos zu bewundern war. Er schüttelte den Kopf und zitierte: „Welch hausgebacknes Volk macht sich hier breit?"

Ich kicherte. Er war die perfekte Besetzung für den Puck. Klein und drahtig, mit einem boshaften Sinn für Humor. Ich war nicht sicher, aber ich glaubte, ihn von der Wintersonnenwendveranstaltung wiederzuerkennen. Das bedeutete natürlich nicht, dass er ein Zauberer war. Vielleicht war er einfach neugierig. Dennoch, als er mir zuzwinkerte, war ich so nervös, als sei ihm womöglich vollkommen bewusst, dass es nicht die Spannungen des Theaterstücks waren, die diese schlechte Atmosphäre bewirkten, sondern ein von Hexen gebrauter Liebestrank.

Alice hatte keinerlei Runderneuerung vorgenommen, aber sie trug ihr Haar offen und hatte es zu einer glänzenden Lockenpracht gebürstet. Mit dem Pullover in der richtigen Größe und anständigen Jeans und Stiefeln sah sie besser aus, als ich sie je erlebt hatte.

Jeremy schien vernarrt in sie zu sein. Er hatte eindeutig dieselbe Strategie benutzt, um Alice für sich allein zu haben, die Scarlett bei mir angewandt hatte. Er hatte sie gebeten, seinen Text mit ihm durchzugehen. Charlie beobachtete ihn mit einem seltsamen Gesichtsausdruck. Ich hatte den Eindruck, dass er, auch wenn er Alice nicht wollte, dennoch nicht fand, dass jemand anders sie bekommen sollte.

Neben mir lachte Liam wieder in sich hinein. Dann rieb

er sich die Hände. „Oh, diese Produktion wird ein großer Spaß werden."

Ellen war still hereingekommen und stand Liam und mir direkt gegenüber. Ich glaubte nicht, dass irgendjemand von den Schauspielern sie bereits erspäht hatte, und so beobachtete sie das Drama auf der Bühne, das nichts mit Shakespeare zu tun hatte.

Nach ein paar Minuten seufzte sie und ging in ihren auf den Boden pochenden flachen Chanel-Schuhen zur Bühne. Polly sah sie zuerst und kam mit ihrem Textbuch in der Hand auf sie zu. „Ellen, ich habe solche Probleme mit dieser Szene. Ich verstehe nicht, warum Helena sich da wie ein solcher Feigling verhält. Kann ich sie sarkastisch spielen?"

Charlie eilte herbei, nah genug, dass Polly ihm ins Gesicht schlug, als sie ihr blondes Haar über ihre Schulter warf. *Gut.* „Ich kann Polly helfen. Vielleicht könnten wir zusammen an der Szene arbeiten?"

Ellen schüttelte den Kopf. „Polly, du wirst mit Jeremy proben, und versucht die Szene auf ein paar verschiedene Arten zu spielen. Ich habe nichts gegen eine feministische Interpretation, aber lass uns schauen, wie es sich spielt."

Sie drehte sich um und machte Alex ausfindig, die nie weit von ihrer Seite wich. Ich dachte manchmal, dass Alex Blumstein genauso Ellens Bodyguard war wie jedermanns Handlanger. „Ah, Alex, kannst du für Jeremy und Polly einen ruhigen Ort zum Proben finden? Und schau mal, was die Kostümabteilung gefunden hat im Hinblick auf Kostüme, die wir wiederverwenden können, ja?"

Als Polly und Jeremy sie mit Alex verließen, fuhr Ellen fort, die Liebestrank-Opfer voneinander zu trennen. „Charlie, du bringst diejenigen auf die Hauptbühne, die die Handwerker spielen, um an ihrer Szene zu arbeiten. Ausgenommen von dir, Will, du bleibst hier und arbeitest mit Scarlett. Miles, du kommst mit mir. Lucy, kannst du mit Liam seinen Text durchgehen? Wir treffen uns alle in einer Stunde hier wieder." Ich war beeindruckt, wie meisterhaft sie all die nicht zusammenpassenden Liebenden voneinander getrennt hatte. Ellen Barrymore war in der Tat eine ausgezeichnete Regisseurin.

Nach der Probe wäre ich wahrscheinlich nach Hause gegangen, aber Alice kam zu mir und sagte: „Lucy, ein paar von der Gruppe gehen in den Pub und sie haben mich gefragt, ob ich mitkomme. Ich komme mir ein bisschen blöd dabei vor, weil ich ja nicht auf dem College bin. Ich habe beschlossen, dass ich nur gehe, wenn du auch gehst."

Ich konnte sehen, dass Jeremy uns beobachtete. Es war ziemlich offensichtlich, wer sie eingeladen hatte. „Möchtest du wirklich hingehen?"

Sie sagte: „Ich muss damit aufhören, in Charlie verliebt zu sein. Das weiß ich. Ich habe ihm drei Jahre meines Lebens und meine Zuneigung geschenkt und er hat klargestellt, dass er sie nicht will." Sie sah dort hinüber, wo Jeremy gerade mit Scarlett sprach, obwohl sie beide Alice und mich beobachteten. „Es wird mich einige Zeit kosten, über ihn hinwegzukommen, aber ich bin entschlossen, es zu versuchen."

Ich mochte Alice und ich wollte ihr helfen, es hinter sich zu lassen, also stimmte ich zu, mit in den Pub zu gehen. Als wir gerade loswollten, kam Scarlett angerannt und packte meinen Arm. „Lucy, du kannst nicht gehen! Oh, gehst du in den Pub? Perfekt. Lass mich nur erst meine Sachen schnappen." Ich zählte bereits die Stunden, bis der blöde Zaubertrank seine Wirkung verlieren würde. Es sah ganz sicher nicht danach aus, als würde sie schon nachlassen.

Als wir zum Pub kamen, begriff ich mit Schrecken, dass Charlie beschlossen hatte, ebenfalls mitzukommen. Ich glaubte nicht, dass es Alice gut täte, den Mann, den sie liebte, dabei beobachten zu müssen, wie er mit Polly flirtete, aber ich entdeckte schnell, aus welch hartem Holz Alice geschnitzt war. Charlie kam dort herüber, wo wir drei, Scarlett, Alice und ich, gerade standen und schenkte uns sein charmantestes Lächeln. Und Charlie in Hochform war extrem charmant.

„Was für ein Glück ich habe, drei so hinreißende Mädchen zu finden." Er schaute kurz zur Bar hinüber. „Was kann ich euch zu trinken holen?"

Alice sagte, nicht ohne ein gewisses Maß an Stolz: „Jeremy ist mir schon einen Drink holen gegangen, danke." Und dann ging sie weg. Charlie schaute ihr nach und ich dachte, was auch immer seine Gefühle waren, gleichgültig war sie ihm nicht.

Er murmelte etwas und dann folgte er ihr. „Alice, warte. Ich will mit dir reden."

Sie drehte sich um. „Jetzt? Was ist denn?"

Er schien um Worte verlegen und dann sagte er: „Ich verstehe nicht, was los ist. Du hast mich total im Regen stehen lassen. Bitte, kannst du wenigstens in den Laden zurückkommen, bis ich einen Ersatz für dich gefunden habe?"

War er wirklich dermaßen ahnungslos? Mit einem ärgerlichen Knurren sagte Alice: „Nein. Kann ich nicht." Und dann ging sie Jeremy entgegen, der mit zwei Drinks in der Hand auf sie zukam. Ich wollte nicht der Adressat von Charlies

Gejammer sein und so sagte ich zu Scarlett: „Ich bin dran, dir einen Drink auszugeben. Was möchtest du?"

Sie folgte mir an die Bar und wir bestellten beide ein Glas Rotwein. Ich war nicht in der Stimmung für irgendwas Ausgefallenes und ich glaubte auch nicht, dass sie es war. Miles und Will kamen mit Polly and Liam herein. Sie alle lachten gerade.

Natürlich drehte sich die gesamte Unterhaltung um die Produktion. Miles versuchte ständig, Scarletts Aufmerksamkeit zu bekommen. Scarlett war deutlich mehr daran interessiert, mit mir zu reden. Und Charlie schien hin- und hergerissen zwischen dem Versuch, mit Polly zu reden und dem, jedes Wort mitzuhören, das Jeremy zu Alice sagte.

Das war schwierig, da Jeremy und Alice in der Ecke saßen und in leisem Tonfall sprachen, aber ihm entging nicht der Moment, in dem Jeremy hinüberreichte und eine Locke von Alices Haar um seinen Finger wickelte. Es spielte keine Rolle, dass wir die Worte nicht hören konnten, es war ziemlich offensichtlich, dass Jeremy sie ganz gewaltig anflirtete. Sie mochte immer noch in Charlie verliebt sein, aber Alice war nicht immun gegen die Aufmerksamkeiten eines sehr attraktiven jungen Schauspielers. Ihre Augen funkelten und sie schien vollkommen glücklich in seiner Gesellschaft.

Miles sah sich um und fragte: „Wo ist Daffyd? Ich dachte, er würde mitkommen."

„Ihm wird gerade Zettels Eselskopf angepasst", sagte Liam. Dann legte er Waliser Akzent auf. „Der passende Kopf für seinen Waliser Arsch."

Dann, als ob er Daffyd wäre, der seinen Eselskopf trug, zitierte Liam aus dem Stück: „O küss mich durch das Loch von dieser garstigen Wand! Guckste ma, Jungchen."

Und Miles, um nicht ausgestochen zu werden, legte einen sogar noch breiteren Waliser Akzent auf und antwortete: „Werde dich nicht anlügen, dieses Arsches Kopf – oder hab ich mich verzettelt und 's ist umgekehrt? - sieht prächtig aus. Willst du bei Nickels Grab heut Nacht mich treffen an?" Natürlich lachten wir alle. Es war unmöglich, das nicht zu tun, und dann grub Miles sein Textbuch aus, damit sie den Rest der Szene spielen konnten, wobei sie jedes Waliser Klischee hinzufügten, das ihnen einfiel.

Als sie mit der Szene fertig waren, sagte Miles zu Scarlett: „Wir sollten zusammen unseren Text durchgehen. Ich will unser Timing richtig hinkriegen in der Szene, wo wir uns im Wald verirren."

Ich glaubte, er suchte eine Ausrede, um mit ihr allein zu bleiben, aber es war ihnen auch Ernst damit, die bestmögliche Arbeit abzuliefern und so stimmte sie sofort zu. Miles sagte: „Mein Handy ist da drüben in meiner Tasche. Gib mir deine Nummer, und ich ruf dich nachher an."

Scarlett nahm einen Stift heraus, schrieb ihre Handynummer auf die Vorderseite des Teils seines Textbuchs und dann riss Miles die Ecke ab und schob sie in die Tasche seiner Jeans. „Danke."

Dann stand plötzlich Polly auf, die es zweifellos satt hatte, dass Charlie mit ihr sprach und Alice beobachtete, und sagte, sie müsse gehen. Sie habe fürs Studium zu tun und morgen sehr früh ein Seminar. Mit einem Winken an alle ging sie hinaus.

Charlie ging nicht, wie ich es gehofft hatte. Er blieb und unterhielt sich mit Liam, behielt aber immer noch Alice im Auge. Liam schien das Drama zu genießen. Ich war froh, dass jemand das tat.

Nach einer Weile stand Jeremy auf und Alice ebenfalls. Sie zogen beide ihre Mäntel an. Alice sagte errötend: „Ich sehe dich dann morgen, Lucy."

Ich versuchte beiläufig zu klingen. „Ja. Tschüß." Charlie machte ein paar Schritte auf sie zu und sagte: „Alice? Wohin gehst du?" Jeremy schaltete unmittelbar in den Schlägertyp-Modus. „Was geht dich das an?", fragte er und trat einen Schritt auf Charlie zu.

„Oh, nein", sagte ich. Mir gefiel die Richtung nicht, in die das zu laufen schien. Alice sah mich an, genauso entsetzt.

Charlie, der sonst immer so lässig und locker erschienen war, richtete sich zu seiner vollen Höhe auf und trat ebenfalls einen Schritt vor. „Alice ist eine Freundin von mir. Ich will nicht, dass sie irgendetwas Dummes macht. Das ist es, was mich das angeht." Und während er die Worte sagte, trat er näher, bis er dicht vor Jeremy stand.

Liam trank den Rest seines Pints aus und sagte: „Nicht hier drinnen im Pub, Kumpels. Kommt schon. Draußen."

Aber es war zu spät. Jeremy stieß Charlie vor die Brust und sagte dann: „Komm" zu Alice. Sie schaute Charlie an, der offenbar nicht fassen konnte, was da passierte. „Es tut mir leid", sagte sie, dann wollte sie Jeremy folgen. Charlie rannte los, packte Jeremy bei der Schulter, schwang ihn herum und dann, ich glaube zu jedermanns Schrecken, holte er aus und schlug ihm die Faust ins Gesicht.

Es gab irgendeine Art von ungeschriebenem männlichen Code, nehme ich an, denn sogar als Jeremy in einen Tisch krachte und aussah, als sei er bereit, einen Mord zu begehen, als er sich wieder aufrichtete, gingen Miles, Will und Liam dazwischen und zerrten die zwei Kämpfer nach draußen.

Alice rief aus: „Lucy. Was sollen wir bloß machen?"

Ich schüttelte den Kopf. „Ich glaube, wir sollten sie einander dumm und dämlich prügeln lassen. Sie haben den ganzen Abend lang Streit gesucht."

Sie sah aus, als würde sie gleich weinen. „Aber meinetwegen? Ich will nicht, dass sich irgendjemand meinetwegen prügelt."

Scarlett sah bloß gelangweilt aus. „Mir passiert das dauernd. Männer sind solche Idioten."

KAPITEL 13

*A*ls Alice und Scarlett und ich endlich auf die Straße hinauskamen, waren die Männer nirgends zu sehen. Ich dachte, vielleicht wäre das ja ganz gut so, weil Alice völlig aufgelöst war. Sie schaute herum und wollte wissen, wo sie sein könnten und was wir tun sollten. Scarlett und ich tauschten einen Blick und dann sagte Scarlett: „Mach dir keine Sorgen. Miles und die anderen werden nicht zulassen, dass sie sich gegenseitig umbringen. Das Beste, was wir machen können, ist, nach Hause gehen und es ihnen überlassen."

Alice sah besorgt aus. „Aber ..."

„Scarlett hat recht", sagte ich. Keiner von beiden sah aus, als wäre er der Typ für Schlägereien und nebenher nahm ich an, dass Jeremy begierig darauf sein würde, nach Hause zu kommen und seine Nase zu kühlen. Er würde sich nicht sein hübsches Gesicht verderben wollen und ich war ziemlich sicher, dass Ellen fuchsteufelswild wäre, wenn sie einen ihrer Hauptdarsteller von einer Kneipenschlägerei verunstaltet vorfand.

Alice sagte: „Ich wollte nicht mit Jeremy nach Hause gehen. Mir war klar, dass Charlie das dachte. Was für eine Frechheit. Er wollte mich nur zu meinem Auto begleiten."

„Ich weiß." Wir begannen in Richtung Harrington Street zu gehen und ich wusste, dass Alice sich nur Sorgen machen und vor sich hin brüten würde, wenn sie zu ihrem Haus fuhr, wo sie allein wohnte, also sagte ich: „Warum kommst du nicht mit und schläfst heute Nacht in meiner Wohnung?" Ich grinste sie an. „Dann weiß ich, dass du morgen früh rechtzeitig zur Arbeit kommst."

„Oh, Ich weiß nicht. Und was ist mit meinen Klamotten?"

„Ich kann bestimmt was finden, was dir passt. Und ich habe eine Extrazahnbürste und ein paar Sachen, die ich dir leihen kann." Ich machte das Angebot nicht nur Alice zuliebe. Ich wollte wirklich nicht, dass Scarlett sich noch mehr an mich hängte, als es bereits der Fall war.

„Danke", sagte sie und klang auch dankbar. „Ich bin wirklich ziemlich durcheinander."

Wir begleiteten Scarlett bis zur Pförtnerloge am Cardinal College und dann gingen Alice und ich die Harrington Street hinunter zurück zu meinem Laden und der Wohnung darüber. Wir warfen im Vorbeigehen beide einen Blick nach oben zu Charlies Fenstern in seiner Wohnung über Frogg's Books, aber da brannte nirgends Licht. Was auch immer er gerade machte, er war noch nicht zu Hause. Keine von uns beiden sagte etwas und wir gingen weiter zu meinem Laden. Ich war froh, als ich sah, dass auch in meiner Wohnung kein Licht brannte. Das hieß, meine Großmutter hatte nicht beschlossen, mir einen spätabendlichen Besuch abzustatten.

Ich brachte Alice nach oben und machte uns beiden

Kakao. Dann suchte ich ihr eine brandneue Zahnbürste und etwas Nachtzeug heraus und wünschte ihr eine gute Nacht. Aber als ich in mein Zimmer kam, fühlte ich mich rastlos. Ich war nie sicher, wo meine menschlichen Sinne endeten und meine Hexensinne begannen, aber einer davon oder beide schrillten. Ich mochte keinen Streit, und ich mochte es nicht, wenn Jungs sich prügelten. Das war es bestimmt bloß, was mich störte. Außerdem war es mir unangenehm, dass mein Zaubertrank all diesen Ärger verursacht hatte.

Ich machte es mir gerade im Bett bequem, als ich eine Nachricht von Scarlett bekam, um mich daran zu erinnern, dass ich versprochen hatte, ihr beim Lernen ihren Textzeilen zu helfen. Sie fragte, ob ich mich am Morgen mit ihr treffen könnte, weil sie versuchte, bis zur Probe am Abend ihren Text auch ohne das Buch zu können. Scarlett schien ziemlich ehrgeizig und ich nahm an, sie wollte als Erste der Schauspieler ihren Text ohne Soufflieren vortragen. Da ich Scarlett mochte und wegen ihrer Schwärmerei für mich ein schlechtes Gewissen hatte, stimmte ich zu, sie am nächsten Morgen um elf am Cardinal College zu treffen.

Ich würde meinen Laden mit der Hilfe von Alice öffnen und dann konnten Violet und sie für ein paar Stunden ohne mich auskommen. Das eigentümliche Gefühl von Unruhe, das ich hatte, blieb und es dauerte lange, bis ich einschlief.

Am nächsten Morgen hingen Alice und ich beide mit schweren Augen über unserem Kaffee. Es war klar, dass sie ebenfalls nicht sonderlich gut geschlafen hatte. Wir knabberten beide ohne Begeisterung an unserem Toast und dann sagte sie plötzlich: „Ich frage mich, ob ich mal nach Charlie sehen sollte. Ich mache mir ziemliche Sorgen um ihn. Er ist kein Kämpfer. Was, wenn Jeremy ihn richtig zusammengeschlagen hat?"

Ich fand, Charlie hatte dem Kampf durchaus gewachsen gewirkt, und ihr ginge es sicher weit besser damit, von ihm wegzubleiben und ihm eine Chance zu geben, sie tatsächlich zu vermissen. Aber sie war nun mal eine verliebte Frau, also sagte ich: „Du musst tun, was immer du für richtig hältst."

Sie verstand das offensichtlich so, dass ich ihren schrecklichen Plan von Herzen befürwortete und sah viel glücklicher aus. „Ja. Das ist es, was ich tun werde. Es ist schließlich nur eben über die Straße. Ich kann rasch rüberlaufen und rechtzeitig zurück sein, um dir beim Öffnen zu helfen."

Sobald wir unser Frühstück beendet hatten und ich ihr Angebot abgelehnt hatte, mir beim Abwaschen des bisschen Geschirrs zu helfen, das wir schmutzig gemacht hatten, ging sie sich fertigmachen und rief mir ein paar Minuten später zu, dass sie auf dem Weg sei.

Ich duschte und versuchte mich dann zu entscheiden, was ich anziehen wollte. Es war kühl und feucht draußen und so wählte ich einen kirschroten Pullover, den Clara mir gestrickt hatte und den ich mit schwarzen Hosen trug.

Ich war früh unten und räumte ein bisschen auf, bevor wir öffneten. Um zehn Minuten vor neun kam Alice an die Tür geeilt und ich ließ sie herein. Sie sah nicht erleichtert aus über ihren Besuch bei Charlie; eher wirkte sie sogar verzweifelter als vorher.

„Was ist los? War er schlimm verletzt?" Vielleicht hätten wir die Kämpfer aufspüren und zwingen sollen, aufzuhören, obwohl ich darauf vertraut hatte, dass Liam, Miles und Will diese Arbeit für uns erledigen würden.

Sie schüttelte den Kopf und wirkte den Tränen nah. „Nein. Das ist es nicht. Er ist nicht da."

Ich war verwirrt. „Wer? Charlie?"

„Charlie! Er ist nicht zu Hause. Er ist nicht im Laden. Wo könnte er sein?"

Ich fand, sie mache viel Tamtam um nichts. „Er hat sich vielleicht ausgeschlafen. Er könnte unter der Dusche stehen. Vielleicht ist es ihm peinlich und er will dich nicht sehen."

Sie schüttelte wieder den Kopf, ungeduldig. „Er hat einen versteckten Schlüssel. Als er nicht antwortete, habe ich den Schlüssel benutzt und bin in seine Wohnung gegangen. Lucy, er ist nicht da. Sein Bett ist gemacht, als hätte er gar nicht drin geschlafen."

Mich versetzte diese Neuigkeit nicht so in Panik wie Alice, aber es war seltsam. „Könnte er zum Frühstücken rausgegangen sein? Vielleicht ist er früh aufgestanden und zum Frühstück rausgegangen, oder einkaufen, oder vielleicht joggen? Macht er morgens Sport?"

„Ich nehme es an. Könnte er vielleicht. Aber es sieht ihm nicht ähnlich. Es sieht ihm überhaupt nicht ähnlich." Sie hörte sich ernsthaft besorgt an. „Ich hätte gestern Abend niemals in den Pub gehen sollen. Wenn ihm was passiert ist, ist es ganz und gar meine Schuld."

Ich umfasste ihre Schultern mit den Händen. Sie zitterte. „Alice. Charlie ist ein erwachsener Mann. Er ist in einen sehr albernen Faustkampf mit einem genauso albernen Schauspieler geraten. Wenn du daraus eine große Sache machst, wirst du ihn nur in Verlegenheit bringen."

„Aber ich finde, ich sollte die Polizei anrufen und ihn als vermisst melden."

„Nein. Er würde dir das nie verzeihen. Falls er bis morgen

nicht auftaucht, und ich bin sicher, dass er das wird, dann ist es noch früh genug, um mit der Polizei zu reden."

„Aber es gibt ja auch noch dieses vermisste Mädchen. Vielleicht sind da ein paar wahnsinnige Mörder unterwegs und sie haben meinen Charlie gekriegt."

Ich rollte meine Augen. „Er könnte auch von Außerirdischen gekidnappt worden sein. Komm schon. Reiß dich zusammen. Wir werden seinen Laden im Auge behalten. Ich wette mit dir um jede Summe, dass er pünktlich aufmacht."

Wie sich herausstellte, war Charly zehn Minuten zu spät dran mit dem Öffnen des Buchladens. Ich wusste das, weil Alice diese zehn Minuten damit verbrachte, aus meinem Laden raus- und wieder reinzurennen wie ein verrückt gewordener Kuckuck aus seiner Uhr. Rein und raus, rein und raus, rein und raus. Es verursachte mir Kopfschmerzen. Schließlich kam sie rein und stieß einen riesigen Seufzer der Erleichterung aus. „Es ist in Ordnung. Er hat den Laden jetzt aufgemacht."

Ich legte in hochdramatischer Manier meinen Handrücken auf die Stirn. „Gott sei Dank. Jetzt kann ich aufatmen."

Sie fand das nicht lustig. „Es ist nicht gerade nett von dir, mich zu ärgern. Ich hatte einen Schock."

„Du hast recht. Es tut mir leid. Und nun", sagte ich, als ich sah, wie sich eine meiner Stammkundinnen anschickte, an die Ladentür zu kommen, „Glaubst du, dass du bereit bist, deine erste Kundin zu bedienen?"

VIOLET KAM UM ZEHN. Fünfundvierzig Minuten später ließ ich Alice in ihren mehr als fähigen Händen zurück, während ich losging, um Scarlett zu treffen. Sie erwartete mich an der Pförtnerloge und dann gingen wir zusammen zum Theaterflügel. Ich fragte sie, ob sie Jeremy gesehen oder noch irgendetwas von der Schlägerei gehört hatte, aber das hatte sie nicht.

Wir mussten die Lichter einschalten, als wir in den Theaterflügel gingen. Das war's natürlich, warum sie diese Uhrzeit ausgesucht hatte, weil da keine Seminare oder Proben angesetzt waren. Sie wollte die Hauptbühne benutzen, damit sie ein Gefühl für ihren Raum bekommen konnte. Insgeheim glaubte ich, dass sie vor mir angeben wollte.

Wir hatten vereinbart, dass ich im Publikum sitzen würde und sie ihren Part auf der Bühne spielen, wobei sie alle Textzeilen übersprang, die nicht ihre waren. Es war einfach für mich, mitzukommen, da in ihrem Textbuch ihre eigenen Zeilen mit gelbem Markierstift hervorgehoben waren.

Wann immer ich in der Vergangenheit in einem Theater gewesen war, war es voller Leute gewesen und die Vorfreude auf die jeweilige Vorstellung hatte spürbar in der Luft gelegen. Sogar hier, während der Proben, hatte immer Aufregung geherrscht, Schauspieler waren vor- und zurückgeflitzt, jeder mit seinem eigenen privaten Drama. Bühnenarbeiter, Kulissenbauer und Maler und Kostümbildner hatten kurz reingeschaut, um sich mit Ellen zu beraten, die mühelos Ordnung in das Chaos zu bringen schien.

Als wir hereinkamen, schien der Raum gespenstisch still, wie eine Höhle. In der Düsternis sahen die leeren Stühle wie Grabsteine aus. Scarlett schaltete die Beleuchtung ein und das half, aber trotzdem kroch mir ein Schauer über die Haut.

Sie hatte wohl nicht so eine lebhafte Fantasie wie ich. Sie plapperte über die Kostüme, die sie und Polly tragen würden.

„Ich war mir erst nicht sicher über das Weiß, aber Ellen und die Kostümbildner wollten die Vorstellung von jungfräulichen Mädchen erwecken und natürlich sollen Hermia und Lysander ja durchbrennen, um zu heiraten, also sollte es wie ein Hochzeitskleid wirken."

„Ich hätte nie gedacht, dass Weiß meine Farbe ist, aber ich muss sagen, die Kleider sind hinreißend und wir bekommen diese wirklich hübschen silbernen und goldenen Sandalen dazu."

Während sie sprach, gingen wir zur Vorderseite des Theaters. Die Bühne war schon für die Probe am Abend vorbereitet. Sie hatten einige bereits existierende Requisiten hereingebracht. Da stand eine falsche Felswand und Theodore und seine Crew waren schon geschäftig gewesen. Es gab ein paar Bäume und gemalte Hintergründe. Ich war beeindruckt davon, wie viel sie in einer so kurzen Zeit geschafft hatten. Scarlett setzte mich auf einen Platz, von dem aus ich sie perfekt sehen und sie mich hören konnte, falls ich ihr Stichwörter geben musste.

Sie sagte: „Das hier ist eine ausschlaggebende Szene. Das ist, wo ich, Hermia, zufällig Lysander begegne, der gerade plante, mich zu heiraten, als ich im Wald schlafen wollte. Ich wachte auf und er war weg und jetzt entdecke ich, dass er seine Zuneigung auf Helena übertragen hat. Zuerst kann ich es gar nicht glauben und denke, er macht einen Scherz. Helena kann es ebenfalls kaum glauben, sie denkt, dass wir uns bloß alle über sie lustig machen. Die beiden Männer drohen an, sich zu duellieren, nicht meinetwegen, sondern wegen Helena."

Es war faszinierend, sie zu beobachten. Schon als sie die Szene zu beschreiben begann, spürte ich, wie sie den

Charakter von Hermia annahm. Ihre Stimme wurde ein bisschen heller und ihre Bewegungen flüssiger. Sie schlug ihr Textbuch auf der Seite auf, die sie wollte, und ich sagte ihr, ich würde die Zeilen mitlesen und es sie jederzeit wissen lassen, wenn sie einen Fehler machte.

Sie ging die Bühne hinauf, hielt inne, schloss ihre Augen, und dann, als wachte sie aus einem Albtraum auf, rieb sie ihre Augen und schaute sich um. „Oh hilf, Lysander, hilf mir! Siehst du nicht die Schlange, die den Busen mir umflicht?"

Ich beobachtete, wie sie fast vollkommen textsicher auf der Bühne herumflitzte. Sie würde eine hervorragende Schauspielerin abgeben. Sogar ohne richtiges Kostüm, ohne andere Schauspieler auf der Bühne und nur sehr wenig Bühnenbild war sie erstaunlich. Aus ihrem Mund klang die Sprache Shakespeares wie eine normale Unterhaltung.

An der Stelle, wo Lysander sie abwies, rannte sie zu der Felswand und begann zu weinen. Ich wartete und wartete auf ihre nächste Textzeile, aber die kam nicht. Ich gab ihr das Stichwort „Wie wurdet ihr so wild?" Aber sie sprach immer noch nicht. Schließlich stand ich auf und rief aus: „Scarlett? Alles in Ordnung?"

Sie wich vor der falschen Wand zurück. „Lucy. Ich glaube, du kommst besser hier herauf", sagte sie mit schwacher Stimme.

Und dann wurde sie ohnmächtig.

Als sie auf dem Boden zusammensank, stürzte ich nach vorn, die Stufen hoch und auf die Bühne. Neben ihr fiel ich auf die Knie. „Scarlett?"

„Scarlett." Ich konnte sehen, dass sie atmete. Ich wusste nicht, ob sie an irgendetwas litt, das eine Ohnmacht auslösen konnte. Ich sah kein medizinisches Armband an ihrem Handgelenk.

Ich sah mich nach einem Kissen für ihren Kopf um, Wasser, etwas Brauchbares.

Und dann sah ich ihn.

Er war von der Wand verdeckt gewesen.

Jeremy, dieser wunderschöne junge Mann, der noch letzte Nacht so voller Leben gewesen war und Alice umworben hatte, lag da, bleich wie der Tod. Er war in einen Teil seines Kostüms gekleidet. Jedenfalls hatte er ein Cape über seiner Kleidung, das um seine Kehle befestigt war. Er lag auf dem Rücken und sah mit blicklosen Augen hoch. Ich konnte die rote, geschwollene Nase sehen, wo Charlie ihm den Faustschlag verpasst hatte und es sah aus, als hätte eins seiner Augen angefangen, blau zu werden. Ein Holzschwert lag an seiner Seite, als wäre er in einem Duell getötet worden.

Es war aber nicht das Schwert gewesen, das ihn umgebracht hatte. Jemand hatte ein paar echte Felsbrocken hergebracht, entweder als Requisiten oder vielleicht als Modelle fürs Malen. Einer von ihnen lag neben der Leiche und war blutig. Ich war keine Expertin in Forensik, aber es sah aus, als hätte man ihm den Stein auf den Hinterkopf geschlagen.

Ich verließ Scarlett und kroch auf Jeremy zu. Ich prüfte den Puls an seinem Hals mit zitternden Fingern, aber seine Haut fühlte sich kühl an und gegen meine bebenden Finger schlug kein Puls.

Ich stand da und wusste nicht, was ich machen sollte. Scarlett aufwecken oder die Polizei rufen? Ich entschied mich, die Polizei zu rufen und rannte von der Bühne hinunter zurück zu meinem Handy. Ich zögerte, ob ich direkt

Ian oder die Notfallnummer anrufen sollte. Dann hörte ich den Schrei.

Scarlett war zur Besinnung gekommen. Beim ersten Mal, als sie den armen Jeremy gesehen hatte, hatte ihr Körper sich in eine tiefe Ohnmacht heruntergefahren; jetzt sprang sie auf ihre Füße, mit vor der Brust zusammengeschlagenen Händen, vorübergebeugt und schreiend.

Ich drückte die Notfallnummer 999 und sagte ihnen über ihre Schreie hinweg, dass sie sofort kommen mussten. Dann rannte ich zurück zu Scarlett und hielt sie in meinen Armen, während sie schluchzte. Über ihre Schulter hinweg brachte ich es fertig, Ian anzurufen.

„Lucy, ich bin so froh, dass du angerufen hast. Ich habe versucht, dich zu ..."

„Es hat einen Mord gegeben", unterbrach ich ihn. Dann sagte ich ihm, wo wir waren und was passiert war.

Ich half Scarlett die Stufen hinunter und dann saßen wir in der ersten Reihe des Theaters, als warteten wir darauf, dass das Stück anfing.

„Er ist tot, er ist tot, oder?", klagte sie in meinen Armen.

„Ich fürchte ja."

Sie riss sich von mir los. „Ich kann hier nicht bleiben. Ich kann nicht. Nicht während er so daliegt. Wir müssen hier raus."

Ich beruhigte sie, so gut ich konnte, aber ich schüttelte den Kopf. „Scarlett, wir müssen bleiben. Ich habe die Polizei gerufen. Sie werden sehr bald hier sein, aber wir müssen ihnen sagen, was wir gesehen haben."

„Ich will nicht. Ich will nicht daran denken. Es war so furchtbar. Armer Jeremy."

Ich wünschte, ich könnte ihr Wasser bringen, aber ich

wagte nicht, sie zu verlassen. Ich wünschte, die Polizei würde sich beeilen. Ich erschrak beinah zu Tode, als eine Stimme sagte: „Scarlett? Was geht hier denn vor?"

Ich drehte mich um und dankenswerterweise war es Ellen. Sie hatte einen eleganten kamelhaarfarbenen Mantel an und trug eine große schwarze Lederhandtasche über der Schulter. Sie zog ihre Handschuhe aus, während sie auf uns zu kam, einen besorgten Ausdruck auf dem Gesicht. Ihre Augen zogen sich zusammen, als sie mir ins Gesicht sah.

„Du bist Lucy, oder? Was ist los mit Scarlett?"

Ich wünschte, die Polizei wäre zuerst angekommen. Ich wollte dieser Frau nicht erzählen, dass einer ihrer Schauspieler tot war. Aber wie sich zeigte, musste ich das auch nicht. Scarlett hob ihren Kopf und rief unter Tränen: „Es ist Jeremy. Er ist tot." Und dann deutete sie zur Bühne hinauf.

Ellen warf mir einen Blick zu, wie um zu prüfen, ob Scarlett die Wahrheit sagte. Ich nickte. Sie legte eine Hand an ihre Wange. „Oh nein." Und dann ging sie zur Bühne hinauf, um nachzusehen. Ich wollte sie aufhalten, denn ich war sicher, dass die Polizei die Leute von dieser Bühne fernhalten wollte, da es ein Tatort war, aber ich hatte hier keine Autorität. Dies war Ellens Welt.

Sie berührte die Leiche nicht, wofür ich dankbar war. Stattdessen legte sie ihre Hände aufs Herz und zitierte: „Gute Nacht, liebster Prinz. Und Engelsschwingen mögen dich zu deiner Ruhe tragen."

Sie stand einen Moment mit gesenktem Kopf da und blickte auf Jeremy hinab, und dann drehte sie sich um und ging langsam zurück über die Bühne und herunter zu uns. Ich sah, dass Tränen ihre Wangen herabliefen. Sie setzte sich an Scarletts andere Seite und nahm ihre Hand.

„Ist die Polizei gerufen worden?"

„Ja", sagte ich.

Wir blieben so sitzen, wir drei, mit der hilflos schluchzenden Scarlett in der Mitte. Schließlich sagte ich: „Würden Sie bei Scarlett bleiben, während ich ihr etwas Wasser hole?"

„Ja. Natürlich. Sie sind sehr freundlich."

Das Cardinal College hatte den Flur hinunter einen Wasserspender, nah am Eingang zum Theaterflügel, mit gefiltertem Wasser und Pappbechern, obwohl die meisten Studenten ihre eigenen Wasserflaschen mitbrachten. Ich schnappte mir zwei Pappbecher und füllte sie beide. Ich war gerade auf dem Weg zurück zum Theater, als hinter mir die Tür aufging und als ich mich umdrehte, sah ich Ian hereingerannt kommen.

„Lucy. Erzähl mir, was passiert ist."

„Scarlett und ich haben ihn gefunden. Es ist Jeremy, einer der Schauspieler in 'Ein Sommernachtstraum'. Er ist im Haupttheater auf der Bühne. Sein Kopf wurde mit einem Felsbrocken eingeschlagen."

Er schaute mich voller Anteilnahme an. „Geht es dir gut?"

Mir ging es so gut wie es jemandem halt gehen konnte, der gerade einen Mann in seinen Zwanzigern ermordet aufgefunden hatte. Ich nickte nur. Er eilte an mir vorbei, eindeutig begierig, zu Scarlett zu kommen, und ich ließ ihn gehen. Dann drehte er sich um. „Bin ich der Erste?"

„Ja."

„Kannst du an der Tür warten und die Polizisten hereinführen, wenn sie hier sind?"

„Ja, wenn du Scarlett und Ellen das Wasser bringen kannst."

Er kam zurück und nahm mir das Wasser ab. „Ich nehme deine Aussage später auf."

Als er gegangen war, schenkte ich mir selbst einen Pappbecher Wasser ein und trank ihn durstig herunter. Und dann ging ich zur Tür und öffnete sie und stellte mich nach draußen. Ich sog mir die Lungen mit kalter, feuchter Luft voll. Bald hörte ich das Geräusch von Sirenen und dann schritten zwei uniformierte Polizisten auf mich zu und hinter ihnen waren ein Paar Rettungssanitäter, die eine Trage hielten. Ich wusste aus Erfahrung, dass hier bald noch eine Menge mehr Polizei auftauchen würde. Das Spurensicherungs-Team würde eintreffen. Wahrscheinlich der Detective Chief Inspector, ein Fotograf, der Gerichtsmediziner und schließlich der amtliche Leichenbeschauer. Viel Betrieb wegen einem, der viel zu jung gestorben war.

Wer würde Jeremy umbringen wollen? Und warum?

Der Zaubertrank. Hatte der Zaubertrank einen der nicht zusammenpassenden Liebenden dazu getrieben, seinen Rivalen zu töten? Meine Gedanken gingen zum vorangegangenen Abend im Pub zurück, der Streit, von dem ich angenommen hatte, er wäre nichts Gefährlicheres gewesen als ein paar Jungs, die sich auf Handgreiflichkeiten einließen.

Aber Charlie war heute Morgen nicht zu Hause gewesen. Er war auch nicht zu Hause gewesen, als Alice und ich letzte Nacht vorbeigegangen waren. Ich hatte ihre Befürchtungen darüber, dass er die ganze Nacht nicht nach Hause gekommen war, verächtlich abgetan. Aber was, wenn sie recht hatte? Wenn Charlie nicht in seiner Wohnung gewesen war, wo dann? Und hatten seine nächtlichen Aktivitäten irgendetwas mit dem Mord an Jeremy zu tun?

KAPITEL 14

*D*ies war nicht das erste Mal, dass ich nach einem
Mord von DI Ian Chisholm befragt worden war,
aber es war das erste Mal, dass ich mich schuldig gefühlt
hatte, weil ich wusste, dass ich Informationen zurückhalten
würde, die für seinen Fall wichtig sein konnten.

Die Polizei richtete einen Befragungsraum in einem der
kleinen Probenräume im Theaterflügel ein. Ian entschied,
Scarlett zuerst zu befragen und dann mich, da sie als Erste
über die Leiche gestolpert war. Scarlett klammerte sich an
mich und bettelte darum, dass man mir erlaubte, bei ihrer
Befragung dabei zu sein, und nachdem er eine Minute nachgedacht hatte, stimmte er zu.

Zu sagen, unser kleiner Dreier wäre heikel gewesen, wäre
eine Untertreibung. Ian schwärmte offensichtlich immer
noch für Scarlett und war, wie ich annahm, verletzt und
verwirrt darüber, wie brutal sie ihn abserviert hatte, als sie
ihn an *unserem* Date ausgeführt hatte. Und dann war da noch
sein Unbehagen über die Tatsache, dass ich diejenige

gewesen war, die er sitzengelassen hatte, um mit Scarlett essen zu gehen. Und hier waren wir nun alle zusammen.

Ich war nicht sicher, ob ihm aufging, dass Scarlett Gefühle für mich hatte, aber die Atmosphäre war so ungemütlich, dass ich nicht annahm, sie hätte von unausgesprochenem Verlangen und Verwirrung noch dicker werden können, wenn er es merkte.

Da ich teilweise mitverantwortlich war für diesen Liebesschlamassel, war ich froh, bei Scarletts Befragung dabei zu sein, und sei es nur, um Ian davon abzuhalten, sich ihretwegen zum Narren zu machen. Er konnte es sich nicht leisten, sich seine Zaubertrank-induzierte Verliebtheit anmerken zu lassen, während er eine Mordermittlung leitete. Ich mochte über ihn verärgert sein, aber ich würde nicht zulassen, dass er seiner Karriere schadete.

Ich hatte Ian bereits erzählt, dass Scarlett und ich uns an der Pförtnerloge getroffen hatten, in das leere dunkle Theater gegangen waren, und wie sie Jeremys Leiche entdeckte hatte. Er hatte mich gefragt, ob Jeremy irgendwelche Feinde hatte, von denen ich wusste, und da Scarlett oder jemand anders den Faustkampf des vorangegangenen Abends erwähnen würde, erzählte ich ihm davon so wegwerfend wie ich konnte, damit es sich nach ein paar albernen Jungs anhörte, die aneinandergerieten, weil sie beide dasselbe Spielzeug wollten.

Tatsächlich war es genau das, was ich gedacht hatte, und wäre da nicht diese Sache gewesen, dass Charlie weder gestern Abend zu Hause gewesen war, als wir an seiner Wohnung vorbeigingen, noch heute Morgen, hätte ich gesagt, dass der Kampf und der Mord in keinem Zusammenhang standen.

Jetzt war ich mir da gar nicht so sicher.

Im Gegensatz zu dem, was ich zu Alice gesagt hatte, fand ich es sehr wahrscheinlich, dass Charlie die ganze Nacht nicht zu Hause gewesen war. Das schlechte Gewissen quälte mich, als ich darüber nachdachte, wie sehr ich damit im Unrecht gewesen war, mich auf diesen Liebestrank einzulassen.

Ich erinnerte mich nun verbittert daran, dass der Kessel bereits Flüssigkeit enthalten hatte, als Violet und ich in Margaret Twigs Haus angekommen waren. Margaret hatte gesagt, es sei nichts drin als destilliertes Wasser, aber ich hatte keine Gewissheit, dass sie mich nicht belogen hatte.

Ich hatte keine Vorstellung, wieso sie einen Zaubertrank verbreiten sollte, der nicht nur Liebeswahn verursachte, sondern möglicherweise Verliebte bis zu einem Punkt anheizte, an dem sie einander umbringen würden. Andererseits hatte Margaret definitiv ihre eigenen Absichten.

Nachdem also Scarlett Ian erzählt hatte, wie sie Jeremys Leiche gefunden hatte, die in ihrer Erzählung, ein kleines Beiwerk neben ihren eigenen Gefühlen von Schock und Entsetzen zu sein schien, stellte er ihr dieselbe Frage, die er mir gestellt hatte. Wusste sie, ob Jeremy irgendwelche Feinde hatte?

Sie begann wieder zu weinen. Und nachdem sie sich die Augen getrocknet und die Nase geputzt hatte, sagte sie: „Nein. Jeremy hat keinerlei Feinde. Na ja, vielleicht Miles, weil sie oft auf dieselbe Rolle aus waren, aber es hat nie irgendetwas anderes außer beruflicher Eitelkeit zwischen ihnen gegeben." Und dann schnappte sie nach Luft. Sah mich an. „Oh, was ist mit gestern Abend?"

Ich hütete mich, zu antworten. Ian zog ihre Aufmerksamkeit wieder zurück auf sich, indem er fragte: „Was ist denn mit gestern Abend?"

Scarlett beugte sich vor. „Jeremy wollte gerade mit diesem Mädchen weggehen, Alice, die beim Stück mithilft. Dann hat Charlie, der Regieassistent ist, ihn aufzuhalten versucht. Ich weiß wirklich nicht, warum."

Sie zerrte an dem Papiertuch und zerriss es damit. „Ich hätte gesagt, dass sie sich beide für Alice interessierten, aber Charlie hatte den ganzen Abend Polly angebaggert. Dann ist Polly gegangen und er schien nicht zu wissen, was er mit sich anfangen sollte."

„Charlie?"

„Genau. Also, dann stand Alice auf, um mit Jeremy wegzugehen. Charlie erhob Einspruch. Wie gesagt, ich habe keine Ahnung, warum. Es gab allerhand Gedrängel und Geschubse und dann hat Charlie Jeremy die Faust auf die Nase gehauen."

Da ich ihm das bereits erzählt hatte, nickte er nur. Es erklärte die geschwollene Nase und das blau anlaufende Auge des armen Jeremy. Während es das größere Rätsel, wer ihn von hinten mit einem Felsbrocken erschlagen hatte, offen ließ.

Er machte sich ein paar Notizen auf dem Block vor sich und fragte dann, immerhin wieder professionell genug, sie nicht zu duzen: „Was wissen Sie über Charlie und Alice?"

Sie zuckte die Schultern und schüttelte den Kopf. „Sie sind ehrenamtlich dabei. Charlie führt diesen Buchladen auf der Harrington Street, auf der anderen Straßenseite vom Cardinal Woolsey's. Aber ich habe keine Ahnung, warum er wegen Alice so aufgebracht war, du, Lucy?"

Ich wollte da nicht hineingezogen werden. Ich schüttelte den Kopf. „Das ist nicht meine Befragung."

„Dessen ungeachtet", sagte Ian, „weißt du, wer diese Alice ist?"

Oh großartig. Jetzt hatte Scarlett mich da mit reingezogen. Ich konnte nicht so tun, als wüsste ich es nicht. „Das weiß ich tatsächlich. Alice pflegte für Charlie bei Frogg's Books zu arbeiten. Aber jetzt arbeitet sie für mich."

Er sah zu mir auf und ich konnte sein Detective-Hirn rotieren sehen. „Wann hast du sie eingestellt?"

„Gestern."

Wieder sah er mich an, nicht Scarlett. „In welcher Beziehung standen sie zueinander?"

Ich wusste, worauf er hinauswollte, aber ich würde nicht Alices Geheimnisse verraten. Ich zuckte die Schultern. „Alice war Verkäuferin bei Frogg's Books und ich hatte sie gefragt, ob sie in meinem Laden Kurse geben würde. Sie ist eine wundervolle Strickerin und eine meiner besten Kundinnen."

Ich ging ein bisschen weit damit, sie in die Kategorie der besten Kundinnen einzuordnen, aber sie kaufte jedenfalls regelmäßig Stricksachen. „Vielleicht wollte sie eine Veränderung, denn sie sagte, sie wäre interessiert, in meinem Laden zu arbeiten, falls ich eine Stelle für sie hätte. Tatsächlich hatte ich das. Jedenfalls ist sie sehr tüchtig."

Er sah wieder Scarlett an. „Sie haben mit Jeremy das College besucht. Was wissen Sie über ihn?"

Sie hatte vor sich hingestarrt und sagte plötzlich: „Will."

„Wie bitte?"

„Tut mir leid, ich habe nur nachgedacht, Sie haben nach Jeremys Feinden gefragt. Ich weiß, ich sagte, Miles, aber wirklich, jeder konnte sehen, dass sie beide Erfolg haben würden.

Ellen hat ihnen beiden wirklich gute Rollen gegeben. Aber Will Matthews war immer nur zweite Garnitur. Er ist gut, aber nicht ganz so gut, und so wurde er oft zugunsten der anderen beiden übersehen. Na ja, dieses Stück ist ein perfektes Beispiel. Er hat vorgesprochen, um den Lysander oder den Demetrius zu geben und blieb stattdessen an der Rolle von Schnock dem Schreiner kleben. Ich meine, wenn man als einer der Handwerker gecasted wird, ist Zettel der Weber eine wunderbare Rolle. Aber die hat sie Daffyd gegeben, einem pickligen Jungen aus Wales. Ich weiß, dass Will enttäuscht war. Und er ist Jeremys Zweitbesetzung, wenn Jeremy also nicht auftreten kann, spielt Will den Demetrius."

„Enttäuscht genug, um dafür zu töten?" Ian sah ungläubig aus.

Scarletts Tränen waren getrocknet und sie sah aus, als würde sie es ziemlich ernst meinen. „Das hier sieht für Sie vielleicht nur nach einer College-Aufführung aus, aber es ist Ellen Barrymores letztes College-Stück. Sie ist fest entschlossen, daraus das Beste zu machen, das wir je gemacht haben. Ich weiß, dass sie bereits dabei ist, ihre Kontakte von den Medien und Talent-Agenturen einzuladen, damit sie kommen und sich das Stück ansehen. Was für eine Chance hat Will denn, als Schnock der Schreiner bemerkt zu werden? Sie hat ihm einen Knochen hingeworfen, indem sie ihn zur zweiten Besetzung für den Demetrius gemacht hat. Jetzt, falls das Stück weitergeht, ist Will derjenige, der von Talentscouts und Theaterkritikern gesehen werden wird."

Draußen im Flur konnte ich jemanden weinen hören. Jeder, der zur Probe oder zur Arbeit hinter den Kulissen eingetroffen war, wurde dabehalten und würde einer nach dem anderen befragt werden. Die Spurensucher waren immer noch im Theater und hatten es abgeriegelt, so dass jeder entweder in der großen Probenhalle oder draußen im Korridor warten musste.

Ian klopfte mit den drei mittleren Fingern seiner rechten Hand auf die Oberfläche des Tisches, um den wir saßen, und schaute Scarlett eindringlich an. „War Jeremy nett zu Sofia Bazzano?"

Ihre Brauen zogen sich zusammen. „Sofia? Was hat die denn damit zu tun?" Und dann sog sie scharf die Luft ein. „Oh, ich verstehe. Will ist mit ihr was trinken gegangen und sie wurde nie wieder gesehen. Und Will war eifersüchtig auf Jeremy. Sie glauben doch nicht, dass Will Sofia umgebracht hat, oder?" Ich konnte sehen, dass sie kurz davor war, wieder zu weinen. Ich zog eine Packung Tücher aus meiner Tasche und gab sie ihr.

Ian sagte: „Ich denke überhaupt nicht. Ich sammle nur gerade Informationen. Könnten Sie bitte meine Frage beantworten? War Jeremy nett zu Sofia?"

Sie antwortete nicht sofort. Sie wischte sich die Augen und schien nachzudenken. „Ich weiß, dass er ein Geheimnis hatte. Ich hab ihn zufällig getroffen, so ungefähr vor einer Woche, kichernd und derart mit sich zufrieden, dass ich dachte, er müsse wohl für einen Film gecasted worden sein oder so was. Als ich ihn fragte, sagte er: 'Oh, sollte ich es dir erzählen? Nein, lieber nicht.' Und dann kicherte er noch ein bisschen mehr und sah viel zu zufrieden mit sich aus. Natürlich war ich voller Neugierde und bettelte ihn an, mir zu erzählen, was sein Geheimnis war, aber er wollte nicht. Er sagte etwas ziemlich Seltsames. Er sagte: 'Scarlett, meine Liebe, aus mir wird ein Star. Wenn du brav bist, werde ich ein gutes Wort für dich einlegen.' Und das war alles, was ich aus ihm rauskriegen konnte."

„Haben Sie irgendeine Vorstellung davon, was für ein Geheimnis das hätte sein können?"

„Natürlich nicht. Ich würde es Ihnen ja sagen, wenn ich das hätte. Ich habe sogar die anderen gefragt. Polly sagte, vielleicht hätte er einen Agenten gefunden. Aber andererseits, warum sollte er das nicht jedem erzählen? Ich täte das. Miles sagte, er hätte mich nur aufgezogen. Will sagte, Jeremy hätte vielleicht ein neues Haarpflegemittel entdeckt. Ich habe Ihnen ja gesagt, Will war neidisch."

„Will war also dabei, als Sie nach Jeremys Geheimnis gefragt haben."

„Ja, und?"

Ian zuckte die Schultern. „Ich sammle nur Hintergrundinformationen."

Ich fragte mich, ob wir dasselbe dachten. Wenn Jeremy einen Agenten gefunden hatte, wäre Will sogar noch neidischer gewesen.

„Wie war es mit der Liebe? War Jeremy mit irgendjemandem liiert, den Sie kennen?"

„Es gab da ein Mädchen in London, zu dem er an den Wochenenden fuhr. Ich glaube, das war vorbei. Als er Alice traf, wurde er ein bisschen verrückt. Oder, Lucy?"

Sie sahen mich beide an. „Ich habe Jeremy vor dem Stück nicht gekannt, daher kann ich es wirklich nicht sagen. Im Pub hat er Alice gestern Abend jedenfalls definitiv angebaggert."

Ian nickte. „Und nun kommen wir zu gestern Abend. Wer war sonst noch im Pub?"

Scarlett kannte diese Leute besser als ich. Sie rieb sich die

Schläfen mit dem Handballen. Ihre Verzweiflung legte sich langsam, aber sie stand immer noch unter Schock. „Ich kann nicht glauben, dass er tot ist. Ich denke immer, ich habe das geträumt." Sie sah mich an. „Lucy, habe ich Jeremy wirklich tot auf der Bühne gefunden?"

Ich reichte hinüber und nahm ihre Hand. „Ich fürchte, ja." Sie umklammerte meine Hand und ließ sie nicht los. Ich sagte: „Aber wir müssen versuchen, dem Detective Inspector dabei zu helfen, herauszufinden, wer diese furchtbare Sache getan hat." Schon als ich diese Worte aussprach, wusste ich, falls Charlie derjenige war, der hinter allem steckte, hätte ich keine andere Wahl als Ian zu erzählen, was ich wusste. Ich musste mich außerdem daran erinnern, dass es andere Möglichkeiten gab. Das Beste, was ich für Charlie tun konnte, war, einen klaren Verstand zu bewahren.

Und offene Ohren.

„Ich kann kaum klar denken. Der Pub gestern Abend ist wie aus einem vorigen Leben. Ein Leben, in dem Jeremy lebendig war und gelacht hat und versucht hat, Alice dazu zu bringen, mit ihm nach Hause zu gehen." Ihre Augen waren rot vom Weinen, aber irgendwie fügte das ihrer nicht zu leugnenden Schönheit nur eine tragische Note hinzu. Ich dachte, dass sie eines Tages aus dieser Erfahrung Nutzen ziehen würde, wenn sie irgendeine tragische Heldin in Londons West End spielte, oder am Broadway, oder sogar in Filmen.

Dennoch, sie hatte Jeremy eindeutig gemocht und ich wusste, sie tat ihr Bestes. „Wir sind zusammen von der Probe aus da hingegangen, Lucy und ich und Alice." Sie sah mich an. „Ist Polly mit uns gekommen?"

„Nein. Ich glaube, sie kam mit Charlie."

„Stimmt. Und dann kamen Liam und Miles und Will alle

zusammen herein. Daffyd, der, der den Zettel spielt, blieb zurück, damit ihm sein Eselskopf angepasst werden konnte. Ich glaube, ein paar andere Leute sind wohl auch noch gekommen, aber sie gehörten nicht zu uns."

„Wann war das?"

„So um neun herum?"

„Und was ist dann passiert?"

Sie sah hilflos aus. „Lucy hat mir einen Drink spendiert. Rotwein, falls Sie das wissen müssen. Wir waren nur ein Haufen Kumpel, die im Pub herumsaßen. Dann fingen Liam und Miles an herumzualbern, sie machten sich lustig, weil Daffyd, der den Zettel spielt, so einen starken Waliser Akzent hat. Sie fingen an, seinen Text in breitem Waliser Akzent zu sprechen."

„Natürlich haben wir alle gelacht, also hat Miles sein Textbuch rausgeholt und sie fingen an, die ganze Szene zu sprechen und dabei jeden Waliser Ausdruck hinzuzufügen, den sie kannten. Es war genial."

Sie schloss ihre Augen. „Jeremy war in einer Ecke mit Alice und es war klar, dass sie gut miteinander auskamen. Charlie hat Polly angequatscht, aber er hat die meiste Zeit damit verbracht, Alice und Jeremy zu beobachten. Ich glaube, Polly hatte das satt, denn sie ging. Sie sagte, sie hätte am frühen Morgen ein Seminar, für das sie lernen müsste, aber ich kenne Pollys Stundenplan. Sie hatte heute Morgen keinerlei Seminare oder Kurse."

„Wer ging sonst noch?"

Sie dachte zurück. „Miles bekam einen Anruf. Er ging weg, um ihn anzunehmen." Sie betupfte ihre Augen, obwohl ich glaubte, dass keine neuen Tränen mehr kommen würden, jetzt, wo sie sich auf die Ereignisse des vorangegangenen

Abends konzentrierte. „Er bekommt diese Anrufe manchmal. Er ist sehr geheimnistuerisch damit. Ich dachte immer, dass es Sofia wäre, die ihn anruft. Aber offenbar ist es nicht sie." Und dann begann sie wieder zu weinen. „Oh, wie kann so was nur passieren? Sofia vermisst und Jeremy tot? Es ist ein Albtraum."

Aber Ians Blick wurde scharf.

„Warum glauben Sie, dass Sofia diejenige war, mit der Miles sprach?"

„Ich weiß nicht. Ich dachte, sie wäre scharf auf ihn, das ist alles. Miles ist sehr schwer einzuschätzen. Ich konnte niemals sagen, ob er sie mochte oder nicht. Jedenfalls, offensichtlich war sie es nicht."

„Hat er den Anruf bekommen, nachdem Polly gegangen war, oder vorher?"

Sie sah auf und ihre Augen weiteten sich leicht. „Danach."

KAPITEL 15

Scarlett und ich waren entlassen. Mit diesem bizarren Fall und seinen durcheinandergeratenen persönlichen Gefühlen sah Ian wahrlich sehr verwirrt aus. Ich wusste, wie er sich fühlte. Mit meinen Schuldgefühlen wegen des Zaubertranks, meiner Angst, dass er Charlie verrückt gemacht hatte und meinen genauso verwirrten Gefühlen für Ian konnte ich kaum klar denken.

„Hat Miles wirklich gestern Abend einen Anruf bekommen?", fragte ich Scarlett, als wir auf den Flur hinausgingen.

Sie sah mich an. „Klar. Ich würde das doch nicht erfinden." Ich hatte das nicht mal bemerkt, ich war zu sehr damit beschäftigt gewesen, Charlie und Alice und Jeremy zu beobachten.

„Erinnerst du dich nicht? Er kam wieder herein und sah aus, als hätte er verdorbene Austern gegessen oder so was. Ich habe ihn gefragt, was los sei, und er sagte, der Anruf sei von seiner Mutter gewesen."

„Vielleicht war er das ja."

Sie schüttelte den Kopf. „Seine Mama und sein Papa sind

im Urlaub auf den Malediven. Er muss vergessen haben, dass er mir das erzählt hat." Offenbar stand ich auf dem Schlauch, denn sie rollte die Augen. „Die sind uns fünf Stunden voraus. Für sie wäre das mitten in der Nacht gewesen."

Ein weiterer Unterschied zwischen reichen Leuten und mir: Sie kannten die Zeitzonenwechsel zwischen Oxford und den Malediven. „Wenn es nicht seine Mutter war, wer war es dann?"

„Wie soll ich das denn wissen? Ich weiß nur, dass er gelogen hat."

Im Flur fanden wir die meisten der Mitwirkenden versammelt, entweder allein oder in kleinen Gruppen. Einige warteten darauf, befragt zu werden, und einige schienen nur da zu sein, um ihre Unterstützung zu zeigen.

Liam stand gerade allein, so ernst, wie ich ihn selten gesehen hatte. Er winkte mich herüber. „Lucy, ich weiß nicht, was ich machen soll."

Ich schaute hinter mich, aber Scarlett schlenderte dorthin, wo Polly und Will zusammenstanden. Polly weinte und Will hatte den Arm um sie gelegt. Scarlett ging auf ihn zu und er streckte den anderen Arm aus und zog sie ebenfalls an sich. Konnte er wirklich ein Killer sein? Er wirkte wie ein netter Kerl. Schmuddelig schick, aber nett.

„Was ist los?", fragte ich Liam.

Er lehnte sich mit dem Rücken gegen die Wand und schaute zu der altmodischen Decke hinauf, als käme von dort die Erleuchtung. „Ich dachte, der Kampf gestern Abend wäre vorbei gewesen. Man merkt es doch, wenn Typen genug Dampf abgelassen haben."

Es fühlte sich an, als wäre er gleich mitten in eine Unterhaltung gesprungen, und mein Verstand war immer noch dabei, Ians Befragung zu verarbeiten. Es kostete mich eine Sekunde, aufzuholen. Ich dämpfte meine Stimme. „Du meinst, nachdem du den Pub verlassen hast? Wohin bist du gegangen?"

„Nur um die Ecke in eine Gasse. Jeremy und Charlie sind wieder aufeinander losgegangen, aber man konnte sehen, dass sie nicht mit dem Herzen dabei waren. Wir haben sie aufeinander einprügeln lassen, aber es war ein bisschen peinlich. Schließlich bin ich eingeschritten und habe ihnen gesagt, sie sollten damit aufhören. Ich glaube, sie waren erleichtert. Jeremy und Will und Miles sind zum College zurückgegangen. Jeremy hat sich zwar umgedreht und Charlie noch ein paar Beleidigungen hinterhergerufen, aber das konnten wir alle verstehen. Er war ja derjenige mit der blutigen Nase."

„Und Charlie?"

„Um ehrlich zu sein, ich glaube, er war der bessere Kämpfer. Er hat sich vielleicht ein bisschen geschämt wegen der Nase und hat versucht, Jeremy einen Treffer landen zu lassen. Er hat einen Hieb an den Kiefer gekriegt, der ihn zu Boden gebracht hat, und das war der Punkt, an dem ich eingeschritten bin. Ich dachte, solange beide von ihnen mit einem sichtbaren Bluterguss enden, würde es nicht aussehen, als hätte der eine den anderen zu Brei geschlagen."

Ich schüttelte den Kopf. Ich würde Männer nie verstehen. „Also war der Ehre Genüge getan?" Ich sagte es sarkastisch, aber Liam nahm meine Worte ernst.

„Ja. Der Ehre war Genüge getan."

Trotz meines Sarkasmus war ich erleichtert. „Also hast du den Kampf enden sehen? Und du hast sie getrennt?"

„Klar. Ich habe Charlie sogar zurück zu seiner Wohnung begleitet, dann bin ich zum Pub zurückgegangen."

„Du bist zum Pub zurückgegangen?" Ich hätte mich viel zu sehr geniert, um da vor Ablauf eines Monats mein Gesicht wieder zu zeigen.

Er grinste mich an. „Es ist einer meiner Lieblingsplätze zum Trinken. Ich wollte sichergehen, dass alles okay war. Wenn etwas zerbrochen oder beschädigt gewesen wäre, wollte ich sicherstellen, dass wir dafür bezahlen, damit sie uns weiterhin da was trinken gehen lassen würden."

Er sah aufgewühlt aus und ich glaubte nicht, dass es mit seinem Empfang im Pub zu tun hatte, also wartete ich ab.

„Es war nichts zerbrochen und sie haben es ganz gut aufgenommen. Die Wahrheit ist, wir bringen denen einiges an Geschäft ein. Also habe ich noch ein Pint getrunken und dann hieß es letzte Bestellung. Ich ging zurück zum College."

Er schaute sich um, um sicherzugehen, dass niemand zuhörte. Er senkte seine Stimme zu kaum mehr als einem Flüstern. „Als ich gerade auf mein Gebäude zuging, da habe ich ihn gesehen."

Instinktiv sprach ich ebenfalls kaum lauter als in einem Flüstern. „Wen?"

Seine Augen sahen traurig aus. „Charlie."

„Charlie war auf dem College-Campus, nachdem du ihn zurück nach Hause begleitet hattest? Es muss dunkel gewesen sein, bist du sicher, dass er es war?"

Er nickte. „Er war nicht durchs Haupttor gekommen. Na ja, sie hätten ihn nicht gelassen, wenn er es versucht hätte. Er kam über die Mauer."

„Über die Mauer?"

„Sicher. Wenn du eine Weile im College gewohnt hast,

lernst du, wie man da nach Torschluss reinkommt. Der Vollmond war vorbei, aber es war immer noch ziemlich hell und ich konnte ihn deutlich sehen. Er ging gerade auf den Theaterflügel zu."

„Nein."

Liam sah wahrhaftig verzweifelt aus. „Ich will einen netten Kerl nicht in Schwierigkeiten bringen. Soll ich den Cops erzählen, was ich gesehen habe?"

Ich wollte ihm sagen, er solle für immer schweigen, aber aus den völlig falschen Gründen. Ich erwiderte seinen Blick und ich bin sicher, meine Augen waren so traurig und ernst wie seine. „Ja. Du musst ihnen das erzählen."

Ich fühlte eine Art Summen durch die Atmosphäre gehen. Als ich aufschaute, sah ich Ellen den Flur entlangkommen. Sie wirkte blass, aber ruhig. Bei jeder Gruppe hielt sie an, um leise zu sprechen oder zuzuhören. Sie blieb nicht lange, aber jede Gruppe, von der sie wieder fortging, wirkte ein bisschen ruhiger.

Als sie dorthin kam, wo Liam und ich standen, kamen Polly und Scarlett und Will herüber, um sich uns anzuschließen. Die Regisseurin sah nacheinander jeden von uns an. „Wie geht es euch allen?"

Ich war sicher, sie hatte dieselben Worte inzwischen zehn- oder zwanzigmal gesagt, aber in diesem Moment fühlte es sich an, als wären wir ihre oberste Priorität. Polly sagte: „Oh, Ellen, es ist so schrecklich. Der arme Jeremy." Und dann begann sie zu weinen.

„Möchtest du eine Umarmung?", fragte Ellen.

Polly nickte und Ellen legte ihre Arme um das schluchzende Mädchen. Nachdem Polly sich beruhigt hatte, sagte sie: „Das ist eine furchtbare Tragödie, und natürlich werden wir alles tun, was wir können, um der Polizei zu helfen, dieses verabscheuungswürdige Verbrechen aufzuklären." Ich war beeindruckt. Wie viele Leute können ‚verabscheuungswürdig' in einem Satz benutzen und nicht prätentiös klingen? Irgendwie bekam sie es hin.

Scarlett sagte: „Ich weiß nicht, was ich machen soll, oder wohin ich gehen soll. Ich habe das Gefühl, ich möchte hierbleiben, wo wir alle zusammen sein können."

„Natürlich hast du das", sagte Ellen beruhigend. „Das haben wir alle. Ich werde nachher die große Probenhalle öffnen, damit wir zusammenkommen und unsere Trauer teilen können. Ich habe darum gebeten, dass ein paar Trauerbegleiter zur Verfügung stehen, falls irgendjemand ihre Dienste brauchen sollte."

Scarlett sagte: „Das werde ich definitiv."

Polly schniefte. „Was ist mit dem Stück?"

Ellen schüttelte den Kopf. „Es ist noch zu früh, das zu sagen. Und am Ende wird es nicht meine Entscheidung sein. Es wird auf das College ankommen. Aber ich weiß, dass Jeremy gewollt hätte, dass wir weitermachen. Vielleicht können wir das Stück seinem Andenken widmen."

Ich war ziemlich sicher, dass Ellen mehr Einfluss hatte, als sie verriet. Wenn sie bereits daran dachte, das Stück Jeremys Andenken zu widmen, dann plante sie definitiv, weiterzumachen. Zynischerweise stellte ich mir vor, dass die Tragödie die Zahl der Ticketverkäufe erhöhen würde.

Und Will würde schließlich dann doch noch den Demetrius spielen.

Ich sagte Scarlett, dass ich in meinen Laden zurückmüsse und war erleichtert, als sie beschloss, mit den anderen Schauspielern dazubleiben. Inzwischen begannen bereits

Blumen und ein paar kleine Plüschtiere einzutreffen und der Hausmeister half dabei, sie in einem Blumenbeet neben der Tür in den Theaterflügel zu arrangieren.

Ich wusste, dass mir nicht viel Zeit blieb, bis Liam den Detectives von Charlie erzählte. Ich wusste nicht, was ich für ihn tun konnte, aber ich konnte Alice warnen. Wenigstens würde sie dann von dem Mord und Charlies möglicher Rolle darin von mir hören. Falls sie sich in ihrem Schuldbewusstsein dazu verpflichtet fühlte, den Detectives von dem Liebestrank zu erzählen, würde ich nicht versuchen, sie aufzuhalten. Meine eigene Schuld war zu groß.

Als ich die Harrington Street zum Cardinal Woolsey's hinunterlief, ging mir auf, wie sehr es mir hier inzwischen gefiel. Nicht nur der Laden, auch meine Kunden, meine Freunde, die Vampire, die sich in meinem Hinterzimmer trafen, um zu klatschen und zu stricken, meine Großmutter, die ich so herzlich liebte.

Fall die Polizei herausfand, dass mein Liebestrank jemanden zu einem Mord getrieben hatte, dann konnte ich mir vorstellen, im Gefängnis zu landen. Ich hatte Jeremy nicht umgebracht, aber ich würde wahrscheinlich der Beihilfe zum Mord angeklagt werden. Genauso fühlte ich mich auch. Es war, als hätte ich Charlie ein geladenes Gewehr gereicht und ihn dann mit Wut vollgepumpt. Ich hatte das nicht beabsichtigt, ich hatte nur zwei liebeskranken Seelen helfen wollen, einander zu finden, und nun schaue man sich den Schlamassel an, den ich angerichtet hatte.

Statt wahre Liebe zu finden, würde Charlie wahrscheinlich im Gefängnis enden, und ich kannte Alice gut genug, um zu wissen, dass sie sich das niemals vergeben würde. In Shakespeares Händen verursachten Zaubertränke und unpassende Liebespaare Komödien und, letztendlich, wahre Liebe. In meinen Händen verwandelten sich dieselben Bestandteile in eine Tragödie.

Ich schritt die Harrington Street nun zielstrebig hinunter, entschlossen, zu Alice zu gelangen, bevor sie von irgendjemand anderem erfuhr, was passiert war. Als ich an Frogg's Books vorbeiging, schauderte ich und beschleunigte meinen Schritt.

„Du warst so lange weg", sagte Alice, als ich in den Laden eilte. „Hatte Scarlett mit ihrem Text zu kämpfen?"

Alice war so lieb, besorgt wegen Scarletts Auftritt. In ihrer noch intakten Welt. Ich konnte es kaum ertragen, die zu zerstören.

Glücklicherweise waren keine Kundinnen im Laden, also drehte ich das Schild auf Geschlossen. „Alice, ich habe furchtbare Neuigkeiten."

Sie wurde blass. „Ist etwas mit Charlie?"

Selbstverständlich dachte sie in ihrer Besessenheit nie an jemand anderen als an Charlie.

„Ja." Ich tat einen tiefen Atemzug. Ermutigte sie, sich hinzusetzen, und erzählte ihr dann alles.

Alice blieb stumm, ihre Augen starr auf mein Gesicht gerichtet, während sie so blass wurde, dass ich froh war, dass sie saß. Als ich fertig war, sagte sie nichts. Ihre Hände waren in ihrem Schoß fest verschränkt. Dann, sehr ruhig, sagte sie: „Das ist alles meine Schuld."

„Nein. Ist es nicht. Es ist meine und Violets. Wir hätten niemals einen Liebestrank suchen sollen."

„Falls Charlie diese schreckliche Sache gemacht hat, ist es nicht sein Fehler. Ich werde der Polizei das erklären. Das war meine Schuld."

Die Gefängnisse würden voll sein, wenn sie jeden von uns einsperren würden, der sich wegen dieses Mordes schuldig fühlte und doch waren wir, in gewisser Weise, alle schuldig. Ich und Vi, Margaret Twig, Alice und Charlie.

Sie erhob sich und nahm ihre Schultern zurück. „Ist die Polizei noch im College?"

„Ja."

Sie nickte. „Dann werde ich da jetzt hingehen."

„Ich komme mit."

„Aber wer wird auf den Laden aufpassen?"

„Wer gerade einen Stricknotfall hat, wird halt warten müssen."

Wir suchten unsere Taschen zusammen und dann zog ich die Schlüssel aus meiner Handtasche, damit ich die Tür hinter uns abschließen konnte. Aber bevor wir auch nur nach draußen gekommen waren, öffnete sich die Tür und Charlie kam herein.

„Charlie?", riefen Alice und ich beide sofort aus.

Er sah ziemlich überrascht aus. War es möglich, dass er noch nichts gehört hatte?

Dann grinste er auf seine übliche zurückhaltende Weise und hob eine Hand an seinen Kiefer, wo sich ein dunkler Schatten von einem Bluterguss ausbreitete. „Keine Sorge, es ist nur eine Fleischwunde."

Dann, als er unseren Gesichtsausdruck sah, wurde er ernst. „Es tut mir furchtbar leid, dass ich mich gestern Abend so entsetzlich benommen habe. Deshalb bin ich gekommen, um mich zu entschuldigen." Seine Augen waren auf Alice gerichtet und zum ersten Mal sah ich tief darin einen Ausdruck, der widerspiegelte, wie Alice ihn die vergangenen drei Jahre lang angeschaut hatte. War es möglich, dass er sich endlich in sie verliebt hatte, jetzt, wo es zu spät war?

Oder war das eine geschickte Pose? Mit dem Ziel, Alice und mich glauben zu machen, er sei unschuldig an dem Mord an Jeremy?

Er sagte: „Alice, ich bin ein furchtbarer Narr gewesen."

Sie trat einen Schritt zurück und sagte: „Charlie? Was hast du getan?"

Der Ausdruck seiner Augen wechselte zu verdutzt und er starrte mich an und dann wieder Alice. „Ich bin zur Besinnung gekommen. Das ist es, was ich dir gerade zu sagen versuche." Er trat näher. „Könnten wir nach nebenan gehen und eine Tasse Tee trinken, und unter vier Augen sprechen?"

Alice sagte, alles in einem Atemzug: „Charlie, die Polizei wird dabei sein, nach dir zu suchen, sie glauben, du hast Jeremy Booth getötet, und es ist alles meine Schuld." Und dann brach sie in Tränen aus.

Ein Ausdruck von Schock flog über sein Gesicht. „Was soll das? Keiner hat irgendwen umgebracht, obwohl unsere Egos beide einen Schlag abbekommen haben. Es war verdammt dumm, und ich schäme mich von Herzen für mich selbst, aber wenigstens scheint mir die Keilerei mit Jeremy ein bisschen Verstand in den Schädel geprügelt zu haben."

Aber Alice hatte ihr Gesicht in den Händen. Er drehte sich zu mir um und ich dachte, falls er diesen Blick von äußerster Fassungslosigkeit nur markierte, dann war er besser als jeder Schauspieler, den Ellen Barrymore je ausgebildet hatte.

Ich sagte: „Es ist wahr, Charlie, Jeremy ist tot."

„Das kann nicht sein. Alles, was ich getan habe, war, ihn auf die Nase zu schlagen. Wer stirbt von einem Schlag auf die

Nase von jemandem wie mir?" Er spreizte seine Arme und ich musste zugeben, dass er nicht sehr muskulös aussah. „Ich stemme Bücher, keine Hanteln. Ehrlich, *du* könntest mich zusammenschlagen. Ich habe es nur geschafft, ihn zu treffen, weil er es nicht kommen sah."

Aber trotz all seines Charmes konnte Charlie nicht ändern, was passiert war. „Jeremy ist nicht von dem Schlag auf die Nase gestorben. Ihm wurde der Schädel eingeschlagen."

Alle Farbe wich aus seinem Gesicht, so dass der Bluterguss an seinem Kiefer plötzlich dunkler und unheilvoller aussah.

Ich wusste, Ian würde fuchsteufelswild sein, wenn ich Charlie all die Einzelheiten nannte, also hörte ich auf, Informationen zu geben und fing damit an, sie abzufragen. „Was ist passiert, nachdem du uns gestern Abend verlassen hast?"

Er zuckte zusammen, mehr wegen der Peinlichkeit, glaubte ich, als vor Schmerz. „Jeremy und ich und vier von den Schauspielern sind um die Ecke in die Gasse gegangen und haben damit weitergemacht, uns total wie Ärsche zu benehmen. Dann sind Jeremy und Miles und der andere Bursche – Will, oder? – zum College zurückgegangen, glaube ich. Und Liam ist mit mir zu Frogg's Books gelaufen."

So weit stimmte seine Geschichte mit Liams überein. Es war das, was dann passiert war, was ich wirklich wissen wollte. „Was hast du dann gemacht?"

Er starrte Alice an, die ihre Hände von ihrem Gesicht genommen hatte und ihn durch tränennasse Augen ansah. „Alice, ich habe ihn nicht getötet. Ich würde überhaupt niemanden töten." Er ließ den Atem entweichen. „Ich war bloß so verwirrt. Ich dachte, ich wäre verrückt nach Polly, aber dann hat es mich verrückt gemacht, dich mit Jeremy weggehen zu sehen. Ich konnte den Gedanken nicht ertragen, dass du mit jemand anderem zusammen bist. Und trotzdem hatte ich diese Gefühle für Polly. Ehrlich, ich bin mir noch nie so dumm vorgekommen. Ich kam nicht zur Ruhe. Es tut mir leid, Alice. Dieser Teil wird dir nicht gefallen, aber ich bin zum College raufgegangen. Ich dachte, wenn ich mit Polly reden könnte, könnte ich meine Gefühle ordnen. Sehen, ob sie auch für mich irgendwelche hatte, nehme ich an."

Er wippte auf den Fersen. „Obwohl ich bloß ein Pint getrunken hatte und ich glaube, auch das nicht ganz, fühlte ich mich komisch. Nicht betrunken, genaugenommen, aber so, als wäre ich in einem Traum."

Oh, wie sehr ich mir wünschte, ich hätte niemals das Wort *Liebestrank* gehört. Offensichtlich war die Wirkung seiner Dosis abgeklungen, aber war das noch rechtzeitig gekommen? Oder hatte er etwas getan in seinem ‚Traum', an das er sich nicht erinnern konnte? Etwas Schreckliches, wie Mord?

„Ich konnte natürlich nicht durch das Vordertor reingehen, da ich kein Student mehr bin und es schon spät war. Aber ich erinnerte mich an eine Stelle, wo ich es immer geschafft hatte, über die Mauer zu klettern, und tatsächlich, ich habe das noch hingekriegt. Ich wusste, wo Pollys Zimmer war, weil wir über ihren Ausblick gesprochen hatten. Ich hatte ihr erzählt, in welchem Zimmer ich mal gewohnt habe und sie hat mir erzählt, wo ihrs ist."

Alice sah sehr enttäuscht aus. „Du bist zu Pollys Zimmer gegangen?"

Er lächelte reumütig und schüttelte den Kopf. „Ich kam

nicht weiter als bis zur Vordertür ihres Gebäudes. Und dann wurde mir mit einem Schlag klar, wie lächerlich ich mich benahm. Ich kann das Gefühl nicht beschreiben, aber als ich da stand, im Mondlicht, auf dem Gelände des College, das ich ein Jahrzehnt zuvor besucht hatte, wurde mir klar, dass ich mich gerade wie ein Junge benahm und nicht wie ein Mann."

„Ich liebe Polly nicht. Ich zwinkerte ein paarmal und hatte ein ganz eigenartiges Gefühl, so als würde ich gerade aufwachen. Ich sah mich um und mir wurde klar, dass ich dich sehen musste, Alice. Ich hatte mich schlecht benommen und ich wollte mich entschuldigen und mit dir reden, ohne dass alle dabei waren. Also drehte ich mich um und ging zu meinem Laden zurück."

Er schloss seine Augen, als hätte er Schmerzen. „Dann setzte ich mich in mein Auto und fuhr zu deinem Haus. Ich habe geklingelt, aber du warst offensichtlich noch nicht zu Hause."

Alice wurde rot und dann weiß. „Du bist den ganzen Weg zu meinem Haus gefahren? Und ich war nicht da." Sie wimmerte die letzten paar Worte fast.

„Nein. Warst du nicht. Es ist mir egal, wo du warst. Es ist deine Sache. Und ich war ein absoluter Narr, und habe dich weggehen lassen, obwohl du das Beste bist, das mir je passiert ist."

„Oh, Charlie."

Und dann sah er ziemlich verwirrt aus. „Warte mal eine Minute. Ich habe die ganze Nacht gewartet, und du bist nicht nach Hause gekommen. Warst du nicht mit Jeremy zusammen?"

Ihr Unterkiefer fiel herunter. „Nein. Ich war nicht mit

Jeremy zusammen. Er wollte mich ja nur zu meinem Auto begleiten. Nachdem du die Schlägerei hattest und Lucy sehen konnte, dass ich durcheinander war, lud sie mich ein, hierherzukommen und die Nacht hier zu verbringen. Ich habe versucht, dich heute Morgen zu besuchen, bevor der Laden öffnete, aber du warst nicht da."

„Ich bin in meinem Auto eingeschlafen, während ich darauf gewartet habe, dass du nach Hause kommst." Er rieb sich den Hals. „Hab einen ganz schön steifen Hals davon."

„Du hast also die ganze Nacht draußen in deinem Auto gesessen? Vor dem Haus von Alice?"

„Ja. Dumm, ich weiß, aber ich bin eingeschlafen."

Dumm und wirklich unglückselig, wenn es wahr war.

„Hat dich irgendjemand gesehen?"

„Ich weiß nicht. Könnte sein. Jemand hat vielleicht das Auto gesehen."

Oh, das war nicht gut. Das war überhaupt nicht gut. Charlie schien weniger über den Mord an Jeremy besorgt zu sein, als er es wegen Alice war. Er griff nach ihrer Hand. „Du glaubst mir, oder?" Dann lächelte er sein sehr charmantes Lächeln. „Ich glaube, ich bin ein bisschen übergeschnappt, als diese Proben anfingen. Ich sah Polly und ich dachte, wie vom Blitz geblendet, dass sie alles war, was ich je gewollt hatte. Man hört immer diesen ganzen Unsinn von Liebe auf den ersten Blick, aber ich habe da nie dran geglaubt, bis ich Polly sah. Aber ich liebe Polly nicht, ich kenne das Mädchen kaum. Gestern Abend begann ich zu begreifen, dass du es bist. Du warst es schon immer."

Ich warf Alice einen Blick zu und sah, dass ihre Augen zu leuchten und ihre Wangen zu glühen begannen.

„Du bist da morgens, immer fröhlich, du kümmerst dich

um all die Kunden, weißt, wo all die Bücher sind." Er tätschelte seinen Bauch. „Ich habe etwa zehn Pfund zugenommen von deinen leckeren Kuchen. Es wäre einfach nicht dasselbe ohne dich. Ich begreife jetzt, dass ich dich einfach für selbstverständlich genommen habe. Ich habe wirklich das nicht gesehen, was direkt vor meiner Nase war."

Alice schnaubte. „Das kommt davon, dass du immer ein Buch vor der Nase hast."

Er lachte in sich hinein. „Gut, nie wieder. Wenn du bitte zu mir zurückkommen würdest, dann fangen wir neu an. Wir werden Partner sein. Richtige Partner."

Sie war noch nicht vollständig sicher. „Du meinst, Partner in Bezug auf den Buchladen?"

„Nein. Lebenspartner. Alice, ich möchte dich heiraten."

„Oh, Charlie", sagte Alice, und dann zog er sie in seine Arme und küsste sie, aber so richtig.

Sie schlang ihre Arme um ihn und ich wandte meine Augen ab und dachte, dass ich wohl besser das Geschlossen-Schild an der Tür lassen sollte, als mein Blick auf Ian und einen uniformierten Polizeibeamten fiel, die auf meinen Laden zukamen.

„Alice. Charlie." Es war alles, was ich zustande brachte, bevor Ian meine Ladentür öffnete. Ich vermutete, dass er gekommen war, um mit Alice zu sprechen, denn seine Augen weiteten sich, als er Charlie sah.

Er sagte: „Charles Wright?"

Charlie trat einen Schritt von Alice weg und straffte seine Schultern. „Ja."

„Sie werden in die Dienststelle kommen müssen und uns bei unseren Ermittlungen helfen."

Charlie nickte resigniert. „Ja, natürlich."

Als sie gingen, rannte Alice los. „Charlie ..."

Ich legte ihr eine Hand auf die Schulter, um sie daran zu hindern, ihnen zu folgen. „Sie werden ihn nur befragen. Sie würden ihn ohne weitere Beweise nicht verhaften."

„Ich werde ihn also wiedersehen?"

„Natürlich wirst du das."

„Ich nehme an, sie werden mich ebenfalls befragen wollen."

„So stelle ich es mir vor."

Sie biss sich auf die Lippe. „Muss ich ihnen von dem Zaubertrank erzählen?"

Und war nicht genau das die heikle Frage. „Alice, ich weiß nicht. Jeremy ist nicht an einem Liebestrank gestorben. Wenn Charlie Jeremy deinetwegen umgebracht *hätte*, dann hätten wir der Polizei davon erzählen müssen. Aber ich glaube Charlie, du nicht?"

Sie sah erschrocken aus. Und sagte ziemlich zänkisch: „Selbstverständlich glaube ich Charlie. Er würde nie eine Lüge erzählen. Jemand anders hat Jeremy umgebracht."

„Dann, denke ich, sollten wir, statt uns wegen des Zaubertranks zu sorgen, lieber herausfinden, wer Jeremy umgebracht hat."

KAPITEL 16

*J*ch hatte Violet den Tag freigegeben, aber jetzt rief ich sie an und bat sie, zur Arbeit zu kommen, ich sagte ihr, es sei ein Notfall. Mir war egal, was sie geplant hatte, sie konnte diese Pläne ändern, in erster Linie war schließlich sie diejenige, die sich die dumme Liebestrankidee ausgedacht hatte.

Eine Kundin kam herein und Alice bediente sie. Sie tat ihr Bestes, sich zusammenzureißen, aber ihre Hände zitterten und als sie den Einkauf eintüten wollte, ließ sie eins der Wollknäuel auf den Boden fallen. Sobald die Frau gegangen war, sagte ich: „Komm, du solltest nach Hause gehen. Du hattest einen fürchterlichen Schock."

Sie schüttelte vehement den Kopf. „Ich werde Charlie nicht verlassen, wenn er mich am meisten braucht." Und sie drehte sich zu mir um: „Lucy, habe ich das geträumt oder hat Charlie mir einen Heiratsantrag gemacht?"

Ich lächelte sie an. „Er hat dir definitiv einen Heiratsantrag gemacht." *Direkt bevor er von den Cops weggeschleppt wurde.*

Sie seufzte. „Das sollte der schönste Tag meines Lebens sein, stattdessen fühlt er sich an wie einer der schlimmsten."

Ich musste zugeben, Charlies Timing hätte besser sein können.

Sie schaute mich an, als würde ich alle Antworten kennen, aber ich hatte nicht eine. „Lucy, ich muss etwas tun. Sag mir, was ich tun soll."

Ich verstand dieses Bedürfnis, zur Wahrheit vorzustoßen, und da sie bei dem Stück mithalf, kannte sie eine Menge der Mitwirkenden. Es musste doch etwas geben, was sie tun konnte.

Mein Verstand arbeitete wie rasend. „Wenn Charlie Jeremy nicht ermordet hat ..." Ich hob meine Hände, um sie zu stoppen, bevor sie mit all den Gründen herausplatzte, warum er unschuldig war. „Und ich glaube, dass er es nicht getan hat, dann müssen wir der Polizei helfen, herauszufinden, wer es war. Es war schreckliches Pech, dass Liam Charlie auf dem Gelände gesehen hat. Aber wenn er Charlie gesehen hat, hat er vielleicht auch jemand anderen gesehen."

„Jemanden, den er nicht für fehl am Platze halten würde und deshalb auch nicht erwähnt hätte." Ich ging nun auf und ab, etwas, das ich tat, wenn ich aufgeregt und tief in Gedanken war. „Miles und Will waren diejenigen, die mit Jeremy zurück zum College gegangen sind. Wir müssen mit ihnen reden. Haben sie ihn gleich rauf zu seinem Zimmer gebracht? Wir müssen jeden Schritt erfahren, den sie getan haben, von dem Moment an, in dem sie uns verlassen haben."

Sie sah verdutzt aus. „Aber wird die Polizei sie das nicht alles schon gefragt haben?"

„Wahrscheinlich, aber die Polizei würde uns nicht erzählen, was sie herausgefunden hat. Und wir sind alle Freunde, weil wir zusammen an demselben Stück arbeiten, deshalb wären die Schauspieler und Bühnenhelfer und so weiter im Gespräch mit uns weniger nervös. Wenn wir sie fragen, erinnern sie sich vielleicht an Sachen, an die sie unter dem Stress einer polizeilichen Befragung nicht gedacht hätten."

„Ich weiß nicht. Ich habe so was noch nie vorher gemacht." Sie sah unsicher aus. „Ich würde versuchen, die richtigen Fragen zu stellen, und es vermasseln."

Ich konnte mir vorstellen, was sie gerade durchmachte, also schlug ich stattdessen vor, dass sie zurück zum College ging und in dem Bereich herumhing, wo die Leute ihre Blumengrüße hinterließen. Das erschien mir als ganz natürlicher Treffpunkt jetzt, da ein improvisierter Erinnerungsgarten daraus geworden war. Ich stellte mir vor, dass die Schauspielschüler dort herumhängen und Leute kommen und gehen würden. Wie Leute es an Gedenkstätten eben so machen, würden sie ihre Gedanken über Jeremy miteinander teilen. Geschichten darüber erzählen, wie sie ihn kennen gelernt hatten. Sachen beschreiben, die sie zusammen gemacht hatten.

„Hör einfach zu", sagte ich. „Wer auch immer Jeremy ermordet hat, war gestern Abend da. Und muss dafür einen Grund gehabt haben."

Sie schaute mich aufmerksam an und ich fühlte, dass sie sich jedes meiner Worte einprägte. Dann runzelten sich ihre Brauen. „Wenn Charlie in der Lage war, über diese Mauer zu klettern, ohne durch die Pförtnerloge gehen zu müssen, könnte irgendein Zufalls-Killer nicht dasselbe getan haben?"

Es gefiel mir, dass sie strategisch dachte. „Ja. Gut. Du denkst wie ein Detective. Natürlich könnte er das. Aber trotzdem, niemand tötet ohne Grund. Oder einen vermeintlichen Grund. Und die Art, wie Jeremy zum Teil für seine Rolle angezogen war, mit dem Schwert an seiner Seite, weist stark darauf hin, dass der Mord irgendwie mit dem Stück zusammenhing."

Alice nickte. „Schauspieler sind schreckliche Angeber."

„Ich weiß. Will könnte es getan haben. Jeremy zu töten und ihn dann in den Umhang zu stecken und das Schwert an seiner Seite zurückzulassen, könnte ein Ausdruck seiner Eifersucht sein."

Ihre Augen umwölkten sich und sie schüttelte den Kopf. „Nein. Nicht Will. Er ist so reizend. Will würde nie jemanden umbringen."

Ich erteilte ihr eine Lektion. „Alice. Wie oft ist schon ein Mörder in den Fernsehnachrichten gezeigt worden und seine Nachbarn und Kollegen sagten, was für ein netter Kerl er wäre? Wenn Killer herumlaufen und die ganze Zeit böse und mordlustig aussehen würden, hätte die Polizei nicht so viel Arbeit damit, sie zu kriegen. Du musst von deinen eigenen persönlichen Gefühlen wegkommen. Denk an alle, die an der Produktion beteiligt sind, nicht als deine Freunde, oder als Leute, die mit dir an dem Stück arbeiten, sondern als mögliche Verdächtige. Sie bleiben Verdächtige, bis wir zu unserer eigenen Zufriedenheit beweisen können, dass sie unschuldig sind."

„Wie Charlie."

Ich nickte. „Genau. Wie Charlie."

„Obwohl wir nicht beweisen können, dass Charlie es nicht getan hat?"

Ich lehnte mich gegen die Wand von Wolle zurück und wusste dabei die warme Weichheit an meinem Rücken zu schätzen. „Anders als die Polizei müssen wir uns nicht rein nach den Tatsachen richten."

Ich dachte an das zurück, was Charlie uns erzählt hatte. „Aber Fakten helfen." Ich kaute auf meiner Unterlippe. „Ich habe noch eine andere Idee, als zurück zum College zu gehen. Du gehst einfach zurück nach Hause und nimmst Theodore mit."

Ihre Augenbrauen hoben sich. „Theodore?"

„Wenn er nicht gerade Bühnenbilder malt, ist Theodore ein Teilzeit-Privatermittler. Besorg dir vielleicht ein Bild von Charlies Auto und zeige es in deiner Nachbarschaft herum. Sieh zu, ob du jemanden finden kannst, der dieses Auto vor deinem Haus geparkt gesehen hat. Es wäre sogar noch besser, wenn irgendjemand Charlie hätte hingehen und deine Klingel läuten sehen, denn das beweist, dass er da war, wo er gesagt hat, dass er es war."

„Ja. Das kann ich machen." Sie wirkte zufrieden damit, ein Projekt zu haben.

„Gut."

Ich würde den armen Theodore aus seinem Schlummer wecken müssen, aber ich war ziemlich sicher, dass es ihm geradezu eine Freude sein würde, Alice zu helfen. Er genoss das Ermitteln und ich wusste, dass er es vermisste, Polizeibeamter zu sein. Er war außerdem Old School, denn er war lange vor Computern und Handys und der Forensik der Moderne aktiv gewesen. Er arbeitete immer noch damit, Beweise zu finden und mit Leuten zu sprechen. Und nebenbei würde er Alice ein guter Begleiter sein.

Während Alice losging, um mit ihrem Handy ein Bild von Charlies Auto zu machen, rannte ich die Treppe runter, um Theodore zu wecken. Ich hoffte bloß, dass ich nicht alle der schlafenden Vampire wecken würde, weil einige von ihnen sehr unleidlich sein konnten, wenn sie geweckt wurden, bevor sie bereit waren. Außerdem neigten sie dazu, hungrig aufzuwachen, was sie manchmal dazu brachte, mich auf unangenehme Weise zu beäugen.

Allerdings hatte ich meine eigenen Sünden zu büßen und so schlug ich ziemlich fest gegen die alte Eichentür. Ich trug keinen Mantel und der Tunnel war dunkel und kühl. Glücklicherweise musste ich nicht lange warten, bevor die Tür geöffnet wurde. Zu meiner Überraschung, und Erleichterung, stand Rafe dort, hellwach und komplett angezogen. Er sah nicht sonderlich erfreut aus, mich zu sehen. „Lucy. Ich habe dir wieder und wieder gesagt, dass du dich in diesen Tunneln nicht allein bewegen solltest."

Ich wusste seine arrogante Besorgnis zu schätzen, aber ich war schon so manches Mal zwischen dem Versteck der Vampire und meinem Laden hin- und zurückgelaufen, ohne jemals auch nur mit einer Ratte aneinanderzugeraten. Gott sei Dank. Einmal war eine Fledermaus vorbeigeflogen und ich war sicher, falls Licht jemals so weit eindrang, würde ich Spinnen von der Größe von Esstellern sehen, aber da ich nie eine gesehen hatte, zog ich es vor, die Möglichkeit zu ignorieren. „Es geht mir gut."

Bevor er mich ausschimpfen konnte, sagte ich ihm, dass ich froh war, ihn zu sehen, was ihn so verblüffte, dass ich hineingehen konnte, noch ehe er mit seinen Belehrungen anfing.

„Ich brauche Theodore. Schläft er noch?"

„Ich denke schon. Warum brauchst du ihn? Gibt es eine Krise bei der Kulissenmalerei?"

„Nein. Wenn du es unbedingt wissen musst, es hat einen Mord gegeben."

Seine Augen verengten sich, während er mich ansah, und dann nickte er. „Deshalb bin ich hier."

„Du weißt bereits von dem Mord?" Ich konnte mir nicht vorstellen, wie die Nachricht ihn so schnell erreicht hatte.

„Nein. Ich war beunruhigt. Ich dachte, du könntest mich brauchen."

Ich versuchte anzuerkennen, dass er sehr, sehr alt war und nicht die Absicht hatte, chauvinistisch und kontrollsüchtig zu sein. Außerdem, manchmal brauchte ich ihn wirklich. Es gab Zeiten, in denen ein steinalter Vampir von hoher Intelligenz, übermenschlicher Kraft und einem umfassenden Wissen über die menschliche Natur sehr praktisch war.

„Ich brauche dich womöglich wirklich. Ich muss diese Sache mit jemandem durchsprechen."

„Wer ist tot, und bist du in irgendeiner Gefahr?" Er sah bereit aus, jedem die Kehle rauszureißen, der für mich eine Bedrohung darstellen könnte.

Ich schüttelte den Kopf. „Mir geht es gut." Dann erzählte ich ihm kurz von Jeremys Tod.

„Eigenartig, dass er ausgerechnet umgebracht wird, nachdem letzte Woche diese Studentin vermisst gemeldet wurde. Es ist sehr seltsam, dass jedes dieser beiden Dinge am Cardinal College passiert ist. Zwei solcher Vorfälle in einer Woche weisen stark auf eine Verbindung hin."

„Stimmt. Ich bin sicher, es gibt da ein Muster, aber ich kann keinen Sinn darin erkennen. Ich brauche Theodore für ein bisschen Polizeiarbeit."

„Ich werde gehen und ihn wecken. Warte im Wohnzimmer. Ich bin gleich zurück."

Ich ließ mich in einem der tiefroten Samtsessel nieder. Ich war schon oft genug hierhergekommen, um von der opulenten Umgebung nicht länger überrascht zu werden. Jedoch wurde ich nie müde, mir die Meisterwerke der Kunst anzuschauen, die hier unten hingen, einschließlich des van Goghs, der die Wärme von Südfrankreich in die kühle Steinhöhle brachte. Ich hörte die Vordertür aufgehen und Alfred kam herein. Er sah genauso überrascht aus, mich zu sehen, wie ich es war, ihn zu sehen. „Du kommst aber spät ins Bett."

Er schaute ein bisschen verlegen. „Poker. Hab die Zeit vergessen." Und er rieb sich den Bauch. „Ich bin am Verhungern. Muss essen, bevor ich schlafen gehe." Dann nahm er Kurs auf den Kühlschrank in der Küche.

Rafe kam zurück und ließ sich neben mir nieder. Bevor er irgendetwas sagen konnte, kam Alfred verdrossen aussehend wieder heraus, die lange Nase bebend. „Wann bringt Christopher die neue Lieferung von seiner Blutbank? Es ist nichts im Kühlschrank außer Blutgruppe o. Davon wird mir übel."

Rafe schüttelte den Kopf. „Da wirst du Christopher fragen müssen."

Alfred kam näher zu mir und mir gefiel der Schimmer in seinen Augen nicht. Er sagte: „Und du siehst höchst köstlich aus heute, Miss A positiv."

Instinktiv senkte ich mein Kinn und legte eine Hand auf meine Kehle. Ich mochte Alfred und er war ein ausgezeichneter Stricker, aber hungrig und mit diesem Ausdruck in den Augen war er mir nicht so ganz geheuer.

Rafe machte ein Geräusch wie ein Knurren und sagte: „Alfred!"

Alfred winkte ab und lachte in sich hinein. „Ich habe ja

nur Spaß gemacht, mein Lieber. Ich esse niemals meine Freunde."

Dann seufzte er. „Ich glaube, ich werde Dr. Christopher Weaver besuchen gehen und mich selbst zu einem späten Abendessen einladen. Ich bin überzeugt, er behält das beste Zeug für sich."

Er winkte und steuerte wieder zurück nach draußen. Dann kam Theodore in den Raum, schläfrig blinzelnd, sein babyfeines Haar in Büscheln hochstehend.

Er trank gerade sein Frühstück aus einer Thermos-Kaffeetasse. Er musste rasch in seine Kleidung geschlüpft sein, denn er war vollständig angezogen: mit dunkler Hose, einem Baumwollhemd und einem Tweedjackett. Er hätte alles sein können, von einem Versicherungsverkäufer bis zu einem Geschichtsprofessor an einem der Colleges. Ich nahm an, dass er dieses Outfit genau aus diesem Grund gewählt hatte, damit er nicht auffiel.

Meine Großmutter kam gähnend heraus. Granny hatte immer unter Schlaflosigkeit gelitten und ich hatte ein schlechtes Gewissen, weil wir sie geweckt hatten. Dennoch schien sie sich zu freuen, mich zu sehen. „Lucy, was für eine reizende Überraschung." Dann warf sie einen Blick auf die antike Uhr an der Wand. „Was ist denn los?", fragte sie. „Solltest du nicht im Laden sein?"

Ich erklärte kurz, dass ich Theodores Hilfe brauchte, um ein bisschen Privatermittlung zu betreiben. Sie nickte, warf Theodore einen Blick zu, nahm einen Kamm aus ihrer Tasche, während sie zu ihm hinüberging und ordnete sein Haar für ihn.

Theodore trank sein Getränk aus und erhob sich, um mit mir zu kommen. Rafe sagte zu meiner Großmutter: „Lucy braucht etwas Hilfe mit ihrer eigenen Ermittlung. Ich werde jetzt mit ihr in ihre Wohnung hinaufgehen, komm doch mit."

Er war wieder einmal sehr selbstherrlich, aber es war eine gute Idee, meine Großmutter direkt hinauf in meine Wohnung zu lotsen, so dass sie gar nicht erst in Versuchung kam, in den Laden zu wandern und meine Kundinnen zu erschrecken – ganz besonders diejenigen, die bei ihrer Beerdigung gewesen waren.

Außerdem fühlte ich mich immer besser, wenn meine Großmutter bei mir war. Sie sah erfreut aus, eingeladen zu sein und sagte dann, sie würde wohl am besten Sylvia wecken, sonst würde ihre Freundin sehr verärgert sein, uns verpasst zu haben.

Ich sagte ihnen, sie sollten warten, bis Alice gegangen war, dann liefen Theodore und ich zurück durch den Tunnel, der zu der Falltür und in mein Hinterzimmer führte. Ich ging zuerst hinauf, obwohl ich das Geschlossen-Schild an der Tür gelassen hatte. Ich glaubte fest an allerhöchste Sorgfalt, wenn es die Vampire betraf.

KAPITEL 17

heodore kam hinter mir herauf und wir schlossen die Falltür und legten den Teppich wieder darüber, bevor Alice zurückkam.

Ihre Wangen waren rot von der Kälte, oder vielleicht Gefühlen. Sie schien aber entzückt zu sein, Theodore zu sehen und trotz seiner Behauptung, er sei jungen Frauen gegenüber schüchtern, schien er sich in Alices Nähe ganz wohlzufühlen. Vielleicht empfand er sie als angenehme Gesellschaft, nachdem er unbeabsichtigterweise der Angebetete von ein paar verknallten Bühnenhelferinnen gewesen war.

Sie vereinbarten, dass sie beide zu ihrem Haus fahren und die Nachbarschaft unter die Lupe nehmen würden. Theodore schlug sehr vernünftig vor, dass sie Fotos von Charlie selbst, nicht nur seinem Auto zeigten, weil wir letztlich beweisen mussten, dass Charlie weit weg vom Tatort des Verbrechens gewesen war, nicht sein Auto.

Natürlich würde viel davon abhängen, auf welchen Zeitpunkt die Gerichtsmedizin die mutmaßliche Todeszeit festsetzte. Ich war keine Expertin, aber als ich versucht hatte, bei Jeremy einen Pulsschlag festzustellen, war er kalt gewesen. Er musste schon einige Stunden tot gewesen sein, als wir ihn fanden.

Violet traf ein, kurz nachdem Theodore und Alice mit ihrem Auto losgefahren waren. „Ehrlich, Lucy, gut, dass du mich noch erwischt hast. Ich wollte mir gerade das Haar färben. Was ist denn los?"

Ich erzählte ihr von dem Mord und Charlie und ihre Augen wurden groß und rund. „Du glaubst doch nicht, dass der Zaubertrank irgendetwas damit zu tun hatte, oder?", fragte sie mit verzagter, ängstlicher Stimme.

„Ich weiß es nicht. Ich hoffe nicht."

Violet schmollte verständlicherweise, weil sie zurückgelassen wurde, um den Laden zu schmeißen, damit ich die viel interessantere Detektivarbeit machen konnte, aber weil der Liebestrank ihre Idee gewesen war, sagte sie mir, ich solle mir um den Laden überhaupt keine Sorgen machen. Sie würde sich um alles kümmern, einschließlich das Zumachen.

Es war das Mindeste, was sie tun konnte.

Sie erzählte mir auch, dass sie sich im kommenden Jahr zur Verfügung stellen würde, bei der hiesigen Theaterproduktion zu helfen. Sie hätte dieses Jahr gern meinen Platz einnehmen und Jeremy an meiner Stelle finden können, aber natürlich sagte ich das nicht.

Als die Luft rein war, öffnete ich die Falltür und Rafe, Granny und Sylvia stiegen in mein Hinterzimmer hinauf. Die zwei Frauen gähnten, aber während Granny ein geblümtes Hauskleid trug, hatte Sylvia sich in Schale geworfen, in schwarzen Seidenhosen mit weitem Bein, einer dunkelblauen Seidenbluse und einer Kaschmirstola. Ihr silbernes Haar war perfekt frisiert.

Sie alle hatten thermoisolierte Kaffeebecher bei sich und als wir nach oben in meine Wohnung kamen, beschloss ich, mich ihnen anzuschließen, setzte den Kessel auf und holte meine französische Kaffeepresse heraus, um Kaffee zu machen. Granny kam in die Küche und sah beunruhigt aus. Sie berührte mein Gesicht mit ihren kühlen Fingern. „Geht es dir gut, Lucy? Du siehst aus, als hättest du einen Schock erlitten."

„Ich hatte wirklich einen Schock. Ich dachte, ich würde mit Scarlett ihren Text durchgehen, nicht auf einen Mann hinunterschauen, der jünger ist als ich und der ermordet wurde."

„Du setzt dich hin, Liebes. Ich werde den Kaffee machen." Sie öffnete die Keksdose, deren Inhalt ernstlich dezimiert war, und sagte: „Und ich werde dir noch ein paar Ingwer-kekse machen heute. Das heitert dich immer auf."

Als ich zurück ins Wohnzimmer kam, saßen Rafe und Sylvia Seite an Seite. Sylvia sagte: „Du solltest uns lieber alles erzählen, was passiert ist."

„Dafür muss ich bis zum gestrigen Abend zurückgehen." Als Granny mit meinem Kaffee und einem halben Dutzend Ingwerkeksen auf einem Teller zurückkam, hatte ich Rafe und Sylvia auf den neuesten Stand gebracht. Ich nahm an, dass Granny das meiste von dem, was ich gesagt hatte, von der Küche aus hatte mithören können.

Bevor ich mir mehr als einen Schluck von meinem Kaffee und einen Bissen Ingwerkeks hatte einverleiben können, klingelte das Türtelefon. Es war jemand an der Haustür. Ich war verdutzt, da ich niemanden erwartete, ging aber dran. Ohne Zweifel war es eine Lieferung.

„Lucy? Hier ist deine Großtante Lavinia. Ich muss mit dir reden." Dann wurde ihre Stimme schwächer, als ob sie ihren Kopf abgewandt hätte, „Ja, in Ordnung", und dann wurde ihre Stimme wieder lauter, als ob sie sich wieder zurück zum Türsprecher gewandt hätte. „Ich bin mit Margaret Twig hier. Sie will auch raufkommen."

Ich stand mit dem Hörer in meiner Hand da und dachte, dass es keine zwei Menschen gab, die ich im Moment noch weniger hätte sehen wollen. Aber sie wussten, dass ich da war, und als Hexen würden sie einen anderen Weg in mein Heim finden, wenn ich sie nicht hereinließ, also drückte ich den Knopf, der die Tür unten öffnete. Es klang, als würden sie sich auf dem Weg die Treppe hinauf streiten. Ich schaute Granny an, aber sie zuckte einfach ihre Achseln und so warteten wir.

Lavinia platzte als Erste herein, fast als hätte sie Margaret unter Einsatz der Ellbogen aus dem Weg gedrängelt. „Lucy, es ist unbedingt erforderlich, dass du der Polizei nichts über den Hexenzirkel oder Hexenkunst sagst." Sie sah ziemlich ängstlich aus. „Das hast du nicht, oder?"

Ich sagte gerade „Nein, ich habe nichts darüber gesagt, bisher", als Margaret hereinkam. Ihre Wangen waren rot und gerundet wie Holzäpfel, und ihr übliches sardonisches Amüsement fehlte. Tatsächlich sah sie nicht annähernd wie ihr übliches theatralisches Selbst aus. Sie trug Bluejeans, die um die Knie herum schlammig aussahen, als hätte sie gegärtnert, und darüber ein altes Sweatshirt.

Sie sagte: „Ich habe es gerade gehört. Wie ist der Zaubertrank zu etwas Tödlichem umgeschlagen? Was in aller Welt hast du damit gemacht, Lucy?"

Bevor ich protestieren konnte, dass ich überhaupt nichts gemacht hatte, und wenn überhaupt jemand einen Fehler gemacht hätte, dann musste sie es sein, fuhr sie fort: „Wir können dir nicht erlauben, hier zu praktizieren, wenn du Probleme verursachst. Lavinia hat recht. Wir üben unser Handwerk im Geheimen aus. Damit, dass du den Blick der Öffentlichkeit auf uns gezogen hast, und besonders den der Behörden", sie erschauerte, als stünde die Spanische Inquisition vor der Tür, „hast du uns alle in große Gefahr gebracht."

Als mir zu dämmern begann, dass sie gerade versuchte, mir eine Schuld zuzuschieben, um selbst schuldlos zu erscheinen, wurde ich böse und wollte ihr ganz genau sagen, was ich von ihren dummen Zaubertränken hielt. Aber Granny kam mir zuvor. Sie stampfte herbei, um den beiden Hexen entgegenzutreten. Ihr geblümtes Chintz-Hauskleid flatterte und zum ersten Mal überhaupt wurde mir bis ins Mark bewusst, dass meine Großmutter ein Vampir war.

Sie wirkte größer, stärker, und sehr wütend. Ich sah ihr Gesicht nicht, aber beide Hexen traten einen Schritt zurück. Granny sagte: „Wagt es ja niemals, hier hereinzukommen und so mit meiner Enkelin zu reden. Lucy versucht ihr Bestes, das Handwerk zu achten, und es in einer vernünftigen, kontrollierten Weise zu lernen." Das stimmte nicht ganz, aber ich wusste die Unterstützung zu schätzen.

Lavinia haspelte: „Vernünftig? Kontrolliert? Sie hätte fast unseren heiligen Steinkreis zerstört. Sie hat den Hauptstein durch die Luft schießen lassen wie eine SCUD-Rakete. Was ist daran vernünftig? Er wurde als UFO-Sichtung gemeldet."

„Das ist euretwegen passiert, weil ihr sie ständig bedrängt. Natürlich ist sie stark, und wenn sie ihr Training beendet hat, wird Lucy die stärkste Hexe in Oxfordshire sein." Granny starrte Margaret an, als sie diese Worte sagte und zu meiner Überraschung nickte Margaret Twig und sah ziemlich kleinlaut aus.

„Wenn ihr also hergekommen seid, dann doch wohl hoffentlich, um uns zu helfen, eine Lösung für dieses Problem zu finden und nicht, um Schuld dort abzuladen, wohin sie nicht gehört."

„Ja, Agnes", sagte Lavinia und klang sehr viel gedämpfter.

Oma sagte in einem Ton, der sehr viel mehr nach ihrem normalen Selbst klang: „Gut. Dann, falls ihr bereit seid, vernünftig zu sein und uns zu helfen, dürft ihr hereinkommen und einen Kaffee trinken."

Sie kamen bis ganz ins Wohnzimmer und als sie Rafe und Sylvia dort sitzen sahen, wirkten sie ein bisschen erschrocken. Ich konnte es ihnen nicht verübeln. Wenn es ein Stein-Papier-Schere-Spiel für übernatürliche Kreaturen gegeben hätte, nahm ich an, dass Vampire Hexen zermalmen würden.

Ihren Kaffee nahmen sie ziemlich widerstandslos an, aber einen Ingwerkeks lehnten beide ab.

Wir setzten uns alle wieder hin und Nyx, die vermutlich von den Stimmen geweckt worden war, kam aus meinem Schlafzimmer getapst und sprang auf meinen Schoß. Ich war froh, sie zu haben, nicht nur wegen ihrer warmen Ausstrahlung, sondern wegen ihrer Kräfte.

Oma hatte so meisterhaft das Kommando übernommen, dass es ganz in Ordnung schien, wenn sie auch weiterhin diesen sehr eigenartigen Kaffeeklatsch leiten würde. Sie schaute Margaret an und sagte: „Jetzt, Margaret Twig, kannst du mir vielleicht erklären, wie ein Liebestrank, der dafür bestimmt war, dauerhafte Liebe zu erschaffen, stattdessen Tod verursacht hat."

Go, Granny, go!

Margaret starrte mich an, wagte aber nicht, meine Großmutter wieder zu verärgern. „Ich habe keine Ahnung. Ich habe diesen Zaubertrank hunderte von Malen gemacht und nichts in der Art ist je passiert. Erstens wurde er unsachgemäß verabreicht, daher haben ihn Leute getrunken, für die er nicht gedacht war. Zweitens ist, wie du weißt, jeder magische Trank anders. Es sind nicht nur die Zutaten, die ihm seine Macht geben, sondern diejenigen, die ihn herstellen." Ihre Augen verengten sich, als sie mich noch intensiver anstarrte, und plötzlich stand Nyx auf, machte einen Buckel und fauchte die ältere Hexe an.

„Braves Mädchen", flüsterte ich. Die Konfrontation währte nur kurz.

Margaret Twig stieß ein gezwungenes Lachen aus und sagte: „Agnes hat recht, beruhigen wir uns doch alle lieber und arbeiten an der Schadensbegrenzung." Sie nahm einen Schluck von ihrem Kaffee, aber ich glaubte, dass sie damit nur Zeit schinden wollte, um ihre Worte zu wählen.

Sie sagte: „Lucy ist in der Tat stark. Aber wie wir gesehen haben, kann sie ihre Kraft nicht immer kontrollieren. Ich glaube ...", sie warf meiner Großmutter einen Blick zu, „dass sie, unbeabsichtigt, den Zaubertrank mit negativer Energie getränkt hat."

Das war so unfair. „Aber du hast einen Reinigungszauber vollzogen, bevor wir den Trank gemacht haben", erinnerte ich sie.

Sie öffnete ihre Augen weit, wie um zu sagen, na ja, das ist wohl nicht so gut gelaufen, oder. Ich fuhr fort: „Jedenfalls habe ich mich nicht negativ gefühlt. Ich wollte, dass sich Alice und Charlie verlieben. Das war alles, woran ich gedacht habe, während wir den Zaubertrank gemacht haben. Ich hatte nicht einen einzigen negativen Gedanken im Kopf." Außer Margaret Twig gegenüber, aber das sagte ich natürlich nicht laut.

Dann setzte Sylvia sich für mich ein. Sie sagte: „Lucy hat uns gerade erzählt, was passiert ist. Es gibt derzeit keinen Beweis dafür, dass der Zaubertrank hinter dem Mord stand."

Ich war glücklich, diese Worte zu hören, und hoffte inbrünstig, dass sie sich als wahr herausstellen würden. „Es könnte einfach ein unglücklicher Zufall sein, dass ein junger Mann ermordet worden ist, während eine Anzahl von Leuten unter dem Einfluss dieses Zaubers stand."

Margaret Twig nickte, sah aber nicht vollends erleichtert aus. „Das Problem ist, dass die Wirkung ungefähr drei Tage anhält. Diejenigen, die davon betroffen sind, werden noch bis morgen verzaubert sein, also vielleicht damit fortfahren, sich irrational zu verhalten."

Ich stellte meinen Kaffee hin und stand auf. „Ich werde da hingehen. Ich werde mit jeder einzelnen Person sprechen, die gestern Abend da war, und mit jedem, den ich finden kann, der irgendetwas mit diesem Stück zu tun hat. Jemand muss etwas gesehen oder gehört haben. Ellen Barrymore, die Regisseurin, wird heute Abend eine improvisierte Zusammenkunft im Theater abhalten. Jeder wird da sein."

„Und wenn du nichts herausfindest? Was dann?"

Ich sah Margaret fest in die Augen. „Die Polizei hat den falschen Mann als Hauptverdächtigen. Charlie Wright hat Jeremy Booth genausowenig umgebracht, wie ich es getan habe. Ich werde nicht zulassen, dass ein unschuldiger Mann für ein Verbrechen bestraft wird, das er nicht verübt hat. Wenn er verhaftet wird, werde ich der Polizei von dem Zaubertrank erzählen."

Lavinia keuchte und Margaret sagte: „Lucy, wenn du das tust, wirst du aus unserem Hexenzirkel ausgestoßen und gemieden."

Ich war nicht überrascht. Schließlich waren sie nicht für einen Besuch hergekommen.

Ich hatte nicht die Absicht, mich von diesen beiden einschüchtern zu lassen und so hielt ich meine Stimme ruhig. „Ich verstehe. Obwohl wir den Zaubertrank in deinem Cottage gemacht haben, mit deinen Zutaten, unter deiner Aufsicht, werde ich das der Polizei nicht enthüllen. Ich werde sagen, dass ich den Zaubertrank selbst gemacht habe, hier in meiner Küche."

Oma rief aus: „Nein, Lucy, das ist nicht dein Fehler."

Ich schaute immer noch Lavinia und Margaret an. „Doch, ist es. Ich habe mich zu Sachen drängen lassen, für die ich nicht bereit war. Ich hatte nicht mehr Recht darauf, einen Liebestrank zu machen als zu versuchen, einen Norweger-pullover zu stricken." Ich zuckte die Schultern. „Falls ich im Gefängnis lande, werde ich immerhin jede Menge Zeit haben, meine Geschicklichkeit beim Stricken zu verbessern."

„Du wirst nicht ins Gefängnis gehen", sagte Rafe in einem zuversichtlichen Ton.

„Wirst du mir einen Kuchen mit einer Feile drin backen?", fragte ich und hob die Augenbrauen in gespielter Unschuld.

„Nein. Dich aus dem Land verschwinden lassen, bevor du eingekerkert wirst."

„Aber ich will kein Justizflüchtling sein." Ich streichelte

Nyx und fühlte mich sofort getröstet. „Sylvia, glaubst du, ein Schauspieler würde einen anderen Schauspieler ermorden, um seine Rolle zu bekommen?"

Sie krauste ihre Nase. „Es käme auf die Rolle an."

„Ernsthaft?"

Sie schien schärfer über die Frage nachzudenken. „Und den Schauplatz. Niemand würde für eine Rolle im örtlichen Amateurtheater töten, aber um Hamlet oder Lady Macbeth im West End zu spielen, mit einer brillianten Besetzung?" Sie neigte ihren Kopf zurück und wieder vor. „Das könnte es wert sein, Blut an den Händen zu haben."

„Es ist eine College-Produktion", sagte Lavinia verächtlich.

„Das hatte ich auch gedacht", sagte ich. „Aber Ellen Barrymore führt dabei Regie und ihr nächster Auftritt ist der als Intendantin am Neptune Theater in London. Ich frage mich, ob er von seiner Zweitbesetzung umgebracht worden sein könnte."

Sylvia sah unbeeindruckt aus. „Das wäre ein bisschen zu offensichtlich, oder?"

„Nicht wenn jemand anders beschuldigt wird. Jemand wie Charlie."

Margaret stellte ihren Kaffee ab. „Es ist mir egal, wer ihn umgebracht hat, solange es nicht von diesem elenden Zaubertrank verursacht wurde."

Da waren Margaret und ich ausnahmsweise mal einer Meinung.

Rafe sagte: „Da ist ja auch noch das vermisste Mädchen, ebenfalls eine aus der Schauspieltruppe. Es wäre zuviel des Zufalls, dass zwei Schauspieler innerhalb einer Woche zu

Schaden kommen sollten. Es muss einen Zusammenhang zwischen den beiden geben."

Ich atmete auf. „Das klingt einleuchtend. Aber warum? Wie?"

„Ich weiß es nicht, aber ich schlage vor, es herauszufinden."

Ich war sehr froh, dass er helfen wollte, obwohl ich nie bezweifelt hatte, dass er sich letztendlich darauf einlassen würde. Er mochte kontrollsüchtig sein, aber er war auch zuverlässig. „Großartig. Also hier das, was ich weiß: William Matthews sagt, dass er Sofia Bazzano zufällig getroffen hat, nachdem sie herausgefunden hatte, dass sie nur eine winzige Rolle in der Produktion bekommt. Sie weinte. Er sagt, er ist mit ihr in den Pub gegangen, um sie aufzuheitern. Die Polizei hat ihn auf einer Überwachungskamera, im Pub mit Sofia. Er behauptet, er hat sie dort gelassen."

„Wie viel von dieser Geschichte kann bestätigt werden?"

„Ellen Barrymore hat der Polizei erzählt, dass sie mit Sofia gesprochen hat und dass sie aufgebracht war." Ich seufzte und fühlte genau wie Alice, dass ich nicht wollte, dass Will die Hände im Spiel gehabt hatte bei Jeremys Tod. „Und Will ist Jeremys Zweitbesetzung."

„Also profitiert er am meisten von diesem Todesfall."

„Es gibt da aber noch eine Sache. Jeremy hat Scarlett erzählt, er hätte ein Geheimnis. Es schien mit seiner Karriere zu tun zu haben, aber er wollte ihr nicht mehr darüber sagen."

Rafe nickte. „Ich werde zusehen, ob ich etwas mehr über dieses vermisste Mädchen herausfinden kann." Dann schaute er mich an. „Wenn Jeremy ein Geheimnis hatte, wem würde er es erzählen?"

Ich hob die Hände. „Wie soll ich das wissen?"

„Denk nach, Lucy. Wenn ein Mann eine Frau liebt, will er sie beeindrucken. Wenn Jeremy Booth etwas hatte, von dem er dachte, es würde ihn begehrenswerter machen, würde er es der Frau erzählen. Also, in wen war er vernarrt, dank dieses Zaubertranks?"

Mein Atem strömte mit einem Keuchen ein, ganz von allein. „Alice!"

KAPITEL 18

*J*ch sprang auf. „Ich werde Alice sofort anrufen und herausfinden, ob Jeremy ihr irgendwas von einem Geheimnis gesagt hat. Dann werde ich zum College raufgehen." Ich wiederholte so ziemlich das, was ich zu Alice gesagt hatte, dass die Emotionen gerade auf Hochtouren liefen und all die Leute, die Blumen und Huldigungen für Jeremy hinterließen, Geschichten und Erinnerungen miteinander teilen würden. Irgendjemandem würde etwas herausrutschen, dessen war ich mir sicher.

Margaret Twig zuckte die Achseln. „Na ja, der Plan ist so gut wie jeder andere."

Sylvia erinnerte mich, dass die Schauspieler geschickt darin waren, Charaktere zu spielen, die sich ziemlich von dem unterschieden, wer sie wirklich waren. „Du musst sehen, was hinter der Maske ist. Wenn du kannst, lass die Maske verrutschen."

Granny und Lavinia nickten beide. Nur Rafe sah nicht überzeugt aus. Er sagte: „Bevor du anfängst, Schauspieler zu provozieren und ihre Masken herumzuschieben, vergiss nicht, dass der Killer ebenfalls dort sein könnte. Und hinter jener Maske wird der Mörder jedermann beobachten. Wenn Lucy die falsche Person provoziert, wird sie sich selbst in Gefahr bringen. Das können wir nicht zulassen."

Margaret sah Rafe an und dann mich und dieses irritierende, wissende Lächeln umspielte wieder einmal ihre Lippen. Sie sagte: „Warum umgebe ich Lucy nicht einfach mit einem Schutzzauber."

Darauf würde ich nicht hereinfallen. Ich sagte: „Danke, aber ich werde meinen eigenen Schutzzauber wirken."

Ihre Augenbrauen hoben sich in übertriebener Überraschung. „Du weißt, wie man einen Schutzzauber wirkt?"

Tat ich nicht wirklich, hatte aber nicht die Absicht, das zuzugeben. Mit aller Würde, die ich aufbringen konnte, sagte ich: „Ich habe geübt."

Oma, stets mein größter Fan, sagte: „Natürlich hat sie das. Lucy ist eine ausgezeichnete Hexe. Man muss sie einfach nur in ihrem eigenen Tempo vorgehen lassen."

Ich schnappte mir noch einen Ingwerkeks als Proviant und ging dann zum Cardinal College rauf, zum zweiten Mal an diesem Tag, und mit einem sehr viel schwereren Herzen.

Unterwegs rief ich Alice auf dem Handy an.

Ich hatte mir Sorgen gemacht, dass sie es ausschalten würde, während sie von Tür zu Tür die Nachbarn unter die Lupe nahm, aber das hatte sie offenbar vergessen. Sie antwortete sofort. „Lucy, gibt es irgendwas Neues? Geht es Charlie gut?"

„Ich nehme es an. Sie befragen ihn nur, weißt du. Sie foltern kein Geständnis aus ihm heraus." Ich hörte einen Laster vorbeifahren, also musste sie draußen auf der Straße sein. „Hattest du schon Glück?"

„Noch nicht. Jemand glaubt, er hätte sein Auto gesehen, aber sie sind sich nicht sicher, und sie konnten sich nicht erinnern, ob jemand dringesessen hat."

„Na ja, halt weiter Ausschau. Jemand muss ihn gesehen haben." Dann fragte ich sie, ob Jeremy ihr irgendetwas über aufregende Neuigkeiten oder Karriereaussichten gesagt hätte.

„Im Pub, meinst du?"

„Irgendwann."

„Ich habe wirklich nicht so viel auf ihn geachtet im Pub. Ich habe versucht, Charlie zu beobachten, ohne dass er es merkt. Es war so offensichtlich, dass es ihm nicht passte, dass ich mich mit Jeremy unterhielt, also fing ich an, Hoffnung zu schöpfen."

Armer Jeremy. An seinem letzten Abend war er damit beschäftigt gewesen, ein Mädchen anzuflirten, das nicht einmal zugehört hatte. „Erinnerst du dich an irgendetwas?"

„Eine Sache war da. Ich fand es ein bisschen sonderbar. Er sagte, aus ihm würde ein Star werden, was ich für leere Prahlerei hielt. Dann schaute er zu Miles hinüber und sagte: ‚Es gibt mehr als einen Weg an die Spitze, ohne deine Freunde hinterrücks zu erstechen'."

„Es gibt mehr als einen Weg an die Spitze, ohne deine Freunde hinterrücks zu erstechen? Das ist es, was er gesagt hat?" Es war schwierig, sicher zu sein, weil es sich windig anhörte, wo sie war, so dass die Tonqualität nicht so toll war.

„So was in der Art."

„Hast du irgendeine Idee, was Jeremy gemeint hat? Hatte er einen Agenten oder hat er irgendwo vorgesprochen? Ging Miles hinter seinem Rücken vorsprechen?"

„Ich weiß es wirklich nicht. Wie gesagt, es hat mich nicht so interessiert."

Sie hatte natürlich nicht wissen können, wie wichtig diese Unterhaltung im Nachhinein sein würde, aber ich wünschte, sie hätte ein bisschen besser zugehört. „Okay, danke. Ich hoffe, du wirst jemanden finden, der sich an Charlie erinnert."

„Ich auch. Wenigstens lerne ich endlich ein paar meiner Nachbarn kennen."

Während ich zum College weiterging, fragte ich mich, was Jeremy gemeint hatte. Falls Alice ihn richtig verstanden hatte, schien er einigen Groll gegenüber Miles zu hegen. Miles hatte darauf bestanden, es sei freundschaftliche Rivalität, aber vielleicht waren sie eher Konkurrenten als Freunde gewesen. Ich fragte mich, ob sie bereits auf einem professionellen Level vorsprachen. Dann dachte ich über die eigentlichen Worte nach. Er hatte davon gesprochen, hinterrücks erstochen zu werden, und dann hatte er einen Schlag auf den Hinterkopf bekommen und war mit einem Schwert an der Seite hingelegt worden. Das war so nah daran, jemanden hinterrücks zu erstechen, wie der Killer es ohne ein richtiges Schwert bewerkstelligen konnte.

Als ich zum Theaterflügel kam, waren sogar noch mehr Leute da, als ich mir vorgestellt hatte. Dies war eindeutig der inoffizielle Treffpunkt für die Trauernden und wohl auch für die Neugierigen geworden, um zu tratschen und Fragen zu stellen.

Als ich näherkam, erkannte ich Polly. Sie war jeder Zoll die tragische Heldin, während sie dort hinging, wo die Ansammlung von Blumen und kleinen Geschenken immer größer wurde. Sie hielt eine einzelne rote Rose in ihrer Hand.

Jeremy war hier nicht das einzige Opfer. All die Leute, die ihn gerngehabt hatten, waren ebenfalls betroffen. Als ich einen Blick auf Pollys Gesicht erhaschte, wusste ich, dass dies keine Maske war. Ich sah echtes Leid.

Ich wollte gerade auf sie zugehen und alles an Trost anbieten, den ich nur geben konnte, als Scarlett mein Sichtfeld durchquerte und ihre Arme um Polly legte. Sie weinten für ein paar Minuten zusammen und dann stand Scarlett da, während Polly sich hinkniete und ganz, ganz vorsichtig ihre einzelne Rose auf den Boden legte.

Ich schaute in die weinenden und fassungslosen Gesichter um mich herum, und ich begriff, dass es für die meisten Studenten, die hier herumliefen, falls sie je Erfahrung mit dem Tod gemacht hatten, wahrscheinlich der von den Großeltern oder Urgroßeltern gewesen war. Jemanden zu verlieren, der so jung und ihnen so ähnlich war, hatte alle in einen Schockzustand versetzt. Ich war ebenfalls ziemlich geschockt, aber traurigerweise hatte ich schon mehr Erfahrung sowohl mit Tod als auch Mord. Mir war außerdem unangenehm bewusst, dass der Mörder sehr wahrscheinlich etwas mit dieser Produktion zu tun hatte.

Mein Blick überflog die Leute und fand Miles und Liam und Will auf einem Haufen stehen. Miles sah aus, als ob er geweint hätte. Er rauchte gerade eine Zigarette, etwas, das ich ihn noch nie hatte tun sehen, und als er seine Hand hob, um einen Zug zu nehmen, konnte ich sehen, dass er zitterte.

Liam sah bei weitem zu ernst aus für den Mann, der normalerweise der Komödiant in der Gruppe war. Will sah aus, als ob er nicht wüsste, was er mit seinen Händen anfangen sollte. Er steckte sie in seine Taschen, dann nahm er sie heraus und rieb sie, als ob sie kalt wären.

Ich wollte nicht, dass Will sich als der Mörder entpuppte, aber andererseits wollte ich von niemandem, dass er sich als Mörder entpuppte. Ich hatte die Proben genossen und mich gefreut, die Mitwirkenden kennenzulernen, ich mochte diese Leute. Dennoch gab es keinen Zweifel an der Tatsache, dass die einzige Person, von der ich wusste, dass sie von Jeremys Tod profitieren würde, Will war.

Für jeden dieser Schauspieler konnte der große Durchbruch ins Showbusiness bloße Wochen entfernt sein. Es gab außerdem die Möglichkeit, dass der Mörder nicht einmal ein klassisches Motiv hatte. Vielleicht war es jemand, der gern tötete. Wieder ging mein Blick zu Will. Er war die letzte mit Jeremy verbundene Person gewesen, die Sofia gesehen hatte. Sie wurde jetzt seit fünf Tagen vermisst. Ich wollte diesen Gedankengang nicht weiterverfolgen. Er war zu gruselig.

Ich hoffte, Rafe würde etwas Neues über sie herausfinden.

Vielleicht wäre eine weitere Ermittlung im Hinblick auf Wills persönlichen Hintergrund eine gute Idee.

Miles sah mich und warf, nach einem Zögern, seine Zigarette auf den Boden und ging auf mich zu. Ich bezweifelte sehr, dass Rauchen auf diesem Gelände erlaubt war, aber es fühlte sich an, als wären alle normalen Regeln außer Kraft. Kein Zweifel, die Hälfte dieser Leute hätte in einem Seminar sein müssen oder in ihrem Zimmer beim Studieren, aber da war ein kollektiver Drang, sich in Trauer und Schock zusammenzutun.

Als er auf mich zukam, sah ich, dass all die Großspurigkeit verschwunden war. Von seinem üblichen prahlerischen Benehmen war nichts geblieben. Ich dachte daran, dass

Sylvia mir gesagt hatte, ich sollte hinter die Maske schauen, aber ich musste Miles nicht provozieren, um seine Maske verrutschen zu sehen. Der Mord an Jeremy hatte das schon getan. Er sah wie ein verletzlicher und erschrockener Junge aus und blickte verstört..

„Es war mein Fehler", sagte er. „Wenn ich nicht gewesen wäre, würde Jeremy noch leben."

Er fasste in seine Jackentasche nach einem Päckchen Zigaretten und zündete sich mit zitternden Fingern wieder eine an.

War er nur Mitleid erregend, oder gab er gerade einen Mord zu? Ich tat, was Sylvia vorgeschlagen hatte. Ich machte Druck. „Was meinst du damit?"

Er zwinkerte und dann fokussierte sich dieser verstörte Blick richtig auf mein Gesicht. Er schüttelte den Kopf. „Sorry. Ich weiß grad nicht, was ich sage. Es ist nur, er war mein Kumpel, weißt du? Mein Flügelmann. Sicher, wir haben um Rollen gerangelt, und Mädchen, aber das war nur zum Spaß."

Ich war verwirrt. „Miles, nichts davon macht dich schuldig an seinem Tod."

Ein bisschen von der Prahlerei kam zurück und er grinste mich an. „Genau da liegst du falsch." Er hatte sich näher zu mir gebeugt, um diesen letzten Satz abzuliefern, und ich roch den Alkohol in seinem Atem.

Ich wollte ihm schon vorschlagen, in sein Zimmer zurückzugehen und ein Nickerchen zu halten. Aber Sylvia hatte mich auch daran erinnert, dass Schauspieler ständig Rollen spielten. Seine Rolle heute? Verwirrter und trauernder Student mit dem Gefühl, dass eine freundschaftliche Rivalität ihn irgendwie in den Mord an Jeremy verwickelt hatte, wäre sehr clever, falls er in Wirklichkeit etwas viel Dunkleres verbarg.

Was, wenn Miles' Rivalität mit Jeremy gar nicht so freundschaftlich gewesen war, wie er behauptete? Eifersucht konnte Leute zu verzweifelten Taten treiben.

Mein Gespräch mit Alice ging mir immer noch nach. Jeremy hatte gesagt, Miles hätte ihn hinterrücks erstochen. Ich schaute Miles direkt in die blutunterlaufenen Augen. „Ich habe immer gedacht, dass es Konflikte zwischen dir und Jeremy gab?"

Er schüttelte traurig den Kopf. „Herr, meine Fürstin liebt ein Ungeheuer."

Ich wollte mit dem Fuß aufstampfen. Oder ihm eine runterhauen. „Hör damit auf, aus dem Spiel zu zitieren. Das hier ist ernst."

„Todernst."

„Welche Fürstin? Welches Ungeheuer?"

„Nichts. Es tut mir leid. Ich bin gerade nicht ich selbst."

Bevor ich weiterbohren konnte, in der Hoffnung, dass der Alkohol seine Zunge lösen würde, sagte er mit einer Art von Verzweiflung: „Oh Gott, sie darf mich so nicht sehen." Ich drehte mich um, um zu sehen, was seine Aufregung verursachte, und Ellen Barrymore war herausgetreten. Sie schien nach jemandem zu suchen.

Miles sagte: „Hier", und drängte mir die brennende Zigarette auf. Ich nahm sie instinktiv an. Ich hatte nie geraucht und wollte ganz sicher nicht von der großen Ellen Barrymore dafür ausgeschimpft werden, vor ihrem Theater zu rauchen. Niemand sah her, also murmelte ich tonlos einen Zauberspruch, der die Zigarette ausmachte und verstaute sie in meiner Tasche, bevor es jemand merkte.

Die Regisseurin erspähte Polly und Scarlett, die immer noch bei den Blumen standen. Sie ging zu ihnen und ich beobachtete, wie sie einen Arm um jede der beiden jungen Frauen legte.

Die Drei schauten zu uns herüber und dann sagte Miles eindringlich: „Sie darf mich nicht so sehen. Ich habe getrunken. Sag ihr, ich bin zurück auf mein Zimmer gegangen."

Ich willigte ein, das zu tun, und er wandte sich zum Gehen.

Ich hielt weiterhin Ausschau nach der Sache, die nicht passte. Nach der Person, die da sein sollte und es nicht war, der einen, die da war und nicht da sein sollte, der Schliere Blut, die auf einer Jacke übersehen worden war. Ich wusste nicht einmal, wonach ich suchte. Aber mir wurde bewusst, dass meine Finger kribbelten und ich hatte ein Gefühl, als würden Finger meinen Rücken streicheln. Ich drehte mich um und sah eine Studentin in Jeans und College- Sweatshirt auf uns zukommen. Ihr langes Haar hätte eine Wäsche und einen Kamm gebrauchen können und ihre Kleidung sah aus, als hätte sie darin geschlafen.

Ich kannte sie nicht von den Proben und doch war sie mir vertraut. Als sie näherkam, keuchte ich auf. Miles musste mich gehört haben, denn er drehte sich um und rief den Namen aus, der in meinem Kopf hallte. „Sofia?"

KAPITEL 19

$\mathcal{U}$nd sie war es. Dies war das Mädchen, dessen Gesicht ich auf Plakaten überall auf dem Campus und in der Stadt gesehen hatte. Sofia Bazzano. Nur Minuten zuvor hatte ich mir Will als ihren Mörder vorgestellt, aber hier war sie und sah vollständig gesund aus.

„Miles!", sagte sie. Sie war selbst auf dem unbemerkt aufgenommenen Foto auf dem Plakat hübsch gewesen, aber als sie Miles ansah, leuchtete ihr ganzes Gesicht auf.

Er sah so blass aus, dass ich dachte, er könnte zusammenbrechen. Ich streckte eine Hand aus, aber er riss sich zusammen. Er warf einen Blick hinter sich und ging dann mit großen Schritten auf sie zu. Leise und mit einem wütenden Unterton sagte er: „Hau ab hier. Du musst gehen, sofort."

Als ob sie seine Worte nicht begreifen konnte, ging sie weiterhin auf ihn zu, mit ausgestreckten Händen, als erwarte sie eine Umarmung. Er trat zurück und schüttelte den Kopf. „Es ist mir ernst. Geh nach Hause. Ich werde dich anrufen."

Sie ließ ihre Arme sinken und sah aus, als würde sie

gleich weinen. „Ich verstehe nicht, was los ist." Sie hatte dunkle Ringe unter ihren Augen und einen Fleck auf ihrem Sweatshirt, möglicherweise von verschüttetem Tee. Ich hatte den Eindruck, dass Sofia normalerweise viel besser gekleidet war. „Miles?"

Er schüttelte den Kopf und trat zurück.

Ich sagte laut: „Bist du Sofia Bazzano?"

Sie schien ihren Blick nur mit Mühe von Miles abwenden zu können. Sie schaute mich an und ich konnte sehen, wie sie ihre Erinnerung durchsuchte, mich unterzubringen versuchte. Ich sagte: „Du kennst mich nicht. Mein Name ist Lucy Swift. Warst du schon bei der Polizei?"

Sie schüttelte den Kopf und sah elend aus. „Ich wusste nicht, was ich tun oder wohin ich gehen sollte. Ich war auf dem Weg zurück zu meinem Zimmer, als ich Miles sah."

Ich verstand den Drang, nach Hause zu rennen, aber sie musste sich mit der Polizei in Verbindung setzen, und bald. „Du wurdest vermisst gemeldet. Es hängen Plakate auf dem ganzen Campus, die Polizei sucht dich."

„Aber ich habe nichts Unrechtes getan. Ich glaube, ich wurde entführt."

„Haben sie dich verletzt?", fragte Miles, in einem vollkommen anderen Ton. Ich hörte die Fürsorglichkeit.

„Nein. Nicht wirklich. Ich weiß nicht mal, was passiert ist. Das Letzte, woran ich mich erinnere, ist, dass ich zum Pub gegangen bin, mit Will."

Miles' Hände ballten sich zu Fäusten. „Hat er irgendetwas mit dieser Sache zu tun?"

„Ich weiß nicht. Ich glaube nicht. Wir waren in dem Pub, und wir haben was getrunken, wir waren beide aufgeregt wegen des Stücks. Will musste gehen, aber da war eine Gruppe von Mädchen, die ich aus dem College kannte, und so ging ich hin und setzte mich zu ihnen. Ich trank noch ein Pint und dann fing ich an, mich wirklich eigenartig zu fühlen. Ich erinnere mich daran, nach draußen gegangen zu sein, um etwas frische Luft zu kriegen. Und das ist das letzte, woran ich mich erinnere, bis ich aufwachte." Sie rieb sich den Kopf, als würde sie einen erinnerten Kopfschmerz nachahmen. „Ich weiß nicht, wie viel Zeit vergangen ist. Ich wusste nicht, wo ich war, mir war so übel."

„War irgendjemand da?", fragte ich.

„Nein. Ich hatte solche Angst. Ich stand auf und entdeckte, dass ich in einem Wohnwagen war." Sie nannte es einen Caravan, ich übersetzte es in meinem Kopf sofort als Trailer. „Ich sah aus dem Fenster, aber ich war mitten in einem Feld. Meine Tasche war weg, mein Handy war weg, alles woran ich denken konnte, war, da wegzukommen."

„Auf jeden Fall", sagte ich. „Du warst sehr tapfer."

Sie lachte ohne jeden Humor. „Ich hatte nicht gerade die Wahl, oder? Ich wollte nicht, dass wer auch immer mir das angetan hatte zurückkam und mich wach vorfand. Ich verließ den Wohnwagen und begann zu laufen. Aber ich war schwach, und mir war schwindelig. Ich hatte eine Flasche Wasser im Wohnwagen gefunden, aber es war nichts zu essen da." Sie verzog den Mund. „Nicht, dass ich irgendetwas zu essen angerührt hätte. Ich habe das Wasser nur genommen, weil es versiegelt war. Ich ging quer über die Felder und kam zu einer Straße. Ich wusste nicht mal, in welche Richtung ich gehen sollte. Ich suchte mir eine aus und begann zu laufen. Schließlich kam ich zu einem Dorf."

„Wo war das?", fragte ich.

„Ainstable." Ich hatte nie davon gehört und hatte keine Ahnung, wo das war, aber Miles.

Er sagte: „Ainstable? Das ist in der Nähe von Carlisle. Fast an der Grenze zu Schottland."

„Ich weiß. Ich weiß nicht mal, wie ich da hingekommen bin. Ich wusste nicht, was ich tun sollte. Ich hatte kein Geld, kein Telefon ..."

Ich war entsetzt. „Du bist nicht direkt zur Polizei gegangen?"

Sie schüttelte den Kopf. „Ich war so durcheinander. Alles, woran ich denken konnte, war, nach Hause zu kommen. Ich nehme an, wenn es direkt da eine Polizeistation gegeben hätte, wäre ich hineingegangen. Aber ich war auf der Hauptstraße in einem Dorf. Ich ging in einen Dorfladen und konnte mir anhand des Datums auf der Zeitung ausrechnen, dass ich tagelang weg gewesen war. Ich begann der Ladenbesitzerin meine Geschichte zu erzählen, in der Hoffnung, dass sie mir wenigstens ein Sandwich oder so was überlassen würde. Sie hatte kein Mitleid. Ich konnte sehen, dass sie mir nicht glaubte. Ich glaube, sie dachte, ich wäre eine Ausreißerin von der Schule."

„Oh, wie furchtbar." Ich konnte mir vorstellen, wie verängstigt und durcheinander sie gewesen sein musste.

„Das war es. Aber da kaufte gerade ein nettes älteres Ehepaar ein und sie haben mir ein Sandwich und einen Kaffee bezahlt. Ich glaube, die haben auch gedacht, ich sei aus der Schule weggelaufen, aber sie hatten eine Enkelin ungefähr in meinem Alter und sie sagten, wenn die in Schwierigkeiten wäre, würden sie wollen, dass ihr jemand hilft."

Ich stattete diesem liebenswerten Pärchen einen stillen

Dank ab, wo immer sie waren. Mein Herz hämmerte schon beim bloßen Hören der Geschichte.

Miles sagte: „Warum hast du sie nicht um etwas Geld gebeten oder ihr Handy ausgeborgt, um mich anrufen zu können, oder deine Eltern anzurufen?"

„Sie hatten kein Handy! Ich hab doch gesagt, sie waren alt. Und mein Kopf war immer noch benebelt. Und ich wollte meine Eltern nicht anrufen. Ich will nicht, dass sie davon erfahren. Sie leben in Dubai, weil mein Vater da arbeitet. Sie würden sich nur Sorgen machen."

„Nein", sagte ich. „Sie sind hier. Die Polizei hat sie erreicht und sie sind eingeflogen."

Sie sah wirklich verzweifelt aus. „Sie müssen so beunruhigt sein."

„Eine Menge Leute sind beunruhigt. Sofia, wir müssen dich zur Polizei kriegen, damit sie herausfinden können, wer das getan hat."

Sie sah immer noch Miles an. „Und ich habe dich ja angerufen. Gestern Abend. Ich musste den Nachtzug nehmen, wir kamen zu spät zum Bahnhof für einen früheren. Und ich habe mir ein Handy von einem Mädchen geborgt, mit dem ich mich da unterhalten habe. Ich rief dich an, aber du hast nicht abgehoben."

Miles trat von einem Fuß auf den anderen. „Wahrscheinlich dachte ich, es wäre ein Werbeanruf."

„Aber ich habe dir eine Nachricht hinterlassen."

„Hab ich nicht bekommen."

„Ich verstehe nicht, was los ist." Sie rieb sich die Augen. „Was ich wirklich will, ist eine Dusche und ein langer Schlaf in meinem eigenen Bett."

Ich verstand vollkommen, wie sie sich fühlte, aber ich erklärte, wie wichtig es war, dass sie ihre Geschichte der Polizei erzählte. Und zweifellos würden ihre Eltern mit eigenen Augen sehen wollen, dass sie unverletzt war.

Sie seufzte. „Okay. Aber ich muss duschen und meine Zähne putzen und meine Klamotten wechseln."

Ich zog mein Handy heraus und rief Ian an. Er nahm ab, aber er klang kurz angebunden und sehr beschäftigt, wie er es ohne Zweifel war mit einem frischen Mord in Händen. Aber wenigstens hatte ich gute Nachrichten. Ich erzählte ihm, dass Sofia zurückgekommen war und dass sie hier war, bei mir.

„Es wird sofort jemand rüberkommen", sagte er und legte auf.

Als ich ihr sagte, dass die Polizei auf dem Weg war, sackten ihre Schultern herab. Sie sah Miles an. „Bringst du mich auf mein Zimmer?"

Er sah verängstigt und beinahe wütend aus. „Ich kann nicht. Schau, ich werde dich später anrufen." Er wandte sich ab und dann, im letzten Moment, ihr wieder zu. „Bin so froh, dass es dir gut geht."

Sie kannte mich überhaupt nicht, aber ich fand, sie brauchte eine Freundin. „Ich werde mit dir zu deinem Zimmer gehen."

Ich dachte, sie würde vielleicht Einwände erheben, aber dann sagte sie nur: „Danke." Wir steuerten die Schlafräume an.

Ich war zum Campus zurückgekommen, um wegen Jeremy herumzufragen, aber jetzt, da Sofia zurück war, schlug ich einen anderen Kurs ein. Falls ihr Verschwinden mit Jeremys Tod zusammenhing, dann wollte ich herausfinden, was für eine Verbindung da bestand, und ob sie in Gefahr war.

„Also, nachdem du das ältere Ehepaar getroffen hattest, wie bist du hierhergekommen?"

„Sie haben mich zum Bahnhof gebracht und mir eine Fahrkarte gekauft." Sie lächelte ein wenig. „Ich glaube nicht, dass sie mir getraut haben. Sie dachten wohl, wenn sie mir Geld geben würden, dass ich was Dummes damit mache. So haben sie mir die Fahrkarte gekauft und dann haben sie mir ein paar Süßigkeiten für die Reise und eine Zeitschrift gekauft, ganz so als wäre ich ihre Enkelin. Ich habe ihre Namen und die Adresse bekommen, so kann ich ihnen ihr Geld zurückschicken. Und ich weiß, dass Mom und Dad sich bei ihnen werden bedanken wollen."

Ich wollte ihnen danken. Nach all meinen Befürchtungen, dass Sofia ermordet worden war, war es echt eine Erleichterung, sie hier zu sehen. Natürlich wurden Mädchen üblicherweise in Bars nicht ohne Grund mit K.O.-Tropfen außer Gefecht gesetzt. Also fragte ich sie so behutsam wie ich konnte: „Bist du in Ordnung, körperlich?"

„Ja." Sie schüttelte den Kopf. „Ich weiß, was du gerade denkst. Aber die einzige Stimme, die ich gehört habe, war die einer Frau. Sie haben mich in keiner Weise sexuell belästigt, falls es das ist, worüber du dir Sorgen machst."

Das war es tatsächlich, worüber ich mir Sorgen gemacht hatte. Es war eine riesige Erleichterung. Obwohl, natürlich, die große Frage war warum? Warum würde irgendjemand diese nette junge Frau entführen und sie mitten im Nirgendwo alleinlassen? Es ergab keinen Sinn. Konnte die

Entführung irgendwie mit der Stellung ihres Vaters zusammenhängen? Hatte es da ein Lösegeld gegeben – gefordert und bezahlt -, das geheimgehalten worden war? Aber das schien ziemlich weit hergeholt.

An einem Tag voller Rätsel war dies eins mehr.

KAPITEL 20

S ofias Zimmer war in einem der alten Gebäude in einem Hof nahe der Rückseite des Colleges. Ich verstand jetzt, was Theodore gemeint hatte, als er den faszinierenden Wald von allesamt verschiedenen Bäumen beschrieben hatte, der Jahrhunderte zuvor gepflanzt worden war. Er musste dem Baumpfleger eine große Freude gewesen sein. Ich war kein Baumexperte, aber sogar ich konnte sagen, dass einige dieser Bäume nicht von der Sorte waren, die man in öffentlichen Parks fand. Viele zeigten ihr Alter mit knorrigen Ästen und dicken Stämmen, die verwittert aussahen von der Zeit und vielen tausenden von Studenten, die unter ihnen Schutz gefunden hatten, ihre Stämme als Unterstützung benutzt hatten, während sie studierten, vermutlich jemanden umwarben und weinten, Politik debattierten und Philosophie und was auch immer diese brillanten Studenten sonst noch so taten.

Die Eingangshalle ihres Wohnheims war nicht so schön wie die Hauptgebäude auf dem Campus. Ohne Zweifel war dies schon immer ein Wohnheim gewesen. Wir gingen eine nackte Holztreppe hinauf, die die Narben der Zeit zeigte. Die Stufen senkten sich in der Mitte, wo ungezählte Schuhe hinauf- und heruntergegangen waren. Natürlich gab es keinen Fahrstuhl.

Ihr Zimmer war im ersten Stockwerk, einen staubig riechenden Korridor hinunter. Sie öffnete die Tür und winkte mich herein. Es war ein typisches Studentenwohnheimzimmer. Zwei Betten, zwei Schreibtische, und so einiges an mädchenhaftem Durcheinander.

Sie sah sich voller Zuneigung um, als ob sie geglaubt hätte, ihr zweites Zuhause nie wiederzusehen. „Es ist mir egal, wenn ich die Polizei warten lasse. Ich muss wenigstens eine Dusche nehmen. Und meine Zähne putzen." Sie schauderte. „Und diese ganzen Klamotten in die Wäsche tun."

Ich war einigermaßen alarmiert von ihrem letzten Ansinnen. „Sofia, du kannst die nicht waschen. Wir werden sie in Beutel tun und der Polizei übergeben müssen."

Sie sah mich an, als ob ich verrückt wäre. „Meine schmutzige Wäsche?"

Verbrachte dieses Mädchen ihre gesamte Zeit mit dem Studium der griechischen Antike oder so was und sah sich nie moderne Fernsehsendungen an wie CSI? Ich sagte: „Es ist für die Forensik. Du könntest ein Haar von deinem Entführer daran haben oder so was." Ich wusste es auch nicht wirklich, aber für den Fall, dass es an ihrer Kleidung Beweise zu finden gab, würde ich nicht einfach danebenstehen, während sie die in die Wäsche warf.

Sie wirkte irritiert von meinem Vorschlag, rollte aber die Augen und sagte: „Na schön. Schau mal, ob du einen Beutel in meinem Schreibtisch da finden kannst." Und dann griff sie sich ihre Kulturtasche und ein blaues Badehandtuch.

Auch wenn sie mir nicht gesagt hätte, welche Seite des Raums ihre war, hätte ich es mir denken können. Auf ihrem Schreibtisch war eine Fotografie von ihr und Miles Arm in Arm, grinsend. Ich ging darauf zu. „Bist du mit Miles zusammen?"

Sie schwang plötzlich herum und sagte in echter Reiches-Mädchen-Manier: „Wer bist du noch mal?"

Ich sah ein, dass sie durch die Entführung gestresst und ausgelaugt war, aber dennoch war das ein reichlich wenig entgegenkommendes Verhalten gegenüber einer Fremden, die ihr nur zu helfen versuchte. Ich sagte, auf meine sanfteste Art: „Ich bin Lucy Swift. Ich bin eine Freiwillige aus der Stadt, die bei 'Ein Sommernachtstraum' aushilft."

Ihre müden Augen schauten argwöhnisch. „Bist du sicher, dass du nicht mehr an Miles Thompson interessiert bist als an Shakespeare?"

Ich war so verdutzt, dass ich blinzeln musste. Dann ging mir auf, wie das für sie aussehen könnte. Ich schüttelte den Kopf. „Nein. Miles ist ein großartiger Kerl, aber, glaub mir, ich bin nicht an ihm interessiert." Ich stieß einen Seufzer aus. „Ich wollte nicht diejenige sein, die es dir erzählt, aber du solltest alles wissen, was hier inzwischen vorgegangen ist."

Sie sah skeptisch aus. „Du meinst etwas Dramatischeres als dass ich entführt wurde?"

„Ich fürchte ja. Jeremy Booth ist tot."

Sie ließ ihre Kulturtasche fallen und die traf mit einem Knall auf den Boden. Ich glaube nicht, dass sie es bemerkte. „Jeremy? Tot? Aber das ist unmöglich. Er ist so jung, so voller Leben."

Ich sagte nichts. Sie hatte bereits eine traumatische Erfahrung gehabt, so ließ ich sie meine Worte in ihrem eigenen Tempo aufnehmen. Sie sah mich an, als könnte ich vielleicht scherzen, aber da ich es eindeutig nicht tat, sagte sie, in einem milderen Ton: „Wann? Was ist passiert?"

„Es passierte irgendwann in der Nacht oder heute früh. Er wurde ermordet."

Ihre Augen öffneten sich weit und sie trat einen Schritt zurück, als wäre schon das Wort Mord gefährlich. Als ob ich, die Überbringerin des Wortes, gefährlich sein könnte. „Ermordet?"

Ich nickte. „Jetzt siehst du, wie wichtig es für dich ist, der Polizei alles über dein eigenes neuestes Erlebnis zu erzählen."

Sie wich einen weiteren Schritt zurück und ihre Hüfte traf den Türrahmen. „Du meinst, ich sollte ermordet werden?" Ihre Stimme stieg beim letzten Wort zu einer schrillen Tonlage.

„Nein. Das ist es nicht, was ich gerade sage. Es gibt da vielleicht überhaupt keine Verbindung. Aber du musst zugeben, dass es eigenartig ist, dass du mysteriöserweise gekidnappt wirst und Jeremy ermordet, alles innerhalb weniger Tage."

Sie legte die Hände über ihr Gesicht und stöhnte dann: „Oh, armer Jeremy."

„Fällt dir irgendjemand ein, der ihm vielleicht schaden wollte?"

„Nein. Natürlich nicht. Er ist reizend."

„Gibt es irgendeine Verbindung zwischen euch beiden? Etwas, das deine Entführung und den Mord an ihm erklären könnte?" Ich konnte es nicht ändern, ich musste mich an

Miles' seltsames Verhalten erinnern, als sie aufgetaucht war. War da eine Art von Dreiecksverhältnis im Gange? Wenn sie und Jeremy einander nähergekommen wären, hätte Miles beschlossen haben können, ihre Beziehung auf brutale Weise zu beenden?

Ich beobachtete sie genau in der Hoffnung, dass sie in ihrem verletzlichen Zustand vielleicht eher über Dinge reden würde, die sie normalerweise für sich behielt, aber sie sah aufrichtig verwirrt aus. „Was für eine Verbindung könnte es da eventuell geben? Wir besuchen dieselben Seminare und gehören beide zur Theatertruppe. Wo er ein Hauptdarsteller ist und ich im Grunde Bühnendekoration." Sie rieb ihre Stirn. „Mein Kopf schmerzt. Ich kann nicht mal klar denken."

Ich hob ihre Kulturtasche auf und gab sie ihr. „Geh jetzt duschen. Du wirst dich danach besser fühlen."

Sie nahm einen Morgenmantel von einem Haken hinter der Tür und ging und ich atmete aus. Langsam. Und wieder ein.

Ich versuchte, hier in ihrem Zimmer, meine Mitte zu finden. Ich war froh, es für mich allein zu haben, und auch darüber, in ihren Schreibtisch schauen zu dürfen. Es machte meine Herumschnüffelei so viel einfacher. Zuerst sah ich mich um. Ich schloss meine Augen und wandte meine Hexenkräfte an. Ich spürte einen Wirrwarr von Gefühlen hier: Angst, Euphorie, Zorn, Triumph, Neid. Allerdings war es bei zwei Frauen, die sich den Raum teilten und wer weiß wie vielen Leuten, die hierherkamen, unmöglich, zu sagen, welche davon Sofias Gefühle waren. Was ich nicht gespürt hatte, war die Dunkelheit des Bösen.

Wer auch immer oder was auch immer sie entführt hatte, sie waren nicht in diesem Raum gewesen.

Sie hatte gesagt, ich solle in ihren Schreibtisch schauen wegen eines Beutels, in den man ihre abgelegte Kleidung tun konnte, daher empfand ich es nicht so sehr als Herumschnüffeln, obwohl ich zugeben muss, dass meine Augen nach mehr als nur einem Beutel suchten. Ich wusste nicht mal, wonach ich suchte, irgendeine Art von Hinweis auf Aktivitäten, Bekanntschaften, etwas, das eine Entführung hätte provozieren können.

Trotz ihrer Behauptung, dass sie und Jeremy nur Freunde gewesen wären, suchte ich nach irgendwelchen Verbindungen zwischen ihr und dem ermordeten Schauspieler. Sie hatte nicht zugegeben, dass sie mit Miles zusammen war, aber aus ihrer Reaktion auf meine Frage und dem Foto auf dem Schreibtisch schien das klar hervorzugehen. Miles, nicht Jeremy.

In ihrer Schreibtischschublade waren eine Handvoll Schnappschüsse, die jemand ausgedruckt hatte. Ich sah sie rasch durch. Da waren Miles und sie mit umeinandergelegten Armen, vor einem Fluss mit vorübergleitenden Schwänen. Ein anderes von ihr und Polly und Jeremy, und ein weiteres von allen vieren und Will, der zwischen Sofia und Scarlett stand und beiden die Arme um die Schultern gelegt hatte. Ich erkannte den Hintergrund. Sie waren in Stratford-on-Avon.

Will. Er hatte Sofia als letzter der Theaterleute gesehen, und er war derjenige, der Jeremys Rolle übernehmen würde. Aber da war auch noch Miles, der sich heute so sehr eigenartig benommen hatte. Er war mit Jeremy befreundet gewesen und angeblich freundschaftlicher Rivale und offensichtlich waren Sofia und er ein Liebespaar. Aber warum in aller Welt sollte er sie entführen? Oder sie entführen lassen? Es ergab keinen Sinn.

Ich wühlte immer noch ihren Schreibtisch durch, als die Tür aufging. Ich konnte es nicht glauben. Niemand mit derart langem Haar konnte so schnell duschen, besonders nicht jemand, der mehrere Tage lang nicht in der Nähe von Wasser oder Seife gewesen war.

Ich drehte mich um und sah ein älteres Paar, wahrscheinlich in den Vierzigern, vollkommen Fremde für mich. So wie ich es für sie war.

Sie sahen attraktiv aus, reich und der blassen Haut und den dunklen Augenringen nach vermutlich beide unausgeschlafen. „Wer sind Sie", fragte die Frau, sofort misstrauisch. „Und wo ist Sofia?"

Sie sah aus, als könnte sie darüber in Tränen ausbrechen, mich in diesem Raum zu finden. Es brauchte keinen Detective oder ein Genie, um herauszufinden, dass dies Sofias Eltern sein mussten. Ich erhob mich und lächelte. „Sofia geht es gut. Sie duscht nur gerade. Sie sind ihre Eltern, nehme ich an?"

Die Frau beruhigte sich bei meinen Worten. „Ja. Und Sie sind eine Polizeibeamtin?"

„Nein. Ich bin eine Freundin." Das dehnte die Definition von Freundin aus, aber ich war ganz sicher keine Feindin und ich war sehr froh, dass Sofia zurückgekommen war. Wenn auch nicht annähernd so froh wie ihre Eltern.

Ihre Mutter ging zu einem der Betten und setzte sich darauf. „Ich werde mich nicht entspannen, ehe ich sie mit eigenen Augen sehe."

Ihr Vater ging und setzte sich neben sie und nahm ihre

Hand. „Ich ebenfalls nicht." Er drehte sich zu mir um. „Wissen Sie, was ihr passiert ist?"

„Sie wird es Ihnen selbst erzählen. Sie glaubt, dass sie entführt wurde."

Er sah so schockiert und entsetzt aus, wie zu erwarten gewesen war. „Entführt? Aber wozu in aller Welt?"

„Ich weiß es nicht. Ich hatte mich gefragt, ob Sie wegen eines Lösegelds kontaktiert worden sind. Oder ob Sie die Art von Stellung haben, die ..." Mir gingen die Worte aus. Alles, was ich über Kidnapping und Lösegeld wusste, hatte ich aus dem Fernsehen.

Er schüttelte den Kopf, noch bevor ich zu Ende gesprochen hatte. „Ich habe nicht diese Art Arbeit. Nicht wichtig genug. Und wir sind ganz sicher nicht reich genug. Wenn jemand Lösegeld wollte, da wären hier eine Menge Studenten fettere Vögel, die man rupfen könnte." Sein Gesicht wurde rötlich. „Sie ist so jung und schön. Sie wurde doch nicht ... in irgendeiner Weise verletzt?"

„Sie sagt, nicht."

Seine Augen schlossen sich und er stieß einen Seufzer der Erleichterung aus.

Als Sofia aus der Dusche zurückkam, ihr langes dunkles Haar in nassen Kringeln um ihre Schultern, in ihrem Morgenmantel und mit der Kleidung in der Hand, in der sie entführt worden war, warf sie sich beim ersten Blick auf ihre Eltern in die Arme ihrer Mutter. „Mommy, Daddy, ich bin so froh, dass ihr hier seid. Es war so schrecklich."

Beide Frauen brachen in Tränen aus und ihr Vater rieb verlegen ihren Rücken. Er sagte: „Wir haben ein Auto, Liebes. Wir bringen dich direkt zur Polizei."

„Hat DI Chisholm Sie angerufen?", fragte ich. Ich wollte

diese Wiedervereinigung nicht unterbrechen, aber Ian hatte gesagt, er würde jemanden schicken, um mit Sofia zu reden. Dad schüttelte den Kopf. „Musste er nicht. Wir waren da. Ich sagte ihm, wir würden herkommen und sie holen und zurück zur Polizeistation bringen." Dann sagte er zu Sofia: „Wir werden herausfinden, wer dir das angetan hat." Er sagte noch einmal, mit drohender Stimme: „Das werden wir."

Ich wollte nicht länger stören, packte ihre abgelegte Kleidung in einen Stoffbeutel, den ich gefunden hatte und bat Sofias Vater, sicherzustellen, dass Ian den Kleiderbeutel bekam, damit er auf forensische Beweise untersucht werden konnte. Er nickte und dankte mir kurz und dann trat ich die Flucht an.

Mein Gehirn wirbelte im Kreis. Konnte es eine Verbindung geben zwischen Sofias merkwürdiger Entführung und Jeremys ebenso merkwürdiger Ermordung? Einerseits schien das sehr unwahrscheinlich, aber wenn man das Timing in Betracht zog, wie konnten sie nicht miteinander zusammenhängen?

Die nächste Person, die ich sehen musste, war Will.

Ich ging zurück über den Hof zum Theater. Ein paar neue Trauersträuße waren abgelegt worden. Es standen allerdings jetzt weniger Leute draußen. Ich war nicht sicher, ob sie sich zerstreut hatten oder einfach nach drinnen gegangen waren, entweder weil es wärmer war oder mit dem seltsamen Drang, nahe dort zu sein, wo das Unheil passiert war, vielleicht um die Polizei bei der Arbeit zu beobachten.

Ich ging in das Theatergebäude und sah, dass die meisten Leute wieder hineingegangen waren.

Kleine Gruppen standen dort schniefend und schwatzend, aber das Gefühl von Angst hatte sich wie ein kalter

Schauer über alles gelegt. Leute standen zusammengekauert da und nah bei denen, mit denen sie gerade sprachen, als ob sie ihre Körperwärme miteinander teilen könnten und so vielleicht sicherer wären.

Ich ließ meinen Blick über die Menge schweifen und entdeckte Miles und Will, die zusammenstanden. Ich wollte gerade hinübergehen, als eine Art Unruhe die versammelten Studenten durchlief. Ich schaute auf und sah einen uniformierten Polizeibeamten mit einer Beweismitteltüte aus Plastik in der Hand aus Richtung des Theaters kommen.

Es war ein Textbuch darin.

Als der Polizeibeamte vorbeiging, schaute Scarlett auf das Textbuch in der Tüte und sah dann auf. Sie sagte: „Miles? Ist das nicht dein Textbuch?"

Er schüttelte den Kopf. „Kann es nicht sein. Mein Textbuch ist in meiner Tasche."

Sie sah aus, als würde sie sich mit ihm darüber streiten wollen und schien dann ihre Meinung zu ändern. Sie drehte ihm den Rücken zu und begann leise mit Polly zu reden. Ich erinnerte mich, Miles gestern Abend im Pub mit seinem Textbuch gesehen zu haben, aber die sahen alle gleich aus. Die Schauspieler rissen diverse Szenen aus ihren Heften, um Proben einfach zu halten, daher fehlte die Umschlagseite, auf die normalerweise der Name des Schauspielers geschrieben wurde.

Ein Wispern lief den breiten Korridor herunter, wie der Hauch einer Brise durch ein Weizenfeld. Es war eine Information, die von Gruppe zu Gruppe weitergegeben wurde. Ich hörte, wie Daffyd, der Junge, der Zettel den Weber spielte, sich zu Liam hinter ihm umdrehte und sagte: „Sie haben das

Textbuch auf der Bühne gefunden. Nahe bei Jeremys Leiche. Was meinst du? Gehört es dem Mörder?"

Ich sah zu Miles und dachte, dass jeder, der Scarletts Worte gehört hatte, ihn wohl ebenfalls anschauen musste. Er sah bleich und aufgewühlt aus. Er murmelte etwas und ging dann hinaus in die Kälte. Er hatte seinen Rucksack nicht bei sich.

Scarlett sah mich und kam herüber. „Lucy, ich bin sicher, das war Miles' Textbuch. Ich habe es erkannt. Er hatte eine Ecke von der Vorderseite abgerissen, auf der etwas notiert war. Sie sagen, das Textbuch war auf der Bühne liegen geblieben. Wo Jeremy ..."

Ich sah immer noch durch den gläsernen oberen Teil der Türen nach draußen, wo Miles sich gerade fortschlich. Die Händen in den Taschen, die Linie seines Rückens steif.

Sie fragte: „Warum würde er darüber lügen, wo sein Textbuch war?"

Miles steuerte die Gebäude mit den Unterkünften an. Kein Zweifel, dass er seine Unitasche durchwühlen würde, um zu sehen, ob er sein Textbuch finden konnte. Ich sagte: „Vielleicht hat er es versehentlich auf der Bühne gelassen. Es könnte aus seiner Tasche gefallen sein, ohne dass er es gemerkt hat."

Erschrocken riss sie die Augen auf. „Aber er hatte das Textbuch im Pub gestern Abend. Du erinnerst dich. Er und Liam haben herumgealbert und vorgegeben, die Szene auf Walisisch zu spielen."

Ich nickte. Ich erinnerte mich gut daran. Es war urkomisch gewesen in dem Moment. Jetzt schien es nicht mehr so lustig.

„Wenn Miles es auf der Bühne liegengelassen hat, heißt das ...“

Ich antwortete nicht. Es war sinnlos, den Satz zu beenden, sie konnte sich das Ende selbst denken.

Miles? Jeremy umbringen? Warum?

Und warum hatte er sich Sofia gegenüber so eigentümlich verhalten?

KAPITEL 21

egen vier Uhr lud Ellen Barrymore alle ein, in die große Probenhalle zu kommen. Die, die darauf gehofft hatten, einen Blick auf den Tatort des Mordes zu erhaschen, würden enttäuscht werden, da er immer noch von der Polizei abgesperrt war. Das Haupttheater wäre ohnehin ein makabrer Treffpunkt gewesen, besonders für Scarlett, Ellen und mich. Es war schlimm genug, in die Probenhalle zu gehen, wo ich mich so gut daran erinnerte, wie Jeremy und Miles an jenem ersten Tag damit herumgealbert hatten, diesen Zaubertrank zu trinken und ihn in die Kaffeemaschine zu schütten, ohne eine Vorstellung von dem Chaos, das sie damit bewirken würden.

Jeremy war umwerfend gewesen, voller Leben, und exakt die Sorte junger Schauspieler, dem es bestimmt war, rasch in seiner Karriere aufzusteigen und als Berühmtheit zu enden. Der Gedanke, dass er umgebracht worden war, bevor er richtig begonnen hatte, schien so grausam.

Die Traurigkeit bedrückte uns alle, als wir jenen großen Raum betraten. Derselbe Raum, wo wir nur ein paar Tage zuvor mit solchem Enthusiasmus zusammengekommen waren, bereit, zusammenzuarbeiten, um ein komödiantisches Meisterwerk zu erschaffen. Jetzt waren wir in Tragödie gebadet.

Ich schaute mich um und sah zu meiner Überraschung Rafe zur Tür hereinkommen und auf mich zugehen. Ich konnte es nicht glauben, dass er einfach hereingeschlendert war, als würde das alles hier ihm gehören. „Was machst du denn hier? Du hast doch gar nichts mit dem Stück zu tun."

„Sehr scharfsinnig von dir", sagte er in diesem hochnäsigen, überlegenen Ton, den er immer hatte. „Tatsächlich habe ich einige Neuigkeiten, von denen ich glaube, dass du sie interessant finden wirst."

Ich versuchte dauernd, mich unverdächtig zu verhalten, um ein bisschen herumzuschnüffeln und zu probieren, die Maske eines Killers verrutschen zu lassen. Einen großen, dunklen und umwerfenden Vampir an meiner Seite zu haben, würde mir nicht helfen, unverdächtig zu bleiben. Ich konnte bereits das Raunen des Interesses spüren, das er bewirkte.

„Kannst du mir das später erzählen?", fragte ich in leisem, dringlichem Ton. „Später in meiner Wohnung? Ellen sagte ausdrücklich, wir sollen dieses Treffen auf die Mitwirkenden beschränken."

Da fühlte ich ein unheilverkündendes Prickeln zwischen meinen Schulterblättern. Ich warf einen Blick hinter mich und drehte mich wieder zu Rafe um, voller Entsetzen. „Oh nein, da kommt sie. Du solltest lieber gehen."

Statt zu tun, worum ich ihn gebeten hatte - und wann hätte er das je getan? -, wandte Rafe sich Ellen zu und streckte seine Hand aus. Was war er, ein Groupie auf der

Suche nach einem Autogramm? Ich versuchte gerade, mir eine mögliche Entschuldigung dafür auszudenken, warum er hier sein könnte, und Ellen zu versichern, dass er sofort wieder gehen würde, als ich sie Rafe anlächeln und seine Hand umfassen sah.

„Rafe. Wie reizend von Ihnen, sich uns anzuschließen. Es tut mir so leid, dass es unter solch tragischen Umständen geschieht."

„Mir tut es ebenfalls leid, Ellen. Nach allem, was ich gehört habe, war Jeremy Booth ein bemerkenswerter junger Schauspieler."

Ihre Augen füllten sich mit plötzlichen Tränen. Sie blinzelte sie weg. „Das war er. Einer meiner aufgewecktesten. Er hatte eine solche Karriere vor sich, ich kann es kaum ertragen, daran zu denken." Sie hob ihre andere Hand, um damit ihre immer noch einander umfassenden Hände zu bedecken. „Ich muss herumgehen und mit den Studenten reden. Ich danke Ihnen fürs Kommen. Ihre Unterstützung bedeutet mir ungeheuer viel, gerade jetzt." Als sie fortging, drehte sich Rafe wieder zu mir um. „Es tut mir leid, was hattest du gerade sagen wollen?"

„Oh, hör auf damit", sagte ich gereizt. „Ich hätte es mir ja denken müssen, dass ihr zwei Busenfreunde seid." Ich legte einen falschen, verzückten britischen Akzent auf. „Oh, Rafe, Ihre Unterstützung bedeutet mir ungeheuer viel."

Seine Lippen zuckten in widerwilliger Erheiterung. „Du hast deine Berufung verfehlt. Du solltest auf der Bühne sein, nicht hinter den Kulissen helfen."

„Nicht sehr wahrscheinlich. Wie auch immer, was hast du herausgefunden?"

Er schaute sich rasch um und senkte dann seine

Stimme. „Ich habe mir die Bilder von der Überwachungskamera des Pubs angesehen, in dem Sofia zuletzt etwas getrunken hat."

Ich war verwirrt und das konnte man mir bestimmt ansehen. „Aber die Polizei hat das Bildmaterial bereits durchgesehen. So haben sie ja das Foto von William Matthews entdeckt." Ich zeigte mit einer Bewegung meines Kinns dorthin, wo Will gerade mit Liam und Daffyd stand.

„Ja, das haben sie. Und nachdem sie Aufnahmen von William Matthews gefunden hatten, haben sie aufgehört, noch weiterzusuchen. Ich habe mehr Zeit als die meisten Polypen." Er sagte es mit einer Art ausdrucksloser Ironie, da wir beide wussten, er hatte alle Zeit der Welt, ziemlich wörtlich.

„Es gab da eine Frau, die hereinkam, allein, etwa eine halbe Stunde nachdem Sofia und Will eingetroffen waren. Sie wäre nicht weiter bemerkenswert gewesen, außer dass sie gerade an der Theke stand, als Sofias zweites Pint gezapft wurde. Das Bildmaterial ist natürlich unscharf, aber man kann sie ihre Hand heben sehen, um die Aufmerksamkeit des Barkeepers zu bekommen, gerade als Sofias Pint serviert wird."

„Du meinst, sie könnte diejenige gewesen sein, die eine Art Droge in das Getränk gemogelt hat?"

„Exakt."

Ich fühlte mein Herz vor Aufregung hinter meinem Brustbein schlagen. „Sofia sagte, sie erinnere sich, die Stimme einer Frau gehört zu haben. Sie müsste stark genug gewesen sein, eine bewusstlose Studentin zu tragen."

„Ja. Ich habe nur ihren Rücken und einen Teil ihrer Seite gesehen. Sie trug eine Kappe, wahrscheinlich absichtlich, und es gibt keine guten Aufnahmen von ihrem Gesicht. Aber sie war kräftig. Robust."

„Was hat sie angehabt?"

„Sah wie Jeans aus, und so eine dunkle Jacke. Unauffällig. Sie hatte ein Schlüsselbund aus ihrer hinteren Hosentasche hängen, wie ein Ladenbesitzer."

„Vielleicht kann die Polizei mehr aus dem Bildmaterial herausholen. Oder eine stämmige Frau mit einem Fahrzeug in Verbindung bringen. Vielleicht den Lieferwagen eines Geschäfts? Geeignet, bewusstlose Frauen zu transportieren, ohne bemerkt zu werden."

„Vielleicht."

Scarlett kam herbeigelaufen. „Lucy, ich hatte dich gar nicht gesehen. Ich bin so froh, dass du hier bist." Ich hatte mich daran gewöhnt, diesen Ausdruck in ihren Augen zu sehen, wenn sie mich anblickte, aber es wurde langsam lästig. Ich wusste, sie stand unter dem Einfluss dieses Zaubertranks, aber ich hatte einen Mord aufzuklären.

Als Polly sie herüberwinkte, schnaubte sie und verdrehte die Augen. „Sie ist so bedürftig. Ich bin gleich wieder zurück."

Ich drehte mich zu Rafe um. „Morgen kann gar nicht früh genug kommen."

Er sah amüsiert aus. „Was passiert morgen?"

„Die Wirkung dieses Zaubertranks sollte endlich nachlassen. Es sei denn, dass Margaret Twig mich schon wieder belogen hat."

Er schüttelte den Kopf und sah auf mich herunter auf die verhasste herablassende Art, die er an sich hatte. „Lucy, wann wirst du deine innere Kraft befreien?"

„Meine innere Kraft befreien? Wer bist du? Tony Robbins?"

„Tony wer?"

Ich neigte dazu, zu vergessen, dass Rafe niemand war, der sich in Bezug auf moderne Kultur auf dem Laufenden hielt.

„Egal. Was soll das heißen, meine innere Kraft befreien?"

„Du solltest mich nicht brauchen, um dir das zu sagen. Ich bin nicht mal ein Magier, aber ich weiß, dass du eine sehr mächtige Hexe bist. Du kannst den Zauber jederzeit beenden."

Ich hätte nicht einmal schockierter gewesen sein können, wenn er mir den Deckel einer Mülltonne um die Ohren gehauen hätte. „Kann ich das?"

Seine kaschmirbedeckten Schultern bewegten sich einmal nach oben und nach unten. „Ich wüsste nicht, warum nicht. Du hast dabei geholfen, den Zaubertrank zu machen und ich nehme an, Margaret Twig ist zum Teil deshalb so auf der Hut vor dir, weil sie spürt, dass deine Kräfte größer sind als ihre."

Das war die beste Nachricht, die ich an diesem so sehr dunklen Tag bislang bekommen hatte. „Wirklich?"

„Ich glaube schon."

„Geil."

Er sagte: „Ich denke, ich werde herumwandern und horchen. Vielleicht erfahre ich etwas Brauchbares. Viel Glück."

„Dir auch." Er hatte das schärfste Gehör von allen, die ich kannte, falls also irgendwer einen Hinweis fallen ließ, würde Rafe da sein, um ihn aufzufangen. Vorausgesetzt, natürlich, dass er modernen Studenten-Slang übersetzen konnte.

Ich hatte den leisen Verdacht, dass er aufgetaucht war,

um mich im Auge zu behalten. Anmaßend mochte er sein, aber er war auch beschützend, und wenn er mich nicht gerade zum Wahnsinn trieb, mochte ich es, zu wissen, dass er mir den Rücken deckte.

Alice und Theodore kamen herein und ich konnte Alices Gesichtsausdruck ansehen, dass sie niemanden gefunden hatten, der bestätigen konnte, dass Charlie die Nacht vor ihrem Haus zugebracht hatte. Das war enttäuschend. Als fühlte sie meinen Blick, wandte sie den Kopf und schüttelte ihn leicht, als sie mich in der Menge ausmachte.

Ich wäre hingegangen, aber die Studentin, die Titania spielte, rannte gerade zu ihr hinüber. Mein Gehör war nicht so gut wie Rafes, aber es war besser als das der meisten. Ich konnte sie sagen hören: „Oh, Alice, ich habe gehört, sie haben Charlie verhaftet. Es ist so ein Schock."

Hysterische Tussi. Alice erklärte geduldig, dass Charlie nicht verhaftet worden war, da er unschuldig war. Dann konnte ich nichts weiter hören, weil eine andere Stimme störte.

„Oh, guck mal, Theodore ist hier", rief eine weibliche Stimme voller Entzücken aus und die beiden Bühnenmalerinnen, die um seine Gunst wetteiferten, stießen sich gegenseitig mit den Ellenbogen aus dem Weg bei dem Versuch, ihn zu erreichen.

Alices neue Freundin verlor das Interesse, als Alice es ablehnte, ihr Entsetzen über Charlies Verhaftung zu teilen.

Alice ging zu Jeremys Foto hinüber und zollte gerade ihren Respekt, als ich Charlie hereinkommen sah. Er sah müde aus und ein bisschen kampflustig. Ich konnte merken, dass er bei seiner Befragung keine sehr glückliche Zeit gehabt hatte. Ian hatte offensichtlich guter Cop/böser Cop gespielt. Er ließ seinen Blick durch den Raum schweifen, zweifellos auf der Suche nach Alice. Ihm lauerte die Frau auf, die Hippolyta spielte, und die aussah, als ob sie mit ihm durchbrennen würde, wenn er nur das Stichwort gäbe. Ich sah mich im Raum um. Ich sollte ja eigentlich versuchen, verdächtiges Verhalten zu erkennen, aber alles, was ich sah, waren Hinweise auf nicht zueinander passende Liebespaare. Die beiden Bühnenbildmalerinnen flirteten so heftig mit Theodore, dass ihre Lippen schmerzen mussten von all dem Lächeln und den süßen Worten. Er sah gequält aus, obwohl ich glaubte, ein bisschen geschmeichelt auch.

Dennoch, ich hatte jetzt genug. Ich konnte das Chaos des Liebeskummers, der Verwirrung und des Verrats überall um mich herum spüren. Das musste aufhören.

Hatte Rafe recht? Hatte ich genug Macht, den Liebestrank außer Kraft zu setzen? Ich wünschte, er hätte mir das vor zwei Tagen gesagt. Es hätte eine Menge Peinlichkeit und Kummer erspart. Charlie war offensichtlich über seine Vernarrtheit in Polly hinweg, also war der Dreitages-Effekt eindeutig nicht allgemeingültig. Ich fragte mich, ob der Zaubertrank bei verschiedenen Leuten zu verschiedener Zeit nachließ, abhängig vielleicht davon, wie viel sie getrunken hatten, oder ob ihre Gefühle bereits gebunden gewesen waren. Wenn dies vorbei war, würde ich Granny oder Lavinia fragen müssen. Margaret als letzte Zuflucht.

Ich konnte nur versuchen, den Zauber zu brechen. Falls ich versagte, würden wir auch nicht schlechter dran sein. Falls es mir gelang, würde ich damit anfangen, mich zu fragen, ob Rafe recht haben könnte und meine Kräfte, wenn ich sie erst zu kontrollieren gelernt hatte, stärker waren als Margarets.

Ich verbrachte ungefähr eine Minute damit, mir all die Dinge vorzustellen, in die ich sie verzaubern konnte. Ich hatte den heimlichen Verdacht, dass sie sich willentlich in eine Katze verwandeln konnte. Etwas an ihrem Gesicht und den Bewegungen war unheimlich katzenähnlich. Wie auch immer, sie in eine Katze zu verzaubern war zu gut für sie. Es mochte allerdings Spaß machen, sie in eine Maus zu verwandeln, und Nyx mit ihr spielen zu lassen. Ich genoss diese Fantasie für mehrere Sekunden. Allerdings würde Nyx, als meine Vertraute, da möglicherweise nicht mitspielen. Ich wollte, dass sie Margaret terrorisierte, nicht sie als Gleichberechtigte behandelte.

In 'Ein Sommernachtstraum' wird Zettel dem Weber ein Eselskopf gegeben und Titania, Königin der Elfen, verliebt sich durch irgendeine Trickserei in ihn. Das könnte Spaß machen. Eine sehr stolze Hexe verliebt in jemanden zu sehen, der nicht einmal irgendwie annäherend ihresgleichen ist.

Mir entfuhr ein lautes Keuchen. Plötzlich war es, als ob ich einem Kaleidoskop eine Drehung extra gegeben und ein komplett anderes Bild vor mir hätte.

„Lucy, Polly ist gerade so eine Nervensäge. Lass uns hier verschwinden. Es ist zu deprimierend. Wir sollten tanzen gehen. Ich kenne einen großartigen Club."

„Scarlett", schnappte ich. „Du liebst mich nicht. Du stehst unter einem Zauber."

Ihre Lippen krümmten sich zu einem Lächeln. „Ich weiß. Und ich hoffe, ich wache nie wieder auf. Ich weiß, du fühlst genauso. Ich kann es in deinen Augen sehen."

„Nein. Du siehst nur, was du sehen willst. Deine Augen sind geblendet von einer Art Liebeswahn."

„Nein. Ich habe so etwas noch nie zuvor gefühlt. Du musst mich lieben. Du musst." Ich dachte, sie würde gleich weinen.

Alles wäre besser als dies. Falls ich versehentlich die gesamte Truppe von ‚Ein Sommernachtstraum' in Feldmäuse verwandeln würde, oder sie allesamt dazu bringen, sich plötzlich komplett von der Liebe abzuwenden, tat es mir leid, aber ich musste die Luft reinigen. Ich konnte nicht denken mit all diesen verwirrten Emotionen, die meine Sinne verstopften.

„Ich würde alles für dich tun", rief Scarlett aus.

„Geh zu Miles und bitte ihn, hier herüberzukommen."

Sie begann zu schmollen. „Was willst du von ihm?"

„Ich brauche seine Hilfe."

Sie sah enttäuscht aus, wanderte aber davon, um ihn zu suchen.

Ellen hatte ihre Runde durch die Probenhalle gemacht, ganz so wie die Gastgeberin einer Cocktail-Party den Raum durcharbeitet, und ich spürte, dass sie sich bereit machte, diese spontane Gedenkfeier zu eröffnen.

Ich hörte einen Tumult an der Tür, Rufe wie „Das kann doch nicht sein. Sofia?" Und drehte mich um, um zu sehen, wie die verirrte Studentin wieder in der Herde willkommen geheißen wurde.

Obwohl sie immer noch müde aussah, hatte sie ihr Haar frisiert, Make-up aufgelegt und trug saubere Kleidung. Sie sah hinreißend aus.

Ich hörte Stimmengewirr, als immer mehr Leute die Neuigkeit erhielten und hingingen, um mit eigenen Augen zu sehen, dass Sofia unverletzt zurückgekehrt war.

Ian war mit ihr gekommen. Ich sah ihn den Raum mit

den Augen absuchen. Er nickte kurz, als er mich sah, aber seine Augen bewegten sich weiter. Ich sah es sofort, als er Scarlett entdeckte, denn ein absolut einfältiger Ausdruck flog über sein Gesicht und er ging sofort auf sie zu.

„Genug", sagte ich laut.

„Das finde ich aber auch", sagte eine blonde Frau, die neben mir stand und die ich für jemanden hielt, der irgendetwas mit den Kostümen zu tun hatte. Sie nickte, als hätte ich etwas Tiefschürfendes gesagt, dann nahm sie ein Schlückchen aus einem Flachmann.

Ich hatte mein Grimoire nicht bei mir. Ich hatte keinen Zaubertrank, den jeder als Gegenmittel gegen den ersten trinken konnte. Selbst wenn ich einen gehabt hätte, hätte ich nicht gewagt, diese bereits bezauberten Sterblichen einen weiteren Zaubertrank trinken zu lassen, den ich gebraut hatte. Ich hatte allerdings Zauberkräfte.

Manchmal ließen meine Kräfte uralte aufrecht stehende Steine durch die Luft fliegen, aus Versehen, und ließen meine Küche hochgehen, wiederum aus Versehen, aber manchmal bekam ich es richtig hin.

Ich glaubte, wenn ich mich fokussieren konnte, dann konnte ich das hier zum Funktionieren bringen.

Ich erinnerte mich an die Worte, die ich über dem ersten Zaubertrank gesprochen hatte. Ich glaubte, ich könnte in der Lage sein, den Zauber umzukehren, indem ich mir einen eigenen Reim ausdachte. Ich war nicht sicher, ob es wirklich die Worte waren, auf die es ankam, oder die Art, wie sie die Absicht der Hexe konzentrierten, obwohl ich das Letztere annahm.

Alles, was ich brauchte, war ein bisschen Platz.

Und Feuer. Die Worte kamen in meinem Kopf an, und in

der Sekunde, in der ich sie empfing, wusste ich, dass das richtig war. Wir hatten den Zauber mit Wasser gemacht, Feuer war dessen Gegensatz. Die Worte klangen, als würden sie gesprochen, aber in meinem Kopf, obwohl ich einen leichten irischen Akzent hörte.

Aber wo würde ich Feuer herbekommen? Ich schaute zu Jeremys Gedenkecke hinüber, als ob mein Blick dorthin gezogen würde und sah, dass Liam gerade ein Trio kurzer, dicker Bienenwachskerzen aus seinem Rucksack zog.

Perfekt.

Ich ging auf ihn zu und kam an, als er den letzten Docht anzündete. Die Kerzen glühten tief golden und der Geruch von Honig begann in die Luft zu wabern.

Ich nahm einen tiefen Atemzug.

„Lucy", unterbrach mich Scarletts Stimme. „Ich konnte Miles nicht finden. Ich habe es versucht. Komm, lass uns ..."

„Scarlett, gerade die Frau, die ich brauche", sagte Liam, und bevor sie mich erreichen konnte, hatte er ihren Arm genommen und führte sie fort.

Er sah mich über die Schulter an und zwinkerte.

Ich nickte ihm zu, in Anerkennung seiner Hilfe und unserer geheimen Verwandtschaft. Ich wusste, dass er meinen heiligen Raum rein halten würde für die Minute oder zwei, die ich brauchte.

Noch einmal zentrierte ich mich. Ich stellte mir all diese durcheinandergebrachten Beziehungen als ein Strickstück vor, das ich verheddert hatte. Ich stellte mir bildlich vor, wie sich die Knoten lösten, das Gewirr auflöste, und wie angenehm sich ein perfektes Stück Strickwerk anfühlte. Dann, in die Flamme der größten und hellsten der drei Kerzen schauend, sagte ich:

Des Liebestranks Arbeit ist nun getan
Vorbei sei der falschen Liebe Wahn
Die Wahrheit der Herzen lasst jetzt herein
So sage ich, so soll es sein

Die Zeilen waren so einfach wie ein Kinderreim, aber als ich die letzten Worte sagte, loderte die Kerze auf und ihre Flamme stieg hoch, während die beiden kleineren Kerzen nachzogen, die drei Flammen in die Luft steigend und wieder zurückweichend wie die Fontänen eines Springbrunnens. Ich drehte mich um und fühlte mit einem Schlag, wie sich die wildgewordenen Emotionen zu beruhigen begannen. Die zwei Frauen, die sich wegen Theodore zum Narren gemacht hatten, schüttelten ihre Köpfe und kamen zur Ruhe. Scarlett sah mich an, als könne sie mich für eine Sekunde nicht recht unterbringen. Dann drehte sie sich um und schaute um sich, als ob sie etwas sehr Wertvolles verloren hätte.

Polly stand gerade nicht weit von ihr und beobachtete sie, und als ihre Blicke sich trafen, sagte ich: „Ah." Schon waren sie zusammen, lachend.

Die Frau, die Hippolyta spielte, fand den Kerl, der Theseus spielte und sie begannen zu flirten. Gut. Die Dinge kamen zur Ruhe. Jetzt konnte ich denken.

Liam stand gerade da und schaute Scarlett und Polly an, als ich an seine Seite kam. „Danke für die Hilfe."

„Jederzeit."

„Liam, als du Charlie über die Mauer klettern sahst gestern Abend, wie spät war das?"

„Exakt?"

„Ja."

Er verzog sein Gesicht im Bemühen, sich zu erinnern.

„Also, ich war im Pub, als die letzte Bestellung ausgerufen wurde, das war um elf. Ich habe mit einem Mädchen geplaudert, und wir haben draußen noch eine Weile miteinander gesprochen, also war ich vermutlich kurz vor Mitternacht zurück am College. Ich sah Charlie um etwa fünf Minuten nach zwölf über die Mauer klettern, um hereinzukommen, nehme ich an. Und dann ging ich rauf in mein Zimmer. Ich sah aus meinem Fenster, ich nehme an, ich war ein bisschen besorgt darüber, was er vorhatte. Er ist nur ein paar Minuten später wieder über die Mauer zurückgeklettert. Um viertel nach zwölf herum."

„Danke."

„Ich will ihn nicht reinreißen. Er scheint ein netter Kerl zu sein. Aber das war Jeremy auch."

„Du tust das Richtige. Sag mal, wie kommst du rein, wenn es spät ist?" Ich war immer angekommen, wenn die Pförtnerloge offen war, aber ich glaubte nicht, dass sie da die ganze Nacht saßen und Studenten kommen und gehen ließen.

„Ins Tor ist eine Tastatur eingesetzt. Sie möchten, dass wir vor elf drin sind, aber es ist nicht wie in alten Zeiten, als es eine Sperrstunde gab."

„Also können Studenten hereinkommen, aber sonst hätte doch wohl niemand den Code?"

„Das ist richtig. Und es gibt natürlich Kameras, die aufnehmen, wer kommt und geht. Außerdem haben wir Wachleute auf dem Gelände nachts."

Ellen bahnte sich ihren Weg zur Bühne, wo ein Mikrofon aufgestellt worden war. Ich sagte zu Liam: „Du musst etwas für mich tun. Stell dich an den Eingang der Probenhalle und lass niemanden gehen."

Seine grünen Augen verengten sich, als er mich ansah. „Mach ich gern, aber warum?"

„Ich habe eine Idee, die ein paar Hinweise abwerfen könnte."

Seine Augenbrauen hoben sich. „Weißt du, wer Jeremy umgebracht hat?"

„Ich bin fast sicher, es zu wissen. Ich hoffe ein Geständnis zu provozieren."

Er schaute skeptisch drein. „Du denkst, der Täter wird gestehen?"

„Nein. Jemand anders."

Seine Skepsis wandelte sich zu Besorgnis. „Pass bloß auf dich auf. Dieser Mörder hat keine Angst davor, Leuten den Schädel einzuschlagen." Er blickte bedeutungsvoll zu Jeremys Foto hinter meinem Kopf.

„Ich weiß. Ich werde vorsichtig sein."

„Sei gesegnet", sagte er sanft, bevor er die Tür ansteuerte.

Rafe kam auf meine Seite herüber. „Gut gemacht. Die Wirkungen des Liebestranks sind nicht mehr und den vor Liebe Blinden sind die Schuppen von den Augen gefallen."

„Ich weiß", sagte ich, immer noch mit mir zufrieden.

„Vielleicht wirst du in Zukunft mehr Vertrauen in deine eigenen Fähigkeiten haben."

„Vielleicht werde ich das."

Er sah mich an, Amüsement gemixt mit Skepsis in den Tiefen seiner eisblauen Augen. „Du bist wegen mehr als deiner Umkehrung des Zauberspruchs so zufrieden. Du heckst gerade etwas aus."

„Ja. Und ich brauche deine Hilfe."

„Natürlich."

Ich schüttelte den Kopf über ihn. „Irgendein beliebiger

Mann mit einem Funken Charme und Geschick wird genügen, wenn du also sarkastisch wirst, werde ich einen anderen Helfer finden."

„Ich stehe ganz zu deiner Verfügung."

„Du musst Miles im Auge behalten, und vorzugsweise in deiner Reichweite."

Seine Brauen hoben sich, aber er nickte zustimmend.

„Und während ich das tue, was wirst du solange tun?"

„Nichts Gefährliches. Ich werde Jeremy einen kleinen Tribut zollen. Das ist alles."

„Mach bloß keine Dummheiten."

„Falls ich das mache, wirst du hier sein, um mich zu schützen."

Ich sagte es flapsig, aber er antwortete ernsthaft. „Immer."

KAPITEL 22

*Z*wei Bühnenhelfer kamen herüber und baten uns, aus dem Weg zu gehen, damit sie Jeremys Bild auf die Bühne stellen konnten.

In dem Wissen, dass ich nicht viel Zeit hatte, ging ich zu Charlie hinüber, der Hand in Hand mit Alice dastand, und fragte ihn nach seinem spätabendlichen Besuch im Cardinal College in der vorigen Nacht. Ich war erleichtert, dass seine Antwort mit meiner Vermutung übereinstimmte.

Sobald die Bühnenhelfer Jeremys Fotografie auf ihrer Staffelei auf die Bühne gestellt und die Kerzen ebenfalls hinaufgebracht hatten, offenbar in der Annahme, sie wären Teil der Gedenkfeier, ging Ellen hinauf und stellte sich vor das Mikrofon.

Es war genau wie der erste Tag, an dem wir uns alle hier getroffen hatten. Sogar Alex Blumstein war hinten im Raum, wie sie es am ersten Tag gewesen war, und sah wie ein Türsteher aus. Liam stand neben ihr. Er schien Smalltalk zu machen, obwohl ich sehen konnte, dass er das Reden allein übernahm. Er sei gesegnet.

Rafe hatte Miles gefunden, der allein dastand, mit einer Schulter gegen die Wand gelehnt. Seine Augen waren geschwollen und er sah aus, als hätte er zum ersten Mal in seinem Leben mit einer Tragödie zu tun gehabt und sie hätte ihn völlig fertig gemacht.

Alex Blumstein dimmte die Lampen, so dass Ellen auf der Bühne im Spotlight stand, und ebenso Jeremys Fotografie. Sie begann mit ihrer wunderschönen Stimme zu sprechen.

„Danke, euch allen, fürs Kommen." Sie machte eine Pause, sah zu Jeremys Foto hinüber und schüttelte den Kopf. „Ich würde alles dafür geben, nicht hier zu sein in diesem Moment an diesem tragischen Tag."

Sie presste ihre Lippen zusammen, als ränge sie um Beherrschung. Als sie wieder sprach, konnte ich die unterdrückten Tränen hören.

„Jeremy Booth war ein guter Schauspieler, wie so viele von euch wissen. Aber er war mehr als das. Er war ein Freund, ein exzellenter Student und ein guter Ruderer im Achter der Männer, der dieses Jahr bei den World University Rowing Championships in China eine Goldmedaille gewonnen hat."

Es gab vereinzelt Applaus.

„Ich bin Jeremy das erste Mal begegnet, als er bei mir vorgesprochen hat vor fast einem Jahr." Sie lächelte, als wäre die Erinnerung bitter und süß zugleich. „Jeremy wählte eine Szene aus dem Hamlet. Es war eine verwegene Wahl und zeigte ein Selbstbewusstsein und eine Zuversicht, die mir gefielen bei jemand so Jungem. Sein Selbstvertrauen hat andere ebenfalls inspiriert. Er war immer gewillt, hart zu arbeiten, anderen zu helfen, besser zu werden und hinzu kam zu alledem, dass er einen äußerst ausgeprägten Sinn für

Humor hatte. Wie wir alle wissen, liebte er es, herzlich über etwas zu lachen."

Es gab zustimmendes Gemurmel.

„Da der Schock dieser Tragödie uns ins Bewusstsein zu dringen beginnt, wollte ich, dass wir hier zusammenkommen an diesem sehr traurigen Tag. Später wird es eine Beerdigung geben, Gedenkschriften, und man wird sein Leben feiern. Aber hier, heute Abend, wollte ich uns – seine Theaterfamilie – zusammenkommen lassen, nicht nur um uns an Jeremy zu erinnern, sondern um uns auch daran zu erinnern, dass wir immer einander haben. Ich werde alles tun, um sicherzustellen, dass wir zusammenbleiben können."

Ihr Blick war über das Publikum gestreift, aber bei den letzten Worten schaute sie zu Miles hinüber. In diesem Moment sah er so mordlustig aus, dass mir ein Schauer das Rückgrat herunterlief.

„Ich weiß, jeder hat Erinnerungen an Jeremy, ohne Zweifel eine lustige Geschichte oder zwei. Ich lade jeden ein, den es dazu treibt, hier heraufzukommen und mit uns sein Stück von Jeremy Booth zu teilen." Mit einer an alle gerichteten Geste der Aufforderung trat sie zurück, aus dem Rampenlicht.

Sie hätte sich keine Sorgen machen müssen, dass es da keine Mitspieler geben würde. In einem Raum voller angehender Schauspieler gab es sehr bald eine Schlange von Leuten, die ein paar Worte sagen wollten. Unter ihnen Scarlett. Ich war überrascht, dass sie dort hinaufgehen wollte, nachdem sie ja die grausige Entdeckung gemacht hatte, aber vielleicht würde über ihn zu sprechen ihr helfen, den Schock zu verarbeiten.

Bevor die Schlange zu lang wurde, bewegte ich mich

vorsichtig nach vorn und nahm meinen Platz hinter Daffyd ein.

Der erste Sprecher war mit Jeremy zur Privatschule gegangen und erzählte eine amüsante Geschichte über einen Streich, den die beiden gespielt hatten, bei dem Jeremy vorgegeben hatte, die Krankenschwester zu sein, die in den Schlafsaal kam, um ihnen allen etwas gegen Läuse zu verabreichen. „Er war immer ein guter Imitator. Wir haben noch Wochen später gelacht." Er schaute den grinsenden Mann auf dem Foto an. „Ich werde dich vermissen, Kumpel."

Dann war Scarlett an der Reihe. Sie schaute über die Gruppe und nahm sich eine dramatische Pause, etwas, das sie zweifellos von Ellen Barrymore gelernt hatte. „Ich sollte die Hermia spielen. In dem Stück liebt Hermia Lysander, gespielt von Miles Thompson da drüben. Aus irgendeinem Grund verliebt sich Demetrius auch in sie. Demetrius wäre natürlich von Jeremy gespielt worden. In dem Stück hat Hermia nicht ein einziges Mal zarte Gefühle für Demetrius. Man merkt, dass er ihr nur auf die Nerven geht, immer hinter ihr her, dauernd erzählt er ihr, wie wunderschön sie ist und wie sehr er sie liebt. Aber das wirkliche Leben ist nicht wirklich wie ein Theaterstück, oder?"

Sie schaute ins Publikum hinaus und von wo ich stand, konnte ich ihre Augen vor Tränen glitzern sehen. Sie zwinkerte sie weg. „Ich habe Jeremy Booth geliebt. Ich liebte seine Verspieltheit und die Art, wie er mich immer zum Lachen bringen konnte, sogar an einem schlechten Tag. Ich liebte es, wie clever er war und wie sehr er es vor dem Rest von uns zu verstecken versuchte. Wenn er sich auf etwas konzentrierte, war er extrem zielstrebig. Jeder, der ihn je während einer Ruderregatta beobachtet hat, weiß genau, was ich meine."

Es gab anerkenndes Gemurmel, ein paar Pfiffe, und einigen Beifall.

„Großartige Dinge warteten auf Jeremy. Und die wunderbare Sache an ihm war, er wusste es. Er hatte so viel Selbstvertrauen – er glaubte, er würde schaffen, was auch immer er sich in den Kopf setzte. Ich war immer so unsicher und besorgt, alles zu vermasseln und alles falsch zu machen, aber er ging einfach geradewegs vorwärts und ließ nichts in seinen Weg kommen. Wenn ich irgendetwas von Jeremy lernen kann, dann mein Leben zu leben mit dieser Art von Fokus. Und so, Jeremy ...", hier drehte sie sich um, um auf seine Fotografie zu blicken und das in Ewigkeit grinsende Gesicht, „bitte verstehe, dass es nur vorgetäuscht war, wenn ich dir in dem Stück die kalte Schulter gezeigt habe. Ich habe dich wirklich geliebt." Ihre Stimme erstickte in Tränen. „Ich weiß nicht, wann wir uns wiedersehen werden, aber bis wir das tun, wird die Bühne ein leerer Ort sein ohne dich."

Mehrere Leute wischten sich die Augen, und ich konnte hören, dass ein paar Nasen geputzt wurden, als Daffyd heraufkam. Er erzählte eine Geschichte darüber, wie er in eine Improvisations-Szene mit Jeremy gesteckt worden war. „Es war eine Verhörszene. Ich war ein Gefangener und er verhörte mich. Ich musste komplett ernst bleiben. Er begann damit, nach meinem Namen zu fragen, Dienstgrad und Dienstnummer, und dann begann er nach Marmelade zu fragen. Zum Beispiel, ob ich wusste, wo Marmelade herkam!"

Daffyd hatte von Natur aus eine humoristische Art an sich, als er also zum Publikum hinaussah und mit den Augen rollte, lachte jeder.

„Er bellte diese Fragen in dieser wütenden Stimme heraus und die ganze Szene drehte sich um *Marmelade*. Wo ich die Marmeladen versteckt hätte." Er lachte dann, bei der Erinnerung. „Je mehr ich versuchte, es ordentlich zu spielen, umso verrückter wurden seine Fragen. Er fragte: 'Was ist mit den dicken Stückchen? Gab es da eine geheime Fabrik, wo sie die dicken Stückchen gemacht haben?'" Er schüttelte den Kopf. „Ich lernte in dieser Szene wahrscheinlich genauso viel über Komödie, wie ich je in irgendeinem Seminar gelernt habe." Er drehte sich an dieser Stelle um und schaute hinter sich: „Nichts für ungut, Ellen."

Er schloss mit einem kurzen Gebet auf Walisisch. Als die wunderschönen Worte über uns hinwegrollten, glaubte ich nicht, dass in dem Raum ein Auge trocken blieb.

Als Nächste war ich an der Reihe.

Meine Schuhe machten stampfende Geräusche, die ein Echo hervorzurufen schienen. Ellen stand knapp außerhalb des Lichtkreises und nickte mir zu, als ich meinen Platz einnahm. Ich schaute hinaus durch den Raum, um sicherzustellen, dass Liam in Stellung war, was er war, und dass Rafe sehr nah bei Miles stand, was er ebenfalls tat.

Jeder schaute mich erwartungsvoll an.

„Ich habe Jeremy Booth nicht sehr gut gekannt. Tatsächlich habe ich ihn erst vor ein paar Tagen kennengelernt, am Anfang der Proben. Nachdem ich aber die vorherigen Gedenkreden gehört habe, und auch aus meiner eigenen Erfahrung, weiß ich, dass Jeremy Booth voller Talent war und es zu etwas gebracht hätte, wenn er nicht heute hier ermordet worden wäre.."

Ich fühlte einen Schauer des Entsetzens durch den Raum gehen. Obwohl jeder wusste, dass er ermordet worden war, war es trotzdem ein Schock, das Wort zu hören. „Wir können ihn nicht zurückbringen, obwohl ich wünschte, wir könnten es. Aber wir können zusammen dabei helfen, den Mord an ihm aufzuklären und sicherzustellen, dass der Täter bestraft wird."

Aus dem Augenwinkel heraus sah ich, wie Ellen mit strengem Blick auf mich zukam. „Vielen Dank", sagte sie in der klaren Stimme, die bis in die letzten Ränge tragen würde. „Wir werden die Polizei diese Arbeit tun lassen."

Sie beabsichtigte, die Kontrolle über das Mikrofon wieder zu übernehmen, aber ich hatte das erwartet und grabschte das Mikro aus dem Ständer. Ich drehte ihr den Rücken zu, so dass sie es mir hätte richtiggehend entreißen müssen, wenn sie es zurückwollte.

Ich sagte: „Ich weiß, wer Jeremy umgebracht hat."

Ich ließ das Aufkeuchen von Schock und Entsetzen durch die Menge sprudeln. „Und ich kann es beweisen, mit eurer Hilfe."

„Lucy!", forderte Ellen Barrymore. „Hör damit auf. Hilf mir doch jemand."

Wir mussten aussehen, als wären wir dabei, eine verrückte Impro-Szene nach Vorschlägen aus dem Publikum aufzuführen. Sie griff um mich herum und versuchte das Mikro zu bekommen, und ich stieß sie weg. Dann rannte sie um mich herum zu meiner Vorderseite und ich drehte ihr den Rücken zu. Sie schaute nach hinten, wo Alex Blumstein stand. „Alex! Mach das Mikrofon aus."

Aber Liam stand immer noch neben Alex und er rief von ganz hinten: „Ich will hören, was Lucy zu sagen hat. Wer will das noch?"

Eine Menge Leute brüllten heraus, sie wollten, dass ich fortfuhr.

Ellen war rot im Gesicht und bebte vor Wut. „Ich werde

das nicht zulassen. Du mischst dich in eine polizeiliche Ermittlung ein."

Ich schaute ins Publikum hinaus. Es war schwierig, einzelne Gesichter auszumachen, also rief ich: „Detective Inspector Ian Chisholm? Habe ich deine Erlaubnis, fortzufahren?"

Ich war nicht sicher, ob er mich lassen würde, denn meine Detektivarbeit war genau wie meine schauspielerischen Fähigkeiten bestenfalls amateurhaft, aber er antwortete in seinem klaren, befehlshaberischen Ton: „Ich würde ebenfalls gern hören, was Lucy zu sagen hat."

„Also, ich nicht", rief Ellen. „Das hier ist als würdevolle Verabschiedung eines geliebten Mitglieds unserer Besetzung gedacht. Ich werde nicht zusehen, wie es in eine amateurhafte Farce verwandelt wird." Sie stapfte von der Bühne und die Stufen hinunter und steuerte den Ausgang an.

Liam trat ruhig in die Mitte der Türöffnung und ich sagte ins Mikrofon: „Bitte gehen Sie nicht, Miss Barrymore. Es gibt ein paar Fragen, die nur Sie beantworten können."

Sie drehte sich wieder zu mir um und warf ihre Hände hoch. „Das ist unerträglich. Ich werde nicht bleiben, während irgendeine Strickladenbesitzerin, die sich einbildet, Miss Marple zu sein, uns alle zu Narren macht."

Ian hatte offensichtlich keine Ahnung, was ich da gerade tat, aber er wusste, ich würde diese öffentliche Vorstellung nicht ohne Grund geben. Mein Problem war, ich hatte keinen Beweis, nur eine Theorie, von der ich bis in die Spitzen meiner prickelnden Finger hinein wusste, dass sie richtig war. Ich musste die richtigen Leute zu den richtigen Handlungen provozieren.

Ian ging mit großen Schritten durch die Probenhalle, um

Ellen Barrymore abzufangen. Er sagte, laut genug, dass die meisten von uns ihn hören konnten: „Bitte bleiben Sie."

Sie richtete sich zu ihrer vollen Höhe auf. „Ist das ein Befehl?"

„Wenn Sie es so ausdrücken wollen, ja."

„Ich werde meinen Anwalt anrufen."

„Natürlich. Sobald wir hier fertig sind, können Sie jeden anrufen, den Sie möchten."

Sie gab einen wütend klingenden Ton von sich, als sie sich umdrehte, kreuzte die Hände vor ihrer Brust und blitzte mich an.

Ich spürte die intensiven Blicke von jedem im Raum auf mir und hoffte recht inbrünstig, dass ich nicht nur richtig lag, sondern dass ich auch nicht die Ermittlung vermasselte. Ich schaute Liam an und er nickte beschwichtigend. Ich warf Rafe einen Blick zu und ausnahmsweise war dieser Kitzel von Coolness wie ein erfrischender Schauer auf meine überhitzte Haut. Ich holte tief Luft und suchte meine Mitte. Ich musste sehr vorsichtig dabei sein, die Fakten richtig anzuordnen.

Es war wie ein Kartenhaus zu bauen. Wenn ich ungeschickt war, würde das ganze Ding zusammenfallen und statt einen Mordfall zu lösen würde ich ‚32, Heb auf!' mit meinem guten Ruf spielen.

Ich holte Luft und sprach wieder ins Mikro. „'Ein Sommernachtstraum' war eine ausgezeichnete Wahl für diese jungen Schauspieler. Es handelt davon, wie wir andere im Namen der Liebe manipulieren, während manchmal Macht das ist, wonach wir uns wirklich sehnen."

Ich ließ das für einen Moment einsinken. „Ich bin weder eine Studentin noch eine Schauspielerin, aber ich habe den Unterhaltungen rund um dieses Stück zugehört. Es eröffnet mit Theseus und Hippolyta, die im Begriff sind, zu heiraten. Aber Hippolyta ist eine Gefangene und eine Sklavin. Sie scheint sich mit ihrem Schicksal abgefunden zu haben, aber täuscht euch nicht, diese Frau hat keine Wahl." Ich zuckte innerlich zusammen, als ich mich selbst hörte, wie ich mit meinem Junior-College-Englisch einige der aufgewecktesten Studenten der Welt belehrte und Leute, die Shakespeare wesentlich besser kannten als ich. Aber niemand lachte, also fuhr ich fort.

„Dann gibt es da die jungen Liebenden. Hermia, gespielt von Scarlett Baker, Lysander, gespielt von Miles Thompson, Helena, gespielt von Polly Johnson und Demetrius, gespielt von Jeremy Booth. Sie werden ebenso manipuliert und handeln nicht immer aus freiem Willen. Sogar der arme Zettel der Weber wird zum Scherz in einen Esel verwandelt und dann, in einer weiteren Liebes-Manipulation, bringt der Elfenkönig die Elfenkönigin dazu, sich in diesen Esel zu verlieben, indem er wiederum seine Macht zum Manipulieren benutzt."

Ich begann langsam zu klingen wie der Studentenführer SparkNotes. Ich musste das hier voranbringen. „Ellen Barrymore hat einen Grundsatz, den ihr alle kennt, und von dem ich aus verschiedenen Quellen gehört habe. Sie erlaubt ihren Schauspielern nicht, einander während der Produktion zu daten. Sie sagt, es trübt und erschwert sowohl ihr Spiel als auch die Produktion selbst. Aber wie in 'Ein Sommernachtstraum' verknallten sich Schauspieler auch weiterhin ineinander. Sie taten es einfach im Geheimen. So etwa wie Hermia und Lysander in dem Stück. Hermias Vater will, dass sie Demetrius heiratet, und bedroht sie mit dem Tod, falls sie ihre Beziehung mit Lysander fortsetzt. Ihr seht, wenn wir Leute manipulieren, ist das Resultat manchmal der Tod."

Jemand aus dem Publikum rief herauf: „Das ist alles sehr interessant, aber wir alle wissen, dass Charlie vom Buchladen gestern Abend mit Jeremy aneinandergeraten ist. Sie haben sich wegen irgendeines Mädchens geprügelt und dann wurde Jeremy umgebracht. Und Charlie war den ganzen Tag bei der Polizei. Hört sich für mich an, als wäre dieser Fall bereits gelöst worden."

„Außer dass Charlie Jeremy nicht umgebracht hat."

„Nein, habe ich nicht", stimmte Charlie von irgendwo hinten zu.

Da mein Zwischenrufer verstummte, fuhr ich fort. „Liam. Du hast mir erzählt, und dann hast du der Polizei erzählt, dass du Charlie dabei gesehen hattest, wie er über die Mauer geklettert ist. Wann war das?"

Da er und ich das bereits durchgesprochen hatten, hatte er die Antwort parat. „Ich sah ihn um Mitternacht herum über die Mauer kommen. Ungefähr eine Viertelstunde später kletterte er wieder zurück auf die andere Seite."

„Aber das war nicht Charlie, den du über die Mauer zurückkommen sahst. Du dachtest das, weil du ihn hattest hereinkommen sehen. Es war Miles." Ich schaute wieder zurück zu Charlie und Alice. „Versteht ihr, Charlie ging durch das Tor hinaus. Man braucht keinen Sicherheits-Code, um das College nachts zu verlassen, nur um hineinzukommen. Charlie fühlte sich schon eine bisschen wund von seinem Kampf, also verließ er das College auf dem einfachsten Weg."

Miles hatte mit der Schulter an der Seitenwand gelehnt, aber von dem Moment an, in dem ich gesagt hatte, ich wüsste, wer der Täter war, war er erstarrt. Ich konnte seine Blicke Löcher durch mich hindurchbohren fühlen, sogar aus so weiter Entfernung. Jetzt richtete er sich auf und drehte sich um, um sich mir ganz zuzuwenden, aber er sagte nichts.

„Eine der geheimen Beziehungen im Drama des wirklichen Lebens war die zwischen Miles Thompson und Sofia Bazzano. Außer dass sie nicht so geheim war, wie Miles gehofft hatte. Einige Leute erwähnten mir gegenüber, dass sie gedacht hätten, dass da zwischen den beiden etwas vorginge."

Es gab ein Summen der Zustimmung.

„Und dann verschwand Sofia."

Sofias Stimme erklang. „Das war nicht Miles. Miles würde mich niemals verletzen. Sag ihr das, Miles, sag ihr das."

Aber er sagte kein Wort. Er starrte mich immer noch an.

„Sofia hatte keine sonderlich gute Rolle in dem Stück bekommen. Will ebensowenig. Sie trafen hier zufällig aufeinander, nachdem sie beide enttäuschende Nachricht erhalten hatten. Tatsächlich erzählte mir Ellen Barrymore, dass sie, als Sofia sie wegen ihrer winzigen Rolle fragte, ihr sagte, sie würde es nie als Schauspielerin schaffen." Ich blickte zu Sofia hinaus. „Sofia? Ist das wahr?"

„Ja! Sie sagte mir, es sei zwecklos, weiterzumachen. Ich hätte kein Talent. Mit meinem hübschen Gesicht wäre ich vielleicht in der Lage, ein bisschen zu modeln, aber auf die Schauspielerei sollte ich alle Hoffnung aufgeben."

Gemurmel ging durch die Menge. Ellen sagte, ziemlich scharf: „Teil meines Jobs ist es, ehrlich mit meinen Schauspielern zu sein. Wenn ich sie glauben lasse, sie hätte Potential, würde es ihr nur später das Herz brechen. Ich wollte ihr den Schmerz ersparen."

„Wie auch immer, Sofia war sehr aufgeregt, als sie hier wegging. Sie traf auf Will und er lud sie auf einen Drink im Pub ein. Und dann verschwand sie."

„Ich wurde entführt", rief Sofia aus, als hätte ich das womöglich vergessen.

„Warte eine Minute! Warte mal kurz", brüllte Will heraus. „Ich hatte überhaupt nichts damit zu tun. Ich habe sie nur auf einen Drink eingeladen."

Ich ignorierte die Unterbrechung. „Sofia kam heute mit dieser seltsamen Geschichte zurück, dass sie entführt worden sei. Sie hatte keine Ahnung, von wem. Es gab keine Lösegeldforderung. Sie wurde in keiner Weise verletzt. Aber sie wachte gestern aus einem Betäubungszustand auf und fand sich in einem winzigen Dorf fast an der Grenze zu Schottland wieder. Zu ihrem Glück traf sie ein paar nette Leute, die ihr halfen, nach Hause zu kommen. Aber du hast jemanden angerufen, Sofia, oder?"

„Ja."

„Wen hast du angerufen, Sofia?"

„Miles. Er war nicht da. Ich habe dir das bereits gesagt. Ich konnte nicht mit ihm sprechen, weil er nicht da war."

„Nein. Aber du hast ihm eine Nachricht hinterlassen, oder?"

„Natürlich habe ich das. Ich wusste, er würde krank vor Sorge sein. Also hinterließ ich eine Sprachnachricht, in der ich ihm sagte, was mir passiert war und dass ich auf dem Heimweg war."

„Das war gestern Abend. Sofia hat den Nachtzug bekommen und ist heute Morgen in Oxford angekommen."

Ich schaute zu ihr hinunter. „Als du Miles heute sahst, die einzige Person, die du gestern anrufen wolltest, die Person, für die du den ganzen Weg zurück von Schottland gekommen warst, um sie zu sehen, wie hat er reagiert?"

Ihre Schultern sackten. „Seltsam."

„In der Tat, ich stand ja direkt dabei. Er hat dich abgewiesen. Er versuchte dich dazu zu bringen, nach Hause zu gehen und wegzubleiben, oder?"

„Ja", sagte sie verärgert.

Ich sah ihn an. „Warum, Miles?"

Er starrte mich durch Schlitzaugen an, ein mürrischer Ausdruck schien seine Lippen zusammenzukleben. Ich ließ die Stille sich aufbauen, aber er sagte nichts.

Ich versuchte einen anderen Kurs. Ich konnte fühlen, wie mir der Schweiß in den Achselhöhlen ausbrach. Diese Impro-ein-Frau-Show brachte mich nicht weiter.

„Gestern Nacht im Pub haben Miles und Liam herumgescherzt und eine ganze Szene aus 'Ein Sommernachtstraum' gesprochen, als ob sie walisische Bergleute wären."

„Verdammt frech", hörte ich Daffyd sagen.

„Um den Text nachzusehen, zog Miles sein Textbuch heraus. Erinnerst du dich daran, Miles?"

Er sagte immer noch nichts.

„Scarlett, du erinnerst dich, oder?"

„Ja."

„Also können Zeugen dich und dieses Textbuch im Pub verorten vor dem Mord. Aber wo wurde das Textbuch heute gefunden?"

Scarlett meldete sich wieder zu Wort. „Es war auf der Bühne, in der Nähe von Jeremys Leiche."

„Scarlett, bist du dir absolut sicher, dass es Miles' Textbuch war?"

„Ja. Ich hatte ihm meine Telefonnummer auf eine Ecke davon geschrieben und er hat sie abgerissen und eingesteckt. Ich erkannte die Art, wie sie herausgerissen worden war. Außerdem hatte er seine eigenen Textstellen markiert. Es war definitiv sein Textbuch, das ich heute in der Beweismitteltüte sah."

Ich schaute zu Miles hinunter. „Also, Miles, wie ist dein Textbuch auf die Bühne gekommen zwischen dem Zeitpunkt, an dem Jeremy zuletzt lebend gesehen wurde, und dem, als er tot aufgefunden wurde?"

Endlich löste er seine Lippen voneinander und sprach. „Du hast ja wohl all die Antworten, sag du es mir?"

„Es gibt zwei Möglichkeiten. Entweder hast du es auf der Bühne fallenlassen, möglicherweise als du deinen guten Freund ermordet hast ..." Ich wurde von einem Schrei unterbrochen, von dem ich glaubte, dass er von Sofia kam. Ich wartete darauf, dass der Lärm vorüberging. „Oder jemand hat es hier hingelegt, um dir die Schuld in die Schuhe zu schieben."

Es gab schockiertes Aufkeuchen und ich hörte jemanden zu weinen anfangen. Die Leute am dichtesten bei Miles begannen davonzuschleichen, als ob in seiner Nähe zu sein sie in Gefahr bringen könnte. Alle außer Rafe, der einen Schritt näher auf ihn zutrat. Falls Miles zu fliehen versuchte, würde er nicht weit kommen.

Ich starrte Miles weiterhin an und er starrte zurück. Er war eine härtere Nuss, als ich gehofft hatte. Ich fuhr fort: „Vor ein paar Stunden hörte ich dich sagen, dass es dein Fehler war, dass Jeremy tot sei. Was hast du damit gemeint?"

„Wenn du so sicher bist, dass ich meinen Kumpel umgebracht habe, bring doch deine Polypenfreunde dazu, mich zu verhaften."

Ich schüttelte den Kopf. „Miles, kannst du nicht verstehen, dass es vorbei ist? Keiner der Träume, für die du dich aufgeopfert hast, wird jetzt mehr wahr werden."

„Das weißt du nicht", sagte er beinahe krächzend.

„Wie kannst du es wagen, das zu ihm zu sagen", sagte Ellen, die auf Miles zurannte. „Er ist der talentierteste Student, den ich je unterrichtet habe."

Sie kam ihrem hochgeschätzten Schüler näher und er wich zurück. „Fass mich nicht an", schrie er entsetzt auf.

Sylvia hatte gewollt, dass ich Leute bedränge, bis eine Maske fällt. Ich wünschte, sie könnte hier sein und sehen, wie effektiv ich das gerade getan hatte. Als Ellens Maske fiel, sah ich den rohen Schmerz und das Verlangen in ihrem Gesicht, als sie Miles anschaute.

Ich sagte: „Miles war Ihr Weg zurück ins Rampenlicht, oder nicht? Dieser junge, wunderschöne Mann mit all seinem Talent und Potential. Sie haben ihn vorbereitet, ihn alles gelehrt, was Sie über Schauspielerei wissen, ihn geliebt."

Sie schüttelte den Kopf. „Das ist nicht wahr." Aber alles an ihr, von ihrem Gesicht bis zu ihrem Verhalten wies darauf hin, dass es stimmte. Sie wandte sich Miles zu und streckte flehentlich die Hände aus. „Miles. Sag ihnen, dass es nicht wahr ist."

Er wich vor ihr zurück, bis sein Rücken die Wand traf. „Warum?", fragte er. „Warum hast du ihn umgebracht? Er war keine Bedrohung für uns."

Es gab eine Pause schmerzerfüllter Stille. Ich habe oft den

Ausdruck gehört 'Man konnte eine Stecknadel fallen hören'. In diesem Fall war die Stille so intensiv, dass ich die Flamme einer der Kerzen zischen hören konnte. Ich sagte: „Aber er war eine Bedrohung. Jeremy hatte ein Geheimnis. Er hatte ein paar Leuten erzählt, dass er sein Glück gemacht hatte. Er würde seinen großen Durchbruch als Schauspieler bekommen. Er beschrieb es nicht als einen Traum oder ein Ziel, sondern so, als ob es eine reale, definitive Tatsache wäre."

„Ich habe euch ja erzählt, dass er voller Zuversicht war", sagte Ellen. Sie versuchte ihre Würde wieder um sich zu ziehen, aber die war an den Rändern ernstlich ausgefranst.

„Einige seiner Freunde dachten, er hätte einen Agenten gefunden, oder eine richtig gute Rolle gekriegt. Aber das war es nicht, oder, Ellen? Er hatte Sie und Miles zusammen gesehen, oder nicht? Hat er Sie erpresst? Gedroht, dem Direktorium von Ihrer Affäre mit einem Studenten zu erzählen, falls Sie ihm keine Traumrolle in Ihrer ersten Produktion als die Intendantin des Neptune Theaters versprechen würden? Vielleicht wollte er mehr. Agenten vorgestellt werden."

Sie stand dort wie festgefroren, als ob sie sich nicht entscheiden könnte, was sie sagen oder tun sollte.

„Er würde kein Geld gewollt haben, davon hatte er eine Menge. Er wollte etwas, das man mit Geld nicht kaufen kann. Etwas, das Sie ihm geben konnten. Die große Chance."

Sie zeigte mit einem zitternden Finger auf mich. „Wie können Sie es wagen. Wie können Sie es wagen, diese furchtbaren Anschuldigungen zu erheben? Sie haben keinen Beweis."

„Miles?" Ich sah ihn an. „Sag uns die Wahrheit. Du schuldest es Jeremy. Du schuldest es Sofia." Schließlich sagte ich: „Du schuldest es dir selbst."

Er packte seine Haare mit den Händen und beugte sich vor, als ob er die Wahrheit nicht länger in sich behalten könne. „Es war einfach nur ein bisschen Spaß, zuerst, mit der heißen älteren Lehrerin zu schlafen. Natürlich mussten wir das alles geheimhalten. Wir hätten höllisch dafür bezahlt, wenn das irgendjemand herausgefunden hätte. Also waren wir vorsichtig. Das war ja die Hälfte von dem Spaß."

„Nein. Miles", sagte Ellen.

Er ignorierte sie und sah zu mir herauf. „Du hast recht. Sie versprach mir, ich könnte jede Rolle haben, die ich wollte. Sie versprach mir, einen Star aus mir zu machen. Ich wusste nicht, dass bei ihr zu bleiben Teil des Deals war. Wir würden ein Power-Paar sein, das war es, was sie sagte."

Ellen weinte jetzt. „Wir hätten London im Sturm erobert."

„Ich versuchte es zu beenden, aber sie sagte, sie würde mich lieben. Ich wusste nicht, was ich tun sollte. Sie war so gut zu mir gewesen, hat mir zusätzliche Hilfe gegeben, war meine Mentorin."

„Wann ist dir bewusst geworden, wie gefährlich sie war?"

Miles sah sich suchend um. „Als Sofia verschwand. Ellen hat nie ausdrücklich gesagt, dass sie dahintersteckte, aber sie hat mich wissen lassen, dass dem Mädchen nichts passieren würde, wenn ich versprach, bei ihr zu bleiben und Sofia nie wiederzusehen. Also versprach ich es."

Was für ein Pakt mit dem Teufel.

„Ich dachte, damit wäre es dann erledigt. Aber dann, ich weiß nicht, wurde es schlimmer mit ihr. Sie wurde noch anhänglicher, noch besitzergreifender."

„Nein! Miles, du liebst mich. Wir lieben einander."

Er schüttelte den Kopf. „Hau ab. Du bist widerwärtig."

Ich sagte: „Du warst es, den Liam über diese Mauer klettern sah, um das College letzte Nacht nach Mitternacht zu verlassen, oder nicht?"

Er nickte. „Sofia hatte angerufen und eine Nachricht hinterlassen. Ich wusste, sie würde hierher zurückkommen. Ich wollte sicherstellen, dass Ellen nicht irgendwas Verrücktes machen würde. Also ging ich zu ihrem Haus." Seine Stimme quakte. „Sie lief hin und her, als ich dort ankam. Sie erzählte mir, Jeremy hätte uns zusammen gesehen und würde es jedem erzählen, falls sie ihm nicht dieselben Chancen versprechen würde, die sie mir versprochen hatte."

„Ich versuchte sie zu beruhigen. Ich sagte, er wollte ja nur, dass sie ihm auf die Sprünge half, und sie hätte doch sowieso geplant, das zu tun."

Seine Schultern begannen zu zittern, und als er sprach, geschah es unter Tränen. „Ich sagte, ich würde mit ihm reden, aber sie sagte, nein. Das würde sie selbst tun."

„Und so, Ellen, haben Sie Jeremy gebeten, Sie hier zu treffen. Ich rate mal, Sie haben mitgespielt bei seinen Forderungen, ihm eine Privatstunde auf der großen Bühne gegeben, schön früh heute Morgen, bevor irgendjemand in der Nähe war. Sie haben sich im Geheimen mit ihm getroffen, so wie Sie es mit Miles getan haben, daher war er nicht misstrauisch."

„Nein", stöhnte Ellen. „So war das nicht."

„Sie haben ihn einen Umhang anlegen lassen und sein Holzschwert herumschwenken. Und dann haben Sie einen der Steine aufgehoben und als er Ihnen den Rücken zuwandte, haben Sie ihn umgebracht."

„Nein."

„Sie wussten, Miles würde sofort erraten, wer seinen

Freund getötet hatte, und so haben Sie eine Versicherungspo-
lice hinzugefügt. Sie haben Miles' Textbuch in der Nähe der
Leiche fallenlassen. Sie müssen es sich genommen haben, als
er Sie letzte Nacht besucht hat. Mit dem Hinterlassen eines
gefälschten Beweises dafür, dass er Jeremy ermordet haben
könnte, haben Sie ihm eine Nachricht geschickt. Oder nicht?"

„Es gab keinen Beweis, dass Miles Jeremy umgebracht
hat. Ich wusste, er würde nicht verhaftet werden."

„Aber er hätte Angst gehabt. Vor Ihnen. Und getan, was
immer Sie wollten."

„Ich habe alles für dich getan, Miles. Für uns!"

Sie griff nach ihm und er rannte, direkt auf die Bühne. Ich
dachte, er würde das Mikrofon nehmen, und so trat ich
zurück, um ihm Zutritt zu geben, aber stattdessen sagte er:
„Es tut mir leid", und dann rannte er zum hinteren Teil der
Bühne.

Ellen folgte ihm, seinen Namen rufend, und eilte ebenfalls an mir vorbei. Sie blickte wild und wirkte wie von
Sinnen.

„Notausgang", hörte ich Rafe ausrufen. Wieso hatte ich
nicht gewusst, dass es einen weiteren Ausgang gab? Ich
wusste nicht, was Ellen plante oder ob sie irgendeine Art von
Waffe bei sich hatte, aber ich konnte Miles nicht da draußen
mit ihr alleinlassen. Ich folgte. Rafe rief: „Lucy, nein." Aber
ich hörte nicht darauf.

Hinter der Bühne befand sich ein Netzwerk von Korrido-
ren. Ich rannte einen dunklen tunnelartigen Flur entlang
und dann ein paar Stufen hinunter zur Tür. Ich schlug sie auf
und rannte nach draußen. Die Kälte traf mich auf der Stelle.
Es war nicht spät, nicht einmal sechs Uhr, aber es war bereits
dunkel, und eine Art Nebel oder Dunst hatte sich zwischen

den uralten Bäumen niedergelassen. Denn die Tür führte auf den Wald hinaus, der so viele Jahrhunderte zuvor gepflanzt worden war.

Es gab eine trübe Beleuchtung, um die Studenten zu ihren Schlafsälen zu führen, aber die richtete sich auf die Pfade und ließ die baumbestandenen Bereiche im Dunkeln, und was es da an Licht gab, war verschattet und wegen des Nebels unergründlich geworden. Ich rief: „Miles. Ellen. Es hat keinen Zweck, wegzurennen. Die Polizei wird euch finden."

Ich hörte einen Zweig knacksen und rannte los. Ich dachte, wenn ich Miles entdecken konnte, könnte ich ihn mit einem Schutzzauber belegen. Ich versuchte es auch so, aber mein Verstand war ein einziges Durcheinander und ich hatte Probleme, mich zu konzentrieren. Ellens Gefühle waren zu roh. Ihr Schmerz und Verlangen und Leid waren in mich hineingekrochen und ich konnte mich nicht an ihnen vorbeidrängen. Also versuchte ich sie anzuflehen. „Ellen. Du willst Miles nicht verletzen. Du liebst ihn."

Ich konnte ihre Schritte hören, jetzt, und ihre Stimmen rufen. Ich sah Miles quer über den Pfad rennen, kurz beleuchtet, und dann Ellen, die ihm folgte. Ich erhaschte das Aufblitzen von etwas in ihrer Hand. Es kostete mich eine Sekunde, zu begreifen, dass es eine kleine und sehr damenhaft aussehende Pistole war. Ich rannte ihr nach, ich wusste nicht wirklich, was ich eigentlich glaubte tun zu können, aber bevor ich sie erreichte, wurde ich gewaltsam aus dem Weg gestoßen und schlug der Länge nach auf den Boden.

Ich schrie vor Schmerz, als ich auf der Wurzel eines alten Baums aufschlug. Ian hatte sich an mir vorbeigedrängt und sprintete weiter, dann, während ich ihn beobachtete, warf er seinen Körper nach vorn und umfing Ellen in einem Rugby-Tackle.

Ich hörte das Poltern, als sie fielen. Leute rannten überall hin, rufend. Es war Chaos. Mein Kopf klingelte. „Nimm meine Hand", sagte die kühle, ruhige Stimme. Ich sah auf und da war Rafe. Ich griff nach oben und nahm seine Hand und er zog mich auf die Füße. „Bist du verletzt?" Ich schüttelte den Kopf.

Er musterte mich von oben bis unten, wie um sicherzugehen, und streifte dann die Jacke von seinen Schultern. „Hier. Dir ist kalt."

Ich zog seine Jacke dankbar an, obwohl ich sagte: „Es ist deine. Wird dir nicht kalt werden?"

Sein Lächeln war spöttisch. „Ich fühle die Kälte nie."

Natürlich tat er das nicht. Mein armes Gehirn war vernebelt.

Ich hörte Ian Ellen über ihre Rechte belehren, als er sie für den Mord an Jeremy verhaftete. Zwei uniformierte Beamte rannten vorüber. Und das tat auch Sofia, die immer noch Miles' Namen rief.

„Sofia." Es war Miles, der antwortete. Während ich zusah, kam er ihr entgegen und nahm sie in seine Arme. „Es tut mir so leid", sagte er mit gebrochener Stimme. „Ich habe versucht, mit ihr Schluss zu machen. Ich habe nie gewollt, dass irgendwas von alledem hier passiert."

„Ich weiß", sagte sie.

„Kannst du mir je verzeihen?"

„Wahrscheinlich. Aber du hättest es mir erzählen sollen."

„Ich weiß, dass ich das hätte tun sollen. Ich verspreche, es wird nie wieder irgendwelche Geheimnisse zwischen uns geben."

Er führte sie zurück zu den Schlafsälen und als sie vorübergingen, sagte Rafe mit leiser Stimme: „Und dieses Versprechen wird etwa fünf Minuten anhalten."

Ich konnte nicht anders als zu lachen. „Bist du wirklich so zynisch, was Liebe betrifft?"

„Nein. So ziemlich im Gegenteil sogar. Aber Männer und Frauen sollten Geheimnisse voreinander haben." Er sah mich an. „Würdest du wirklich alle meine Geheimnisse kennen wollen?"

Mich schauderte bei dem Gedanken. „Nein. Definitiv nicht."

„Und wenn ein Mann, aus dem du dir etwas machst, dich mit einem Geschenk überraschen möchte, oder einem Wochenendausflug, vielleicht, würdest du das wirklich im Voraus wissen wollen? Oder würdest du wollen, dass er es geheimhält?"

„In Ordnung. Ich habe schon verstanden. Nicht alle Geheimnisse sind schlecht."

Zwei uniformierte Beamte führten eine weinende Ellen an uns vorbei. Sie war in Handschellen.

Ian folgte ihr langsamer. Er hinkte. „Ian, bist du in Ordnung?", fragte ich.

Er sah mich an und nickte. „Alte Rugby-Verletzung." Er sah verwirrt und ein bisschen traurig aus. „Lucy", begann er, und dann schüttelte er den Kopf. „Ich schulde dir eine Erklärung, aber ich habe keine. Es tut mir leid. Ich muss jetzt auf die Dienststelle. Ich ruf dich später an. Wir werden reden."

„In Ordnung."

Er wollte gerade weitergehen und dann drehte er sich zu mir um. „Wie konntest du so sicher sein, dass es Ellen war?"

Ich dachte darüber nach. „Ich glaube, es war Shakespeare, der mir den Weg gezeigt hat. Wie außergewöhnlich weit Leute im Namen der Liebe gehen und welches Ausmaß an Grausamkeiten sie dabei begehen." Ich betrachtete die uralten College-Gebäude und die alten Bäume, immer noch verschwommen im Nebel. „Sie wollte so verzweifelt wieder zurück ins Rampenlicht. Hier hatte sie Macht, und dann ist sie Miles verfallen, ihrem wunderschönen jungen Mann."

Ich zuckte die Schultern. „Wenn du Liebe und Macht miteinander vermischst, kann das eine tödliche Kombination sein. Ich erinnere mich noch, wie ich zuerst online über Ellen recherchiert habe und diese Bilder von ihr auf der Höhe ihres Ruhms sah. Es waren Erinnerungen an ihre glorreichen Tage. Jeden Tag, wenn sie mit der nächsten Generation von Schauspielern gearbeitet hat, wurde sie daran erinnert, wie tief sie gefallen zu sein glaubte. Ich glaube, sie war besessen davon, wieder zurück in die Bühnenmitte zu gelangen, und Miles war ihre Fahrkarte."

„Vielleicht hat sie ihn ja wirklich geliebt, aber benutzt hat sie ihn auch. Und was er für einfach eine Affäre mit einer schönen älteren Frau gehalten hatte, und seiner Lehrerin, war für sie etwas ganz anderes. Als klar wurde, dass er sie beide nicht als Power-Paar weitergehen sehen sah, das London im Sturm erobert, ist etwas in ihr zerbrochen, glaube ich. Und als ihr bewusst wurde, dass er der großen Ellen Barrymore eine Mitstudentin vorzog, war es zu viel."

Er beugte sich vor, um sein Knie zu reiben. „Und du bist sicher, dass sie hinter Sofia Bazzanos Entführung stand?"

„Ja." Ich wusste, Rafe würde da nicht hineingezogen werden wollen, obwohl er derjenige gewesen war, der den Entführer entdeckt hatte. „Ich wette, wenn du dir die Bilder der Überwachungskamera vom Pub ansiehst, die, nachdem

Will Sofia dortgelassen hatte, wirst du merken, dass jemand, der Ellen nahesteht, eine Droge in ihr Getränk schmuggelt."

„Der Ellen nahesteht? Du meinst, sie hat jemanden angeheuert, das zu tun?"

„Ich würde mit Alex Blumstein anfangen." Die Frau war stämmig, taff, und arbeitete seit Jahren für Ellen. „Sie und Ellen kennen sich schon lange. Ich habe so das Gefühl, dass sie einfach alles für ihre Chefin tun würde."

Er nickte wieder. „Gute Arbeit. Ich werde dich anrufen."

Dann humpelte er davon.

Als er außer Hörweite war, sagte Rafe: „Hast du kein Rezept für einen speziellen Tee, der dem Detective Inspector die Schmerzen nehmen würde?"

Ich schauderte und zog seine Jacke enger um mich. „Ja, habe ich. Und ich werde einem Menschen niemals wieder einen magischen Trank verabreichen."

Er lachte leise in sich hinein. „Unsinn. Aber ich gebe zu, er verdient es, zu leiden."

Nach der Art, wie Ian mich an unserem schicken Date versetzt und wegen Scarlett einen Narren aus sich gemacht hatte, gab ich ihm insgeheim recht.

Mir war wieder warm mit Rafes Jacke um mich herum. Alle waren wieder hineingegangen, so schienen wir in diesem uralten Wald allein zu sein. Mondlicht vergoldete die betagten Bäume und erhellte den Nebel, so dass er wie Fetzen von Spitze aussah.

Ich hatte es nicht eilig, zurück nach drinnen zu kommen, wo es nur noch mehr Polizei geben würde, noch mehr Fragen. Das würde noch früh genug kommen, aber ich brauchte eine Minute. Der Mond war nicht länger voll, sondern begann zu schwinden.

„Es ist wunderschön hier draußen", sagte ich.

„Ja", antwortete Rafe. „In einem Spiel über verblendete Liebe hat Ellen selbst daran gelitten. Ziemlich passend, dass ihre Schluss-Szene sich in einem Zauberwald abgespielt hat, genau wie in dem Stück."

„Ich nehme an, ich werde das Stück jetzt fertiglesen müssen, um herauszufinden, wie es endet."

Rafe lachte leise in sich hinein. „Das Stück endet sehr passend damit, dass die richtigen Liebenden wieder zusammen sind und die magischen Kreaturen aufhören, mit den bloß Sterblichen Spiele zu spielen."

„Eigentlich sollten magische Kreaturen mit Sterblichen nicht nur so zum Spaß herumspielen."

Er schaute auf mich herunter und seine Augen glitzerten. „Nicht immer zum Spaß. Manchmal sehnt sich die Kreatur vielleicht nach einem Moment des Glücks, den sie mit in ihre ewige Zukunft nehmen kann."

Mein Herz begann zu hämmern. „Ist das je genug?"

Sein Lächeln war gequält. „Besser, denke ich, als überhaupt kein Glück."

„Und was ist mit der Sterblichen? Ist es immer so, dass sie sich nicht an das erinnert, was im Zauberwald passiert ist?"

„Ganz wie sie will."

Und dann küsste er mich.

Danke, dass Sie das Buch gelesen haben. Ich hoffe, Sie hatten Spaß mit Lucys neuestem Abenteuer. Werfen Sie hier gleich noch einen Blick in den nächsten Krimi, *Weissagung und Wollpullover.*

Eine Nachricht von Nancy

Liebe Leser und Leserinnen,

Vielen Dank, dass Sie die Serie der Strickclub der Vampire lesen. Ich freue mich sehr über die Begeisterung, die diese Serie hervorruft. Ich habe vor, noch viele Geschichten über Lucy und ihre bestrickenden Vampire folgen zu lassen.

Über Rezensionen freue ich mich immer, und vergessen Sie nicht, anderen Liebhabern von Häkel- und Strickkrimis von dieser Serie zu erzählen.

Sie können Ihre Rezension auf Amazon hinterlassen.

Ihre Beiträge sind die Wolle, mit der ich diese Geschichten stricke.

Bis zum nächsten Mal.
Viel Spaß beim Lesen,

Nancy

BÜCHER VON NANCY WARREN

Erfahren Sie mehr über neue Ausgaben und Sonderangebote in Nancy's Newsletter (auf Englisch) bei NancyWarrenAuthor.com oder folgen Sie ihr auf Facebook auf facebook.com/nancywarrenDeutsche

~

Der Strickclub der Vampire

Verwirrung und Verrat - ein kostenloses Prequel für die Abonnenten von Nancys Newsletter

Der Strickclub der Vampire - Band 1

Maschen und Magie - Band 2

Häkelei und Hexenkessel - Band 3

Zwirn und Zauber - Band 4

Lieblingspullis und Liebestränke - Band 5

Weissagung und Wollpullover - Band 6

Schwindelei und Spitze - Band 7

Bommelmützen und Besenstiele - Band 8

Poltergeist und Popcornmuster - Band 9

Gargoyles und Geheimbünde - Band 10

Dolch und Diamanten - Band 11

Flüche und Fischgrätmuster - Band 12

Der Strickclub der Vampire: Band 1-3

Das Verwunschene Brautkleid

Eine Serie aus fünf romantischen Komödien über Frauen, die auf
der Suche nach dem richtigen Kleid, den dazu passenden Schuhen
und dem perfekten Mann sind.

Die Flucht der Braut - Buch 1

Die Braut aus Zweiter Hand - Buch 2

Brautjungfer zu mieten - Buch 3

Ein Brautkleid zum Verlieben - Buch 4

Wenn das Kleid passt - Buch 5

Die Oma

Das Jahr, in dem die Weihnachtsoma das Weite suchte

Um eine vollständige Liste ihrer Bücher zu sehen, gehen Sie auf
Nancys Website NancyWarrenAuthor.com

ÜBER DIE AUTORIN

Nancy Warren ist eine USA Today Bestseller-Autorin und hat mehr als 100 Romane verfasst. Sie stammt ursprünglich aus Vancouver, Kanada, zieht jedoch gerne um und hat längere Zeit in England, Italien und Kalifornien gewohnt. Die Inspiration zur Strickrunde der Vampire kam ihr während ihrer Zeit in Oxford. Gegenwärtig lebt sie teils in Großbritannien, in Bath, wo sie oft so tut, als sei sie Jane Austen, oder zumindest eine von deren Romanfiguren, und teils in Victoria, Britisch-Kolumbien, wo sie es genießt, am Meer zu leben. Zu ihren Lieblingsmomenten zählen die Tage, als sie die Antwort in einem Kreuzworträtsel der kanadischen Zeitung National Post war, als sie es mit ihrem Roman Speed Dating, dem Auftakt zur Buchreihe Harlequin's NASCAR, auf das Titelblatt der New York Times schaffte, und die drei Male, als sie für den RITA-Award, den bedeutenden Preis für englischsprachige Liebesromane, nominiert wurde. Sie hat einen MA in kreativem Schreiben von der Bath Spa University. Sie ist eine begeisterte Wanderin, liebt Schokolade und vor allem liebt sie es, von ihren Lesern zu hören!

Die beste Weise, mit ihr in Kontakt zu bleiben, ist, sich über NancyWarrenAuthor.com für Nancys Newsletter anzumelden (auf Englisch).

Mehr über Nancy und ihre Bücher erfahren Sie hier:
NancyWarrenAuthor.com

facebook.com/nancywarrenDeutsche

instagram.com/nancywarrenauthor

amazon.com/Nancy-Warren/e/B001H6NM5Q

goodreads.com/nancywarren

bookbub.com/authors/nancy-warren